Mike McCormack

EIN UNGEWÖHNLICHER ROMAN ÜBER EINEN GEWÖHNLICHEN MANN

Aus dem Englischen
von Bernhard Robben

Steidl

Für Maeve

die Glocke
die Glocke und
die Glocke hören und
die Glocke hören und hier stehen
hier stehen und die Glocke hören
die Glocke im grauen Licht dieses
Morgen, Mittag oder Abend
was weiß ich
an diesem grauen Tag hier stehen und
diese Glocke hören mitten am Tag, die Mittagsglocke, die Angelusglocke mitten am Tag, wie sie durchs graue Licht schallt bis
hier,
in der Küche stehen
und hören wie diese Glocke
mein Herz krallt und
die ganze Welt beschwört,
hier zu sein
blass und atemlos nach dem langen Weg, um nun in der Küche zu stehen,
verwirrt,
keine Frage,
doch aus über einer Meile Entfernung, Luftlinie, die Glocke durchs Dorf schallen hören, über die Straße vorm Polizeirevier

unter den riesigen Ahornbäumen, die darüber aufragen und in denen ein Schwarm Saatkrähen Nester gebaut hat, so viele Vögel und so laut, dass zur Nistzeit im Frühling ihr Lärm manchmal die Kirche füllt und

erschöpft jetzt, so schnell

dieser Spurt zur Kirche und zur Glocke,

ja, die sind echt,

echte Glocken,

keine Übertragung, keine Bandaufnahme, denn

man kann sie nicht verkennen, die sattere Tiefe und der volle Klang, der schon den ganzen Tag zu mir drang und selbst auf diese Entfernung hin in meiner Brust widerhallt,

ein systolisches Wummern von der anderen Seite dieser Gemeinde, die am Rande der bekannten Welt liegt, Sheeffry und Mweelrea im Süden und das offene Meer der Clew Bay im Norden,

die Angelusglocke,

schallt hinweg über die Dörfer und Ländereien, über die Felder und Hügel und Moore, dreimal sechs Schläge in anderthalb Minuten, ein Ruf am Rande des Nichts, der diese Gemeinde auf ihren Landes- und Nebenstraßen zusammenführt mit

all den Schulen und Fußballfeldern,

all den Brücken und Friedhöfen,

all den Läden und Pubs,

der Bootswerft und dem Krankenhaus,

dem Gemeinschaftszentrum,

der Wasseraufbereitungsanlage und

dem Spielfeld für Gaelic Handball,

die von Menschenhand gemachte Welt mit

all ihren Kristallisationspunkten, um die sich ein Gemeindeleben wie dieses so gewiss anordnet wie

die Welt selbst zum Anbeginn aller Zeit, durch

Berge, Flüsse und Seen,

als sie sich in dieser Gegend um den River Bunowen scharte, der aus den Lachta-Hügeln nach Norden hinab ins Meer fließt und dabei jene Flussniederung auswäscht, zu der, den Konturen des Landes angepasst, sämtliche Straßen führen, Landes- wie Nebenstraßen, und in deren Mitte

das Dorf Louisburgh liegt,

in dem die Angelusglocke ertönt, um erneut die Welt um sich zu scharen,

Berge, Flüsse und Seen,

Morgen, Ruten und Scheffel,

Tier, Stein, Pflanze,

Kontrakt, Kreuz und Krone,

die uns gegebene Welt mit

all ihrer Geschichte mir zur Stärkung,

während ich hier in dieser Küche stehe,

in diesem Haus,

in dem ich fast fünfundzwanzig Jahre gewohnt und meine Kinder großgezogen habe, dieses Haus außerhalb von Louisburgh in der Grafschaft Mayo an der Westküste Irlands, das Dorf, in dem sich meine Sippschaft bis zu einer Zeit zurückverfolgen lässt, da es kaum mehr als ein baufälliges Furtdorf aus wenigen verräucherten Gehöften rund um eine Schmiede und eine Bohlenbrücke gewesen war, ein Soden-und-Stein-Weiler ohne ordentlichen Plan und noch ohne Marktrecht, mein Stammbaum, der zurück bis in finstere Vorgeschichte reicht zu einem sturköpfigen Clan von Bauern und Fischern, der diesen kleinen Flecken Land beackerte,

bei Hagel und Sturm,

auf Biegen und Brechen,

Männer mit Bäuchen, Männer mit kurzem Geduldsfaden, von denen die Hälfte vor ihrem sechzigsten Jahr mit Schmerzen in der Brust in die Grube fuhr, gute Sänger die meisten, alle

prägten über Generationen ihr Dorf, das auf zwanzig Morgen anwuchs, Weideland und Ackerbau mit Zugang zur Allmende auf dem Berg Carramore hoch über der Bucht, und

dieser Schmerz, dieser verdammte Schmerz sagt mir, dass nach bestem Wissen und –

Wissen ist das Beste an mir –, dass

dass

irgendwas seltsam an alldem hier ist, im Äther eine nervöse Energie, die ich von jenem Moment an spürte, da die Glocke zu läuten begann, irgendwas durchzuckte mich, ein Schwindelgefühl zog mich

durchs Haus,

Tür um Tür,

Zimmer um Zimmer,

den Flur rauf und runter,

wie verrückt,

Schlafzimmer, Bad, Wohnzimmer und

wieder zur Küche, wo,

Himmel,

was für ein wilder Wirbel,

Himmel,

nicht so sehr Wirbel, eher eine schlingernde Falte im Licht, die von Zimmer zu Zimmer wogt, nur um zu begreifen, dass

dieses Haus leer ist,

keine Seele weit und breit,

weil Wochentag ist und meine Familie fort,

alle weg,

die Kinder aus dem Haus, Mairead natürlich bei der Arbeit, kommt erst nach vier zurück, also habe ich das Haus bis dahin für mich, was mich freuen sollte, wurstle ich normalerweise doch nur zu gern allein hier rum, tue nichts, höre Radio oder lese Zeitung, aber jetzt beunruhigt mich der Gedanke an die vier langen Stunden, die vor mir liegen, bis sie zurückkommt,

vier Stunden hier allein,

vier Stunden bis sie zurückkommt, doch

muss es etwas geben, das die Zeitspanne füllt, die sich nun vor mir erstreckt, etwas gegen das nagende Unbehagen weil

die Zeitung,

ja,

das mache ich,

die Tageszeitung,

nehme den Autoschlüssel und fahre ins Dorf, um die Zeitung zu holen, parke auf dem Platz vor der Drogerie und bleibe auf der Straße stehen,

genau das mache ich,

bleibe stehen so lange wie nötig, bis jemand kommt und mich anspricht, jemand, der sagt

hallo

hallo

oder bis mich jemand auf die eine oder andere Weise grüßt, mir zuwinkt oder mich beim Namen nennt, denn auch wenn diese Straße wie jede andere Straße ist, bleibt sie in einer entscheidenden Hinsicht doch anders – schließlich gehört genau diese Straße mir, gehört mir, weil ich sie tausende Male gegangen bin, als

Mann und Junge,

winters wie sommers,

bei Hagel, Regen, Sonnenschein, weshalb

mir all ihre Türen und Schaufenster vertraut sind, und ich jede Fahnenstange und jeden Rinnstein wiedererkenne,

eine Selbstverständlichkeit, diese Straße,

auf diese Straße kann ich mich verlassen,

Born und Boden,

einer der Orte, an denen jemand vorbeikommt, der von mir sagen kann,

klar, den Mann kenne ich,

oder genauer noch,

ja, ich kenne diesen Mann, und ich kenne seine Schwester Eithne, und vor ihm kannte ich seine Mutter, seinen Vater und alle, die zu ihm gehören,

oder vertrauter,

natürlich kenne ich ihn – Marcus Conway –, der wohnt auf der anderen Seite vom Feld, vom Hintereingang kann ich sein Haus sehen,

oder, mit größerem Nachdruck,

wieso sollte ich den nicht kennen, Marcus Conway, der

Ingenieur, bin mit ihm zur Schule gegangen und hab Fußball mit ihm gespielt – trugen beide Schwarzgold,

oder ungeduldiger,

den sollte ich ja wohl kennen, immerhin gingen sein Sohn und seine Tochter mit meinen zur Schule – wir saßen zusammen im Elternrat,

oder gereizter,

klar kenne ich den – hab ihm die Kettensäge geliehen, damit er die Weißdornhecke am Ende seiner Straße stutzen kann, und

so weiter und so weiter,

bis in alle Ewigkeit,

Amen,

das Credo in all seinen Stimmungen und Abwandlungen, Glaubensartikel, die mein Dasein bestätigen und auf die ich mein Leben in dieser Gemeinde über beinahe fünf Jahrzehnte aufgebaut habe, dank all der Arbeit, der Rituale und

diese kurze Geschichte der Welt, mit der ich mich wappne, denn

ich stehe in dieser Küche, in diesem grauen Licht und frage mich,

warum mir gerade heute dieser so plötzliche Drang zusetzt, Offensichtliches durchzugehen, warum dieses Gefühl, dass da

Schwellen zu überschreiten,

Sachen zu erledigen,

Dinge zu prüfen sind,

als wäre ich auf enge, vom Vergessen umgrenzte Umstände gestoßen, wobei

ich jetzt nach dem Autoschlüssel suche,

die Taschen abklopfe und mich umblicke, nur um festzustellen,

dass Mairead schneller und schon früh auf gewesen war, um die Zeitungen zu holen – nicht eine, sondern zwei, die lokale und die überregionale, beide liegen mitten auf dem Tisch, ordentlich ineinandergesteckt, ungebrochen schimmert das Licht darüber hinweg und lässt erkennen, dass Mairead sie noch nicht gelesen hat, womit sie mir das kleine Vergnügen gönnt, eine frische Zeitung aufzuschlagen, sie beim Öffnen knistern und rascheln zu hören, eine jener Erfahrungen, mit denen ein Tag erst wahrhaft beginnt oder wie in diesem Fall ein Nachmittag, und ich drehe sie um und blättere,

fange hinten an, die Sportseiten, lese die Schlagzeile

Jüngste Niederlage eine harte Lehre

als wäre dies der rechte Ort und rechte Moment für eine Predigt,

was mich veranlasst, sie schnell wieder zuzuschlagen, denn wer will schon so einen Sermon lesen um diese Stunde des Tages, dessen Datum die Zeitung mit

zweiter November angibt, der Monat aller heiligen Seelen hat also bereits begonnen, das Jahr fast vorüber, nur

wo ist der Oktober geblieben,

in null Komma nichts vorbei, die Uhren erst letzte Woche wieder auf Winterzeit gestellt, und

die Titelseite voll mit Geschichten, laut denen die Welt sich weiterhin gnadenlos darum bemüht, in ganzer Pracht aufzuerstehen und in Ruinen zu zerfallen, Kriege in fremden Ländern – in Afghanistan und Irak –, während anderswo Friedensbemühungen laufen – Israel und Palästina –, die Dramen daheim verhaltener, aber nicht minder real – Bettenknappheit in Krankenhäusern und die Lohnabkommen für den öffentlichen Dienst unter Druck –, alles gute Geschichten, wie immer sie auch ausgehen, man fühlt das, dieses Fleisch und Blut, das in ihnen zuckt, während zugleich

im Überbau der internationalen Finanzen andere, abstraktere Indizes in eigener Chaotik steigen und fallen – Aktienkurse, Zinssätze, Gewinnmargen, Solvenzquotienten –, Geld, das nötiges Ungleichgewicht aufrechterhält, auf dass alles stetig vorangehe, wohingegen auf einer der Innenseiten,

ein Jahr danach,

ein langer Artikel mit Zitaten und anschaulichem Diagramm Ursachen und Folgen unseres jüngsten Wirtschaftszusammenbruchs verdeutlicht, ein kurzes Resümee jener Ereignisse, die am

Abend des 29. Septembers ihren Höhepunkt fanden, Namenstag des Erzengel Michael, aber auch jener Abend, an dem beinahe das ganze Bankensystem zusammengebrochen wäre und es dem Land bloß um Haaresbreite erspart blieb, am folgenden Morgen mit leeren Konten aufzuwachen, und

um der Klarheit willen

hat man diesen Artikel mit einer Seitenleiste versehen, die zeigt, wie monströs der finanzielle Wahn in jenen Jahren war, die zum Zusammenbruch führten, Schulden zu zig Milliarden aufgetürmt, unfassbare Zahlen für die Wirtschaft eines so kleinen Landes, ehrfurchtgebietende Ausmaße, Schulden, die auf immer den Horizont dessen änderten, wofür wir haftbar zu sein glaubten, und die nun, derart angehäuft – Nullen, fett und fest, so anfällig für epidemisches Wachstum – uns vorkommen wie

die Indizes und Größen einer neuen Kosmologie, die Kräfte und Geschwindigkeiten einer öden, inversen Welt – eines Negativreiches, das im Laufe der Zeit das Leben aus uns saugen wird, dieser Kollaps, zu dem es ohne Vorwarnung kam, jedenfalls keiner, die unsere Propheten bemerkt hätten,

alle offenkundig taub und blind, jeglicher Weitsicht beraubt, dabei handelte es sich zweifellos um jene Art Katastrophe, für die Propheten ein Auge haben sollten, ein Vorherwissen, was aber nicht zutraf, vermag man im Rückblick doch kaum zu übersehen, dass die prophetischen Gaben unserer Seher nur von minderer Qualität waren, ihre Warnungen zu zittrigem Blöken gedämpft, Stimmen von Männern, die auf Nummer sicher gingen und die ihr Wort ohne die nötige Wucht hysterischer Anklage erhoben, um sich auf Fehlersuche und Analyse zu beschränken, nur ein leise warnender Ton, der sich für das nahende Desaster am Ende als gänzlich unangemessen erwies, denn auf Fehler zu deuten, auf Zahlen und Prognosen, konnte nie genügen, wie düster sie auch ausfielen, konnte nie das wahre Ausmaß der Katastrophe ermessen oder ein wirksamer Bannfluch sein, denn ohne den schrillen Ton der Anklage musste ihr Lied unbeachtet bleiben, und da es völlig sinnlos war, sich der Katastrophe mit Verstand zu nähern, hätten unsere Propheten völlig außer sich sein müssen,

hätten zu uns kommen müssen mit wild aufgerissenen Augen, kotbeschmiert, Glocken läutend, Seher und Sünder zugleich, geifernd in einer Sprache aus den Randgebieten der Vernunft, deren Botschaft in simple Worte übersetzt lautete

wir sind am Arsch,

wir sind echt voll am Arsch, denn

häufen sich derart die Anzeichen, kann es nur ein Ende geben, und

hier noch mehr davon,

was die Frau für Augen hat,

eine Lokalgeschichte in der überregionalen wie auch in der lokalen Zeitung, die Geschichte von

einer Umweltaktivistin, die einen Hungerstreik gegen einen Energiekonzern angefangen hat, weil der eine Gasdruckleitung durch ihre Gegend im Norden Mayos geplant und in der Broadhaven Bay bereits mit der Arbeit auf dem Meeresgrund begonnen hat, die Artikel in beiden Zeitungen begleitet vom selben Bild einer verhärmt aussehenden Frau Ende fünfzig, in eine Decke gewickelt, großäugig und mit starrem Blick, auf dem Rücksitz eines Autos, ihr Hungerstreik jetzt in der zweiten Woche, und den Berichten zufolge hat sie schon zehn Pfund abgenommen, dabei wird sie vor Fastenbeginn kaum mehr als fünfundvierzig Kilo gewogen haben, weshalb sie sich nun mit jedem weiteren Tag jenem kritischen Verlust an Körpermasse nähert, der gefährlichen Gewichtsschwelle, die zu überschreiten ihr irreparablen Schaden zufügen könnte und wonach sie gänzlich aus der Welt zu schwinden begänne, als Erstes verlieren die Augen den Blick, gefolgt von Muskelschwund und Knochenschwund, weshalb nun – wie beide Artikel betonen – den ihretwegen an die relevanten öffentlichen wie privaten Organe gerichteten Bitten, Petitionen und Anschreiben eine gewisse Dringlichkeit zukommt, die bislang – acht Tage nach Beginn ihres Fastens – dennoch weder seitens der Regierung noch des Energiekonzerns zu einer offiziellen Verlautbarung geführt haben, während diese Frau von Tag zu Tag schwächer wird,

und sie schwört ihren Streik fortzusetzen bis das größte Rohrlegeschiff der Welt, registriert in der Schweiz, die *Solitaire* – mit seinen dreihundert Metern Länge, sechsundneunzigtausend Tonnen und den vierhundert Mann Besatzung – Broadhaven Bay und die irischen Hoheitsgewässer verlässt, damit

zwei Bilder kommen zusammen,

diese kleine Frau gegen das Schiff

erinnert an jenes Foto von dem einsamen Demonstranten, der auf dem Platz des Himmlischen Friedens einen Panzerkonvoi aufhielt, damals, im Jahr 1989, vergleichbar, weil es ähnlich unwahrscheinlich ist, dass die *Solitaire* an dem leichten Körper dieser Frau scheitert, die in eine Decke gewickelt vom Rücksitz des Autos in die Kamera starrt, noch ein Drama, dem der schwere, unbestreitbare Ruch des Realen anhaftet, dieses gefährliche Gemisch aus Privatem und Politischem, vereint auf dem zerbrechlichen Leib dieser Frau, wodurch er zur Arena dieser Auseinandersetzung wird, und nicht zum ersten Mal finde ich solche Geschichten

typisch für Mayo,

Mayo Gott hilf uns,

Mayo abú,

eine Grafschaft mit einer einzigartigen Geschichte von Menschen, die für Höheres und ihre Prinzipien hungern oder leiden, ein politischer Reflex, der über die Jahre immer wieder zuckt und in einem ausgeprägten Gefühl der Sündhaftigkeit zu wurzeln scheint, denn keine andere Grafschaft ist mit Schreinen, Grotten, Gebetshäusern und Einsiedeleien wie mit lauter Pusteln übersät und zudem von Pilgerpfaden und Büßerwegen durchzogen, die ganze Grafschaft eine umgrenzte Region der Buße, der Reue, dass es niemanden überraschen sollte, wenn Verhungern zur politischen Waffe wird, und meines Wissens hat auch keine andere Grafschaft der Republik noch so spät im zwanzigsten Jahrhundert drei ihrer Söhne aufgerufen, sich für Flagge und Land zu Tode zu hungern,

McNeela, Gaughan, Stagg,

Arbour Hill, Parkhust, Wakefield,

tapfere, von unserem gepeinigten Land inspirierte Seelen, die eine Welt jenseits des Gegebenen sahen, genau wie

meine Lieblingsmärtyrerin,

eine junge Einsiedlerin gegen Ende des letzten Jahrtausends, die keine zehn Meilen von hier in eine verfallene *bothán* zog, eine junge Frau, dank irgendeines uralten Ritus vom Vatikan zur Eremitin erklärt, mit einer Lizenz in diesen verregneten Hügeln zu betteln und zu predigen, und sie behauptete, Gott habe ihr aufgetragen, tiefer in die Wildnis zu ziehen, damit sie sich in größerer Stille und Einsamkeit seiner Gegenwart bewusst werden könne, um sich, nach einigen Jahren sakramentalen Lebens in den Bergen von West Mayo, wo außer nassen Schafen und Steinmauern nichts Auge oder Hand ablenkt, mit ihrer Botschaft an die Welt zu wenden, laut der

die Hölle wahrhaftig und nicht leer ist,

so schlicht, so unverblümt,

die Hölle ist wahrhaftig und nicht leer,

sagte sie, die Summe all dessen, was sie in Jahren des Betens und Büßens zusammengetragen hatte, ihre wilde Epistel, die nirgendwo erwähnt, dass der Erlöser auf seiner Mission zur Verkündigung von Gnade und Vergebung auch hier entlanggekommen wäre, und

so verliert man sich,

sitzt man hier in dieser Küche,

verliert sich in alten Geschichten, mitgerissen von einem Ansturm von Worten und kreuz und quer über dieses Land verteilten Assoziationen, einem Hagel an Bildern, die auf mich einprasseln, doch unten auf der Seite eine weitere Geschichte, eine darüber,

dass eine große, aufgegebene Industrieanlage im Norden der Grafschaft als möglicher Bauplatz für eine Asbestverwertungsanlage geprüft wird, Teil einer riesigen Giftmüllhalde, auf der in einem hochmodernen Verbrennungsprozess industrieller und medizinischer Abfall aus dem Rest des Landes verarbeitet werden soll, eine Anlage, die, falls die Wirtschaftlichkeitsprüfungen und Umweltgutachten günstig ausfallen, schon in wenigen Jahren in Betrieb genommen werden könnte, Jobs, dazu die Aussicht auf Tochterfirmen überall in der Grafschaft, und

irgendwas aus der Vergangenheit,
ein seelischer Link zu meiner Kindheit,
als mein Vater an ihrem Bau mitarbeitete,
verdammt, das hat er,

hat zu einer Zeit daran gearbeitet, als man ähnliche Wohlstandsversprechen gab und davon redete, als baute man eine Kathedrale oder einen Tempel auf der Hochfläche oberhalb der kleinen Stadt Killala, ein solches Wahrzeichen industriellen Fortschritts, dass ich während der zwei Jahre Bauzeit jeden Sonntagabend zusah, wie mein Vater seine Tasche für die kommende Woche packte, um Schlag sieben meine Mutter und meine Schwester zum Abschied zu küssen und zum oberen Ende der Straße zu gehen, wo er von einem Minibus mit lauter anderen Männern aus der Gemeinde abgeholt wurde, Handwerkern und Arbeitern, die ganze zwei Jahre lang Beton gießend, Ziegel mauernd, Betonstahl flechtend diese massive Anlage aufzogen, in der, wenn sie voll in Betrieb ist, dreihundertfünfzig Männer und Frauen mit der Herstellung von Acrylfaser und -garn beschäftigt sein würden, ein Endprodukt, das mich anfangs enttäuschte, schien es doch in Anbetracht der vielen Hoffnungen und Mühen, die damit verbunden waren, zu mickrig, in jeder Hinsicht unwürdig, bis ich erfuhr, dass man für die Herstellung ein hochgiftiges Präparat namens Acrylnitril einsetzte, eine Chemikalie, die man nur mitten in der Nacht und unter Wachschutzbegleitung durchs Land transportieren konnte, in doppelwandigen, unfallsicheren Containern, ein derart fesselnder und mit genügend Gefahr gesättigter Umstand, der das ganze Projekt in einem glaubhafteren apokalyptischen Licht erscheinen ließ, sodass es in meiner frisch entfachten Phantasie zu einem bahnbrechenden Unterfangen wurde, für das man solch furchtlose heroische Männer wie meinen Vater brauchte, den ich sonntagabends bis zum Ende der Straße begleitete und im Minibus davonfahren sah, was jedes Mal das deutliche Gefühl in mir weckte, ein Teil von mir würde zur Arbeit auf dieser fernen Baustelle fahren, und so, weil mein Vater an dieser Anlage arbeitete, setzte sich in meinem jungen Hirn die Idee fest, ich sei meinerseits gleichfalls heroisch und mutig und womöglich für etwas Besonders ausersehen, all dies zwanzig Jahre, ehe die Anlage ihre Produktion gänzlich einstellte und der letzte schmutzige Industriebetrieb in diesem Teil der Welt Opfer einer Häufung ungünstiger Faktoren wurde – darunter insbesondere ein auf über fünfzig Dollar pro Barrel gestiegener Ölpreis sowie der weltweite Trend zu Naturfasern –, bis dann zu guter Letzt der Tag kam, ab dem die Fabrik einsam und verfallen auf dem flachen Plateau oberhalb der Stadt Killala stand – die letzte Garnlieferung durch die Tore gerollt, die Arbeiter bezahlt, die Lichter gelöscht –, ein monumentales Exemplar eines industriellen Gespensterbaus, rostend im vom Atlantik herüberwehenden Wind, eine leere Fabrikanlage mit modernster Erschließung – Straße, Bahn, Wasser, Strom –, nur wollte niemand mehr was damit zu tun haben, weil das ganze Ding mit Asbest verkleidet war, Wände, Dächer, Decken, riesige Flächen, deren Beseitigung in Übereinstimmung mit den Umweltauflagen der EU geschätzte zehn Millionen Euro kosten sollte, weshalb der Eigner, die Kreisverwaltung, beschloss, die Fabrikgebäude verrotten zu lassen und nicht mehr daran zu rühren, damit sich die lungenzersetzende Faser nicht über ganz Mayo verteilte,

Crossmolina, Ballina, Attymass und
nach Westen ins Ödland von Ballycroy und Mulranny
die *terra damnata* von Shanamanragh
das vergessene Land, aber
uns wohlbekannt, da es

unweit von Maireads Geburtsort liegt und wir viele Male hingefahren sind, vor allem in den ersten Jahren unserer Ehe, als Agnes und Darragh noch klein waren und wir sie für die Sommerferien mit zu den Großeltern nahmen, sie ins Auto packten und nach Norden fuhren, nur sechzig Meilen, aber die Fahrt führte in eine Gegend ganz verschieden von diesem Teil der Welt, zumindest ab einer Stelle einige Meilen nördlich des kleinen Dorfs Mulranny, wo sich die N59 unter einer von flammendem Rhododendron überwucherten, steinernen Einbogenbrücke durchschlängelt, jene Brücke, die für mich stets einen völligen Wechsel der Landschaft ankündigte, von den Hügeln und Höhenrücken im Süden Mayos zu den offenen, trostloseren Weiten des Nordens, diese Brücke, die tief in mir stets etwas auslöste, denn jedes Mal, wenn ich darunter hindurchfuhr, Mairead an meiner Seite, die Kinder auf dem Rücksitz, fand in mir jene kaum merkliche Veränderung statt, ein Zusammenzucken der Seele, wie ich immer denke, angesichts dieser Landschaft, die sich hinter der Brücke auftat und in der sich schon nach wenigen Meilen, mit einem plötzlichen Ausdünnen des Lichts, die Berge in wolkige Ferne verzogen und die Welt sich zu offenem Sumpfland verflachte, durch das sich die Straße auf dem Weg nach Ballycroy und Bangor hin zur Halbinsel Doohoma wand, wo Maireads Eltern auf einem kleinen Hof wohnten, den Mairead mütterlicherseits geerbt hatte, und wo Darragh und Agnes jeden Sommer für einige Wochen über die Äcker und Wiesen tobten, die sich in einem geraden Streifen vom Hausgiebel bis hinab ans Ufer erstreckten, und

so verliere ich mich, wieder einmal

in Erinnerungen,

fortgeschwemmt von jener Art Träumerei, die schließlich nur noch eine marginale Verbindung zu dem aufweist, woran man zu Anfang dachte, in diesem Fall an den Zusammenbruch unserer Wirtschaft und unseres Bankensystems, ein Zusammenbruch, der so plötzlich und umfassend war, dass noch ein Jahr danach ein Dominoeffekt für einige eng verbundene Volkswirtschaften drohte, was das Bankensystem Deutschlands und Frankreichs durchaus ins Wanken bringen könnte, um gar nicht erst davon zu reden, dass er vielleicht sogar den Außenhandel unseres Nachbarn mit diesem Land lahmlegte, der Bankrott einer kleinen Bank in einer Inselökonomie, der zur Bruchlinie wird, durch die das gesamte Universum sickert, das alles so lachhaft unwahrscheinlich, so unglaubwürdig in Ausmaß und Konsequenz, dass es war, als wäre

irgendwas, das es nie wirklich gab, endlich eingestürzt

oder als Luftschloss enttarnt worden, ehe es dann

auf jene besondere Weise in sich zusammenbrach, die bewies, dass es nie existiert hatte, auch wenn sich jetzt überall um uns herum das Gefühl breitmacht, etwas Massives und Folgenreiches wäre auseinandergefallen, fast, als hätte ein bestimmter Druck eine kritische Schwelle überschritten und jenes winzige bisschen Chaos zugelassen, das alles zum Einsturz brachte, weshalb wir, auch wenn wir glaubten, dieser Kollaps finde nur in einer benachbarten Sphäre statt, jene Anziehungskraft nicht leugnen konnten, die wir jetzt um uns herum verspüren, jene Instabilität, die alles wie im Fieber erschauern lässt und mit den Händen so greifbar zu sein scheint, dass wir uns fragen,

wie es sein konnte, dass wir vorher nichts von dieser wachsenden Spannung gemerkt hatten,

und wieso wir so blind gegenüber der am Abgrund taumelnden Welt waren, dass wir nie von dem aufblickten, was wir gerade taten, um die Dinge mal genauer in Augenschein zu nehmen, oder

hatten wir völlig jenen animalischen Instinkt für Katastrophen verloren, jene heute zu tief unter Anstand und Vernunft begrabene Sensibilität, die uns vor langer Zeit bei den ersten, winselnden, strahlenförmig von jenen Druckpunkten ausgehenden Vibrationen hatte aufmerken lassen, die als Erste nachgeben würden, eine Unfähigkeit im unterentwickelten, reptilienhaften Teil unseres Hirns, die wir von

Hunden und Ungeziefer und Vögeln als

jene stets vorhandene Bereitschaft zur Flucht, zum massenhaften Aufbruch kennen, kurz bevor der Boden oder der Baum oder das Gebäude unter ihnen zu wanken beginnt, ihre Ur-Anpassung an die Gefahr, die sie in Scharen aus Gebäuden und Bauten stürmen lässt, kurz bevor sie zusammenstürzen, eine Sensibilität, die wir ganz offensichtlich verloren haben, eine Fähigkeit, verkümmert in den verweichlichenden Umständen unsers Aufstiegs, auch wenn natürlich

jeder Ingenieur die Angst vor einem Kollaps kennt,

und

wie immer,

und immer wieder,

beschwört jedes Bild von einem Kollaps oder von zerlegten Dingen Erinnerungen an meinen Vater herauf – nicht an das verlotterte Wrack, das er zum Ende seines Lebens war, sondern an jenen aufgeweckten Mann mit großen Händen und stets bereitem Lachen, den ich als Kind gekannt hatte, an den Mann, der mit so sicherer Hand etwas auseinandernahm und wieder zusammensetzte – Hackstriegel, Bodenfräse oder Drillmaschine –, nicht, weil sie fehlerhaft oder kaputt gewesen wären, sondern weil ihn das Bedürfnis trieb, genau zu verstehen, was die Dinge im Innersten zusammenhielt, um sich auf diese Weise zu vergewissern, dass sein Vertrauen in sie berechtigt war,

eine meiner frühesten Erinnerungen reicht zurück zu jenem Tag in der Kindheit, an dem ich neben ihm im Heuschober stand und er eine dieser Maschinen auseinandergenommen und auf dem Betonboden ausgebreitet hatte,

Hackstriegel, Bodenfräse oder Drillmaschine,

eines dieser robusten Geräte, die wie schlafend am hinteren Ende des Heuschobers standen und in den Wintermonaten ihre Eisenträume träumten – Maschinen die, obwohl sie sich im Grunde seit dem Mittelalter, in dem sie vervollkommnet worden waren, nie weiterentwickelt hatten, auf unserem Hof und auch auf vielen anderen Höfen aber noch bis in die 1980er in Gebrauch waren,

Hackstriegel, Bodenfräse und Drillmaschine,

Apparaturen aus einer solideren Zeit, als die Welt noch in so unhandlichen Einheiten wie Pfund und Unze, Shilling und Pence vermessen wurde, standen da in den brachen Herbst- und Wintermonaten am hinteren Ende des Heuschobers, nichts als geschmiedete Zinken und gehärtete Schneiden, gehalten von eisenverstärktem Holz, so warteten sie ihre Zeit ab, als wären sie die ureigene Verkörperung ihres Namens und in Wahrheit Folterinstrumente,

Hackstriegel, Bodenfräse, Drillmaschine,

Namen, die so beiläufig an Folter denken ließen, dass ich Jahre später, als ich eine Konferenz über Brückenbau in Prag besuchte, oder, wie Mairead Monate später in einem halberstickten Aufschrei fluchte, über

scheißverdammten Brückenbau, und

mir das Foltermuseum nahe der Karlsbrücke ansah und bei den im schummrigen Licht der kläglichen Ausstellung aufgebauten Folterinstrumenten voller Entsetzen in Maßstab und Material die exakt selben Konstruktionsprinzipien wiedererkannte, diesen finsteren Geräten, die einst die überzeugungskräftigen Instrumente diverser gerichtlicher und kirchlicher Autoritäten gewesen waren und allesamt aus einer Zeit stammten, in der die Welt sich ihrer Sündhaftigkeit stets bewusst, ihres Urteils aber auch immer sicher gewesen war und daher einiges an Ingenieurskunst aufgeboten hatte, die Wahrheit ans Licht zu stemmen, zu schrauben und zu pressen, weshalb sie nun hier in diesem schattigen Zwielicht standen

die eiserne Jungfrau, das Streckbett, das Rad,

auch sie ganz Zinken und eisenverstärktes Holz, schonungslose, von Schrauben und Halbrundnieten zusammengehaltene Gerätschaften, die beim Schmieden im entscheidenden Moment weißglühend gewesen waren, Apparaturen, die im Halbdunkel des Museums so sehr Schmerz und Folter heraufbeschworen, dass meine Stimmung zu beklommener Scham sank, machten Handwerkskunst und Komplexität dieser Maschinen mit all ihren Schrauben und Getriebemechanismen doch deutlich, dass sie zu einer Zeit, da sich der Maschinenbau in der westlichen Welt auf dem niedrigsten Niveau seit dem Altertum befand, die höchsten technischen Errungenschaften ihrer Epoche verkörperten, den Zweck, für den fähige Köpfe all ihr Talent eingesetzt hatten, ein verachtenswerter Zweck und ein so schändliches Beispiel der Ingenieurskunst, dass mich Kummer überkam, denn auch wenn ich damals noch jung gewesen war, besaß ich bereits ein ausgeprägtes Gefühl dafür, dass das Ingenieurswesen eine hohe, gar edle Berufung war, die eindeutig auf Seiten menschlicher Läuterung zu stehen hatte, gemeinsam mit einer Reihe anderer, lose am sozialdemokratischen Ende des politischen Spektrums versammelter Werte, sodass

ich gedankenverloren an den Exponaten zwischen Schatten und Brokat vorbeischlenderte, bis ich begriff oder mir eingestehen musste, dass ich einer Frau mit kastanienbraunem Haar und gestepptem Anorak folgte, ihr Gesicht rot geschrubbt von den Minusgraden, unter denen Prag im Februar jenes Jahres litt, weshalb sie in ein Taschentuch schniefte, während sie sich zwischen den Ausstellungsstücken bewegte, bei jedem kurz verharrte, ehe sie es in einem zerfledderten Katalog abhakte, doch was sie so attraktiv machte, war nicht allein ihr Aussehen, auch nicht ihre methodische Art, sich das Museum anzuschauen, sondern die Tatsache, dass wir an diesem winterlichen Nachmittag die einzigen anwesenden Besucher waren und in unserer je eigenen Einsamkeit zu einer Art kompliziertem Balztanz mit und gegeneinander zusammengefunden hatten, einer delikaten Gavotte um die Exponate und durchs goldene Zeitalter mechanisierter Qual, bis wir schließlich zusammenfanden und Schulter an Schulter vor einem Richtrad standen, einem dieser komplexen Mechanismen, die mit

Schellen, Klingen, Zinken

jenen Druck oder jene Spannkraft aufbrachten, die Fleisch und Knochen zerrissen, die vielen Arten mechanisch erzeugter Qual, angesichts derer ich bald den Versuch aufgab, ergründen zu wollen, was für ein Verstand hinter solch einer Maschine mit all ihrer sichtlichen Raffinesse gesteckt haben mochte, insbesondere hinter jener grässlichen Anordnung, dank derer das Gewicht des eigenen Leibs langsam aber unvermeidlich jene Kraft überwand, die nötig war, den Angeklagten aufrecht zu halten, bis der allmähliche Abwärtsdruck den Körper zusammenbrechen ließ, ihn langsam aufspießte, diese Gedanken gingen mir durch den Kopf, als ich die Frau neben mir mit amerikanischem Akzent sagen hörte

dreht sich doch alles um Sex, davon waren sie wie besessen

etwas, das mir nicht aufgefallen war, aber das jetzt, als es im Raum stand, so offenkundig schien, die wahre Ursache, das Eigentliche all des mechanischen Penetrierens und des Zerreißens, und jetzt, mit diesen Bildern klar im Kopf und angesichts dieser Frau, die mich über ihr Taschentuch hinweg ansah, war mir, als hätte ich zu mehr zugestimmt als nur zur Wahrheit ihrer Beobachtung,

verdammter Brückenbau, heulte Mairead, als sie dahinterkam, auch wenn

die Begegnung nie so recht zu jenem schamlosen Gevögel führte, das sie in jenen ersten, wie aufgeladenen Momenten zwischen den Exponaten versprach, und auch wenn im Laufe der nächsten Tage in einem kleinen Hotel in der Arbeitervorstadt Žižkov wahrhaft Zärtliches aufkam, ein erotisches Intermezzo, das mir damals viel bedeutete, dessen ich mich in ein und demselben Moment aber auch schämte, auf vielerlei Weise dankbar und doch auch erleichtert, als wir uns ohne die geringste Absicht, uns je wiedersehen oder in Verbindung bleiben zu wollen, verabschiedeten, weshalb dies,

Brückenbau, keuchte Mairead,

die Geschichte eines anderen Mannes aus einer anderen Zeit war, etwas, was mir nur in den Sinn kam,

hier in unserer Küche,

weil es in jenen Erinnerungsbogen eingewebt ist, der sich von der Kindheit bis zum jetzigen Moment spannt, darin Erinnerungen an jene Zeit mit meinem Vater auf unserem Hof, ein Strang von Verbindungen, die ich jetzt und hier wohl kaum entwirren werde, da ich fürchte, sie könnten für immer das Bild all jener landwirtschaftlichen Geräte und Maschinen ausmerzen, die während meiner Kindheit in der Scheune gestanden und die mein Vater auf dem Boden im Heuschober auseinandergenommen hatte, simple Apparate aus einer Zeit, in der die Welt sich anders verstand,

Hackstriegel, Bodenfräse und Drillmaschine,

Pfund, Shilling und Pence,

grobe, traditionelle Werkzeuge, primitiv und plump verglichen mit der metallenen Eleganz jener einen Maschine, die auf unserem Hof im Mittelpunkt der Arbeit und Aufmerksamkeit stand – in mancher Hinsicht die Seele des Hofs –, der graue Massey Ferguson 35, den mein Vater Ende der Sechziger auf einer Landwirtschaftsschau in Westport gekauft hatte, vierhundertachtzig Pfund für eine Maschine, an der er immerzu werkelte, ständig einzelne Teile prüfte, in den Motor starrte, einen Schritt zurücktrat und die Hände an einem alten Lappen abwischte, nachdem er am Innenleben da oder dort etwas gerichtet hatte, die Erinnerung so deutlich, dass ich,

hier in dieser Küche,

meinte, die Hand ausstrecken und sie berühren zu können,

Mensch und Maschine,

so wie sie waren,

an dem Tag, als ich von der Schule nach Hause kam, in den Heuschober ging und ihn da stehen sah vor dem komplett zerlegten Motor, ausgebreitet auf dem mit Spreu eingestaubten Betonboden, Stück neben Stück, der Reihe nach,

Zylinderkopf, Kolben, Kurbelwelle,

bis hin zum Tor, wo ich stand, in Schulhose und -pullover, verstört von diesem Anblick, denn auf der einen Seite lag wie ein Leichnam die Karosserie des Massey Ferguson 35, irgendwie verloren, die wesentlichen Innereien ausgeschlachtet und die Einzelteile auf dem Boden auf eine Weise angeordnet, die nicht nur die Abfolge ihres Ausbaus deutlich machte, sondern auch die umgekehrte Ordnung zeigte, in der sie wieder zu voll funktionierender Harmonie zusammengebaut werden sollte, und mein Vater stand vor dem Ganzen und linste durch ein dünnes Stück

Benzinleitung, blies durch, bis er sich davon überzeugt hatte, dass es auf voller Länge sauber war, ehe er es auf den Boden legte, ihm den richtigen Platz in der Reihenfolge zuwies und mir das Ganze erklärte, indem er schlicht sagte, es sei ein

Ölschlucker,

als wäre dies eine virusbedingte Fehlfunktion, die sich von der Maschine ausbreiten und den größeren Mechanismus der Welt infizieren, das Universum selbst aus der Bahn werfen könnte, auf dass es durch die Himmel niederkrachte, denn ich wusste sehr wohl, dieses Zerlegen war mehr als das, was ein Monteur tat, der einen Dieselmotor durchsah, weit mehr als etwa den Vergaser auszubauen, um die Ventile zu reinigen – mein Vater hatte also erneut der Versuchung nachgegeben, etwas zu zerlegen, weil er sehen wollte, wie es sich wieder zusammensetzen ließ, um so bis ins Kleinste zu verstehen, worauf er sein Vertrauen setzte, und

wie er da über diesem Altar der Demontage stand, in der Hand nichts als einen Maulschlüssel, den er wie in einer Geste der Vergebung über die Ansammlung schwenkte, und als er sagte, dieses Werkzeug genüge, um den gesamten Traktor auseinanderzunehmen, das ganze Ding in seine kleinsten Einzelteile zu zerlegen und dass es auch genüge, alles wieder zusammenzubauen, kein weiteres Werkzeug benötige man dafür, schürte dies nur meine Angst, schreckte ich doch vor dem Gedanken zurück, etwas so komplexes und hochmodernes wie ein Treckermotor könne sich als derart anfällig erweisen, könne so leicht kollabieren und allein von diesem Werkzeug auseinandergenommen werden, ja, ich war davon so verängstigt, dass es Jahre dauerte, ehe ich die ingenieurstechnische Eleganz des Ganzen verstand und sie wie mein Vater schätzen lernte – etwas, das schön und anmutig war und beileibe nicht das Werkzeug des Chaos, für das ich es in meiner kindlichen Phantasie gehalten hatte, und

dies könnte durchaus mein erster Augenblick beklommener Sorge um die Welt gewesen sein, der erste Moment, in dem sich mein Geist erhob über das unmittelbare Umfeld

von Herd, Heim und Gemeinde hin zur
jenseitigen, größeren Welt
und darüber hinaus,

denn der Anblick dieser auf dem Boden ausgebreiteten Motorenteile lehrte meiner Phantasie das Fürchten und ließ sie sich zu einer umspannenden, katastrophischen Schlussfolgerung versteigen, der zufolge das Universum selbst verschraubt und zusammengenietet war, meinte ich hier doch zu sehen, wie Himmel und Erde aus den Angeln gehoben werden konnten, wenn nur irgendein entscheidender Splint ausgehämmert wurde, der das riesige Konvolut von Sternen und Galaxien aus ihrer kreisenden Rotation lösen und durch die Leere des Alls zur letzten Vernichtung an der fernsten Grenze des Universums stürzen lassen würde, und auch wenn meine Furcht in jenem Augenblick noch nicht in allen Einzelheiten Gestalt gewonnen hatte, konnte ich mir doch nur durch eine solch kosmische Bewusstheit die Wogen der Angst erklären, die über mir zusammenschlugen, als ich auf dem Boden des Heuschobers stand, über die Motorenteile gebeugt,

seelenkrank vor Angst, die

kein bisschen dadurch besänftigt wurde, dass mein Vater am nächsten Tag mit dem Traktor aus dem Heuschober fuhr und eine klare Rauchwolke aus dem Auspuff blubberte, als er über den schmalen Schlammweg aufs Feld rumpelte, um dann langsam in der Ferne zu verschwinden, mein auf dem Sitz hockender Vater kleiner und kleiner im trüben Licht, bis Mann und Maschine hinter einer Bodenwelle verschwanden, während wir ihnen vom Hausgiebel nachschauten – Onnie, meine Mutter im Hauskittel, und Eithne mit ihrer Polaroidkamera, die sie nur selten aus der Hand gab, ein Geschenk von Amerikanern auf Besuch –

mit dem Ding ist er wie ein Kind, sagte meine Mutter,

aber da war er unserem Blick bereits so vollständig entschwunden, als wären beide aus der Welt gelöscht, und so wenig mich die erfolgreiche Wiederinstandsetzung des Traktors überraschte, so wenig half sie mir, mich von der quälenden Überzeugung zu befreien, dass an nichts Geringerem als an der entscheidenden Balance, dem reibungslosen Funktionieren des Mechanismus unseres Universums auf eine Weise herumgedoktert worden war, die sich für uns alle noch als tödlich erweisen könnte, weshalb die Behauptung auch nicht übertrieben wäre,

der Anblick des auf dem Boden ausgebreiteten Motors sei für mich auf immer ein Beweis dafür geblieben, dass die Welt längst nicht so eine stabile Einheit war, wie meine kindliche Einbildung es mir vorgegaukelt hatte, sondern letztlich doch ein klapprig Ding zusammengewürfelter und im Dunkel verschweißter Bestandteile, ein Konstrukt, das schneller dem Zusammenbruch entgegenrumpelte, als ich je vermutet hätte, die Angst eines Kindes, die mich bis auf den heutigen Tag hin und wieder packt und zurück in jenen Heuschober zerrt, so wie vor einigen Jahren, als

ich im Dorf war und mit einem Karton Milch und einer Zeitung in der Hand auf dem Gehweg vor Kennys Laden stand und zusah, wie

ein riesiger Tieflader über die Hauptstraße fuhr, ein langes, grollendes Ungetüm, eine Maschine, die sich in niedrigem Gang vorwärtsschob, hoch oben über ihren Rädern der Fahrer in seiner Kabine, der das Ding sorgsam durch die enge Straße lenkte und darauf achtete, dass es nicht die Seitenspiegel der beidseits parkenden Autos abriss, auf dem Auflieger in seinem Rücken etwas, das in Einzelteile zerlegt und beiderseits mit Spanngurten und Ketten befestigt worden war, etwas, das auf den ersten Blick dem schimmernden Knochen eines gewaltigen, ausgestorbenen und ausgegrabenen Biests glich, die Rippen ordentlich um den dicken Stamm einer gigantischen Wirbelsäule gebündelt, die von der Zeit und den Elementen zu so kühlem, keramischem Glanz poliert worden war, dass es mich, legte ich meine Hand darauf, überrascht hätte, fühlte sie sich anders an als Glas, und erst als das Monstrum vorübergerollt war und ich den Hänger von hinten sah, behängt mit Absperrband und Sperrgutaufklebern, begriff ich, dass es sich bei der Ladung um ein zerlegtes Windrad handelte, die Rotorblätter und der konische Turm von der Gondel getrennt und der Länge nach auf der Ladefläche gestapelt, doch rund um den Flansch am unteren Ende genügend Rost, weshalb anzunehmen war, man hatte diese Turbine erst kürzlich im Rahmen eines Projektes zerlegt, weil sie fehlerhaft oder auf die eine oder andere Weise überflüssig oder auch obsolet geworden war, womöglich ein

Ölschlucker,

wie mein Vater gesagt hätte,

und so stand ich da, sah den Laster vorbeifahren und dachte, was für ein trauriger Anblick diese gefällte Apparatur doch war, die hier draußen durch unser kleines Dorf an der Westküste transportiert wurde, denn tief in mir begriff ich, dies war ein klares Beispiel dafür, wie die Welt eine ihrer besseren Ideen aufgab, als wäre etwas, das einmal Anlass für berechtigte Hoffnungen war, nur eine Fehlentwicklung, weshalb die Welt einen kostbaren Traum von sich aufgab, eines ihrer besseren Schicksale, und ich war keineswegs der Einzige, der da stand und dies vorbeirollende Ding anstierte, denn drei Türen weiter, an der Ecke Morrison, war ein alter Mann abrupt stehen geblieben und schaute zu, beide Hände auf den Griff seines Stocks gestützt, wie der Hänger vorsichtig durchs Dorf bugsierte, und auch auf der anderen Straßenseite glotzten Leute wie betäubt und sorgten für eine lang anhaltende Stille, in welcher der Auflader vorbeirumpelte, quer über den Platz und die Straße entlang, ehe er hinter der Kirche abbog und, nunmehr außer Sicht, Richtung Westport weiterfuhr, während man langsam wieder zu sich kam, sich mürrisch anblickte und lachte, als hätte man sich am helllichten Tag einen kindischen Jux gegönnt, wohingegen ich mich auf der anderen Straßenseite fragte, wohin diese gefallene Windturbine unterwegs war, und zugleich dachte, dass es sicher falsch sei zu glauben, solche Dinge seien überhaupt irgendwohin unterwegs oder genauer gesagt, es gebe einen Ort, an den derlei transportiert wurde, entsprachen Stille und Stasis doch dem Wesen dieser Gebilde, was im jetzigen Augenblick eigentlich auch auf mich zutraf, denn ich war gefangen in einem Wiederaufleben derselben alten Angst, die ich schon als Neunjähriger im Heuschober beim Blick auf den Dieselmotor gespürt hatte, als die Einzelteile der Welt auf dem Boden ausgebreitet lagen, nur dass ich jetzt,

vier Jahrzehnte später,

als dieser Gedanke wie ein solider Bogen mein Leben durchzog, verstand, dass, wenn der zerlegte Traktor für mich der Beginn der Welt gewesen war, die chaotische Genesis, die sie zusammenfügte, aus ungleichen Teilen zusammensetzte, dann war diese Windturbine das Ende, ein Schicksal, das man erzwungenermaßen aufgegeben hatte, ein Traum, vertagt, gescheitert oder abgetrieben, eine alte Idee, die eine Erinnerung

an jene Radiosendung weckte, die ich vor einer Weile gehört hatte und in der ein Expertengremium über die Zukunft der Windturbinen diskutierte und ihre Auswirkung auf die Umwelt ins Verhältnis zu welcher Energieeffizienz auch immer setzte, die Kritiker und Befürworter ihre Argumente austauschten, ohne irgendeinen Fortschritt zu erzielen, bis das Wort an die Zuhörer gegeben wurde, die im Großen und Ganzen und einer nach dem anderen bloß wiederholten, was bereits gesagt worden war, doch dann sagte eine Frau, deren zögerliche Stimme sich von den schrillen Tönen der Debatte deutlich abhob, ins Telefon,

sie wohne am Fuße eines mit mehreren Turbinen bestückten Hügels und ganz unabhängig davon, wie deren Auswirkung auf die Umwelt sei oder welchen Wert sie als Quelle sauberer Energie haben, empfinde sie selbst ihnen gegenüber so etwas wie spirituelle Ehrfurcht, brauche sie doch nur ihre Hintertür zu öffnen und jeden Tag einige Minuten zu ihnen hinaufzuschauen, um problemlos glauben zu können, dass ihnen etwas Heiliges anhaftete, denn die Silhouette dieser Gruppe am Horizont, ihre Rotoren, die sich deutlich vorm Himmel abzeichneten, beschworen die nicht lebhaft Christi Ende am Kalvarienberg herauf, ehrlos gekreuzigt, ein Dieb zur Linken, einer zur Rechten, und wenn sie sich drehten, war das nicht wie ein Gebet, das Summen ihrer Generatoren, der endlose, so nachhaltig vom Wind verursachte Rhythmus, der natürlich nichts weniger als

Gottes Atem überm Land sei, ihre drehenden Flügel, die an all die buddhistischen Gebetsmühlen erinnerten, die sie auf ihren Reisen nach Indien und Tibet gesehen habe, und es treffe doch gewiss auch zu, dass nur in solch großen Dimensionen und aus so makellosen Legierungen gebaute Maschinen mit ihrem Lied die Kluft zwischen Himmel und Erde für uns überwinden konnten und

gehe es denn nur ihr allein so, fragte sie, oder

verbinde noch irgendwer ähnliche Gefühle mit diesen Maschinen, dieser Technologie,

was natürlich niemand tat, und falls doch, behielten sie es in diesem Moment lieber für sich, sodass nach wenigen wirren Kommentaren, mit denen der Sprecher sich hoffnungslos bemühte, ihren Bemerkungen etwas gescheiten oder praktischen Sinn abzugewinnen und ihr Beitrag zur Debatte als quasi künstlerischer Einschub entschuldigt wurde, der mystischen Träumereien näher war als jedem vernünftigen Argument und auf eine Weise eigen, die es erlaubte, ihn als harmlos abzutun, nachdem man ihn noch mit einem lobenden Kommentar für die aufrichtigen Worte bedacht hatte und für das unverkennbar tiefempfundene Gefühl jener Frau,

das wohl jenem nicht unähnlich war, was ich an diesem Tag mitten in Louisburgh empfand, als ich auf dem Gehweg stand und zusah, wie die zerlegte Turbine ganz ohne Prozession oder Fanfare auf ihrer Bahre durch die Hauptstraße befördert wurde, so einsam, so monumental, dass es durchaus Gott selbst oder doch etwas Wesentliches von ihm hätte sein können, das da durch unser kleines Dorf am Rande der Welt geschleppt wurde, hatte ihn der Tod oder eine massive Kündigungswelle schließlich doch noch erwischt, weshalb man ihn jetzt fortkarrte, um ihn irgendwo auf immer zu verscharren, vielleicht auf einem Schrottplatz jenseits unserer Gerichtsbarkeit, einem Ort, wo Götter zerlegt oder ausgeschlachtet oder endgültig entsorgt wurden, vielleicht aber auch auf einem Lastkahn, von einem Schleppboot aufs offene Meer hinausgezogen, um mit Gewichten beschwert in einem Abgrund mitten im Atlantik versenkt zu werden, irgendwo zwischen den Kontinentalplatten, wo all die überflüssigen Götter liegen, zermalmt und erstarrt in schwärzester Tiefe ohne eine Signalboje, die verraten hätte, wo sie liegen, aus den Augen, aus dem Sinn, mitten unter den Dingen in der Welt, die

auf die eine oder andere Weise wie

Ölschlucker

sind, und die mich alle

daran erinnern, sollte ich es je vergessen, dass meine kindliche Fähigkeit, in Gedanken allzu weit vorauszueilen und mich zu einem apokalyptischen Finale zu räsonieren, über vier Jahrzehnte intakt geblieben ist und nur des kleinsten Anlasses bedarf, um sich wieder einmal zu beweisen und mich in solch abwegigen Untergangsdelirien fortzureißen, dass ich den Boden unter den Füßen verliere und in irgendeinen dunklen Orbit abdrifte, der mich weiter und weiter von daheim und in die fernsten Gegenden führt, eine seltsame Geistesverfassung für einen Ingenieur, der von Natur aus zu stabilen Konstruktionen neigt und nicht zu

dieser kreiselnden Traumzeit des Chaos, die

diesen Tag so verdreht und verzerrt, dass

dank der Zeitungsartikel deutlich wird, wie sehr die Idee des Zusammenbruchs

erweitert werden, über das Bild von wankenden oder in sich zusammenfallenden Dingen hinausgehen muss – einstürzendes Gemäuer, Ziegel, Holz, Metall, Glas –, die Vorstellung eines Ingenieurs vom Kollaps, Gebäude und Brücken, die schwanken, ehe sie zusammenbrechen und Staubwolken aufwirbeln, denn bei dem, was hier über die globale Wirtschaftskatastrophe steht, all das Gerede über Viren und Ansteckung, wird mir klar, es gibt auch andere Arten von Chaos, die über die grundsätzliche Befriedigung einstürzender Dinge hinausgehen, scheint es mir im idealen Reich der Finanzen und Währungen doch ökonomische Konstrukte zu geben, die auf andere Weise zerfallen oder doch auf eine dem angemessene Weise, was sie im Grunde sind, abstrakte Strukturen, die jenen äußerst seltenen Viren erliegen, welche Werte und Erlöse zersetzen, auch das ihnen zugrunde liegende Vertrauen, Viren, die alles über seinen optimalen Zustand hinaus bis zu dem Punkt anschwellen lassen, wo es aus dem Gleichgewicht gerät und während der stillen Nachtstunden schließlich zusammenkracht, sodass wir am nächsten Morgen in einer Welt aufwachen, die sich gewiss nicht zu unserem Vorteil verändert hat, und natürlich

wird all dies nur im Nachhinein klar,

als würde jedes einstürzende Bauwerk erst das Licht und die Linse schaffen, dank der man das Desaster richtig erkennen kann, Asche und freigewordener Raum werden in der Vorstellung zu einem Standpunkt, von dem aus das Ganze nun für all jene klar zu erkennen ist, die Augen haben zu sehen, denn bis zu dem Moment, wo alles über uns zusammenbrach, war mir

oder irgendwem sonst nicht klar,

was geschah,

so wie

Mitte März, als uns von irgendwoher die unwahrscheinliche Nachricht von Virusinfektionen und Vergiftungen erreichte, eine ganze Stadt, die sich die Seele aus dem Leib kotzte, Stoff für eine B-Movie-Apokalypse, kaum siebzig Meilen von hier,

Arztpraxen und Krankenhausstationen überall in der Stadt, die einen plötzlichen Anstieg der Zahl von Patienten mit Magenproblemen meldeten, Kranke, die über Krämpfe klagten, über Übelkeit und heftigen Durchfall, ein Anstieg, der in keinem Verhältnis zu dem stand, womit sonst um diese Jahreszeit zu rechnen war, weshalb man von einer Lebensmittelvergiftung ausging, die sich durch ein großes öffentliches Ereignis oder eine entsprechende Versammlung verbreitet hatte, doch als eine sofortige Untersuchung ergab, dass die Fälle gleichmäßig verbreitet waren und sich keinerlei Häufungen in geografischer wie demografischer Hinsicht feststellen ließen, war klar, dass die Krankheit sich durch irgendwas verbreiten musste, was unterschiedslos in allen Teilen der Stadt zugänglich war, ein Schluss, der

zu einer sofortigen Untersuchung des Trinkwassers führte und rasch ergab, dass es mit Cryptosporidium verseucht war, einem infektiösen, in menschlichen Fäkalien vorkommenden Parasiten,

ich kapiere einfach nicht, was zum Teufel die Techniker der Stadt eigentlich treiben,

klagte mein Sohn von der anderen Seite der Welt, mit dem ich an jenem Abend skypte, dessen unrasiertes Gesicht den ganzen Bildschirm füllte und dessen Stimme mich mit leichter Verzögerung erreichte, Zeit, die sie brauchte, um die Entfernung zwischen uns zu überwinden, denn

ich hab's im Netz gelesen – sieht aus, als könnte es ziemlich ernst werden

ist schon ziemlich ernst

und schuld sind diese Techniker, die in ihrem Job gepennt haben, wie konnten die das nur übersehen, und

in Darraghs Stimme schlich sich ein Anflug von Hysterie, zu der er neigt, wenn er mit der menschlichen Fehlbarkeit dieser Welt konfrontiert wird, ein begabter akademischer Verstand, zumindest laut Mairead, der es ihm manchmal aber schwer macht zu begreifen, wie es tatsächlich in der Welt zugeht, weshalb man ihn allzu oft in diesem Ton hört, in dem er vor sich hinwettert, manchmal gar mit Ausdrücken, die ich kaum verstehe, und so sagte ich

ja, diese Ingenieure werden sich verantworten müssen, die Wasserqualität sollte ständig überwacht werden, aber irgendwer hat offensichtlich eine Dummheit gemacht, deshalb wird es zweifellos eine Untersuchung geben und das Wasserversorgungssystem auf den Prüfstand kommen, aber die Politiker

lass mich raten, die Politiker werden dafür sorgen, dass die Techniker die Schuld trifft

Schuld, Verantwortung, in so einem Fall ist das doch alles gleich, jetzt kommt es allein darauf an, die Ursache zu finden und zu beheben, bevor das Ganze eskaliert, es gibt schon mehr als hundert ernste Fälle und

schade, dass ich das verpasse, fünf Jahre haben wir da gelebt, aber in der Zeit ist nichts auch nur halb so Aufregendes passiert

man hat sicher damit gewartet, bis du im Ausland bist – wie läuft es mit der Obsternte

nicht übel, Schlangen aus den Bäumen schütteln und die Säcke füllen, sind lange Tage, aber das Geld ist okay und die Ernte dauert ja nur noch ein paar Wochen, dann machen wir uns wieder auf den Weg

es gibt also einen Plan

Plan ist vielleicht zu viel gesagt, allerdings überlegen wir, einen gebrauchten Van zu kaufen und damit quer durchs Land zu tingeln, Ayers Rock und so, um den Wagen dann in Perth zu lassen und wieder nach Hause zu fliegen

und wie lang würde das dauern

wir schätzen, wir haben noch genügend Geld für vier bis fünf Monate, also sollte ich Anfang August wieder zu Hause sein, gerade rechtzeitig für die Endspiele der Championship

wirst wohl kaum viel verpassen, falls du es nicht schaffst, bis dahin sind wir längst nicht mehr dabei

Herrgott, Dad, jetzt rede uns nicht so früh im Jahr schon schlecht, die Championship beginnt doch erst in zwei Monaten

ach ja

du darfst den Glauben nicht verlieren, Dad, das passt nicht zu uns, wir aus Mayo, wir sind doch Handelsvertreter der Hoffnung, wahre Gläubige

Märtyrer trifft's eher, und dein Glaube musste über die Jahre auch noch nicht so viele Tiefschläge wegstecken wie meiner

wo wir gerade von Märtyrern reden, Mam hat mir erzählt, du hinkst ein bisschen, so ein Humpeln

brauchst dir deshalb keine Sorgen zu machen, ist nur eine Nebenwirkung der Lipitor-Tabletten, die schwächen die Sehnen in der Ferse

klingt ja richtig mystisch

ob mystisch oder nicht, ist jedenfalls ziemlich schmerzhaft, vielleicht muss ich die Dosierung ändern oder anpassen oder irgend so was

Hauptsache, sie senken den Cholesterinspiegel

ja, der ist auf ein annehmbares Level gesunken, drei Komma zwei, glaub ich

und du lässt die Finger von Fritten, Kuchen und dem ganzen Mist

klar, keine Knabbereien mehr am Steuer

gut, du sollst uns ja auch noch ein paar Jahre erhalten bleiben, übrigens, Themawechsel, wie gefällt dir Kid A

hab's mir angehört, mag ich – glaub ich –, klingt aber ein bisschen wie King Crimson, nur bleifrei, die gleiche

Mann, King Crimson, Musik für Ingenieure, all diese dissonanten Akkorde im rechten Winkel zueinander

ganz genau, meine Generation hat von unserer Musik auch mehr verlangt als emotionale Weichspülerei und

hör sie dir einfach an – übrigens, wie geht's Mam, ich habe seit ein paar Tagen nicht mehr mit ihr gesprochen

ihr geht's gut, ist schon im Bett, war eine lange Woche in der Schule, sie ist müde

ah okay, sag ihr, ich habe sie lieb

mach ich, und pass auf dich auf, und noch ein Letztes

ja

trau dich ruhig, hin und wieder mal zu Kamm und Rasierer zu greifen

mach ich, bye

bye

und dann war er weg, seine Hand, die Finger ausgestreckt, kam von der anderen Seite des Globus auf mich zu, als wollte sie mein Gesicht berühren, ehe sie den Laptop in der Wohnung zuklappte, die Darragh sich mit fünf anderen Jungs teilte, irgendwo am Rande von Brisbane, und nun, da die Verbindung unterbrochen war, verschwand in einem Sekundenbruchteil der Eindruck ungeheurer Ferne, die Welt nur mehr die vier

Wände des Zimmers in diesem Haus, weshalb ich einen Moment brauchte, mich an den Kollaps der Dimensionen zu gewöhnen, ehe ich aufstand und in die Küche ging, wo ich merkte

heute ist es irgendwie anders, durchs Haus zu gehen,

ein Gefühl der Desorientierung, fast, als wäre in der Nacht ein Kobold eingedrungen und hätte Dinge gerade weit genug verrückt, um mich zu verwirren, Tische, Stühle und anderes Zeugs nur minimal verschoben, ein, zwei Zentimeter, ausreichend, um mich durcheinanderzubringen, wollte mir eine Tasse Tee machen und habe die letzten zwei Minuten damit verbracht, nach den Teebeuteln zu suchen, denn die grüne Dose, in der sie gewöhnlich aufbewahrt werden, ist nicht da, wo sie sonst auf der Arbeitsfläche steht, hinten in der Ecke zwischen den Schachteln mit den Kräutermischungen, aus denen sich Mairead ihren Tee zubereitet, aber

da ist sie ja, endlich,

versteckt oben auf den Tellern im Schrank überm Waschbecken, weiß der Himmel, warum sie die da hingetan hat, warum sie die umgestellt hat, wo sie doch genau weiß, wie mich kleine Veränderungen irritieren, mich im Haus herumwuseln und herumkramen lassen, da ich mich nie dran erinnern kann, wo was ist – Schlüssel, Portemonnaie, Handy, einfach alles –, kann nie was aus der Hand legen, ohne dann nicht danach suchen zu müssen, jeden Morgen dieselbe Panik – die Jagd nach den Schlüsseln, ehe ich zur Arbeit gehe –, Taschen umstülpen, Schubladen aufreißen, weil ich immer vergesse, die Dinge dahin zu legen, wo ich sie wiederfinden kann, werfe sie einfach gedankenlos beiseite, um sie am nächsten Morgen zu suchen, volle zehn fünfzehn Minuten damit vertrödelt, Zeitungen hochzuheben und Kissen und Jacken, bis sie am offensichtlichen Platz auftauchen, etwa am Haken überm Weihwasserbecken neben der Haustür oder in der Schale im Flur – wer zum Teufel hat sie da hingetan, warum kann man meine Sachen nicht in Ruhe lassen –, jeden Morgen diese chaotische Suche im ganzen Haus, der Frust, der so anders ist als dieses ängstliche Gefühl, das mich jetzt überkommt, wie

ein Stromschlag, der mich durchzuckt, weshalb es mir schwerfällt, mich auf irgendwas zu konzentrieren, im Kopf ein Ideenschwarm, als wäre er voll mit unentwegt umhersausenden elektrischen Vögeln, ein blaues Schwirren, was vielleicht der Grund dafür ist, dass ich das Essen übersah, das Mairead für mich auf dem Tisch bereitgestellt hat, und

wie ich es jetzt so ansehe,

wie ich es jetzt so ansehe,

ein Sandwich auf einem kleinen Teller, zugedeckt mit einer Serviette, daneben ein Glas Milch, und dies in detailverliebter Ordentlichkeit so perfekt, so typisch für Mairead und die Achtsamkeit, mit der sie diese kleinen Aufgaben erledigt, für ihre Fähigkeit, sich an der korrekten Ausführung solch kleiner Fürsorglichkeiten zu erfreuen, was allein daran offensichtlich wird, wie sie das hier zusammengestellt hat, weshalb es sich richtig anfühlt, wenn ich mich einen Moment darüber beuge, nur um den Anblick zu genießen, ehe ich die Serviette anhebe und sehe, dass es ein gutes, schlichtes Sandwich ist – Käse mit Relish zwischen zwei Scheiben Mischbrot –, wie ich es schon seit meiner Kindheit kenne und wie Mairead es mir hin und wieder zubereitet, eine kleine Aufmerksamkeit, eine Geste, die mich in diesem Moment zutiefst rührt, so viel Herzlichkeit und Sorgfalt für jede Einzelheit, nur will irgendetwas unerklärlich Intensives in mir danach greifen, meine Hand riesig und so langsam, als müsste sie kosmische, äonenweite Regionen durchqueren, Glas und Teller auf eine Weise absolut unerreichbar, die mit aller Zeit der Welt nicht ausgelotet werden könnte, um

mich an die Zeit zu erinnern, in der Agnes und Darragh noch Kinder waren,

und es zu ihrem Weihnachtsritual gehörte, für Rudolph und den Nikolaus etwas zu essen und zu trinken auf den Küchentisch zu stellen, damit sie sich für ihre Aufgabe in dieser großen Nacht ein wenig stärken konnten, meist Kuchen, ein Sandwich oder eine Karotte, und es gehörte zu meinen Pflichten, vorm Zubettgehen etwas davon zu essen – oder wenigstens Bissspuren zu hinterlassen, die bewiesen, dass Santa tatsächlich von unseren Gaben gekostet hatte, sodass die beiden Kleinen am nächsten Morgen, sobald sich die anfängliche Begeisterung über ihre Geschenke gelegt hatte, am Tisch stehen und die Überbleibsel begutachten konnten, die Krümel und das umgekippte Whiskeyglas, denn natürlich war Santa, der auf seinem Weg in so viele Häuser stets einen Tropfen trinken musste, schon ziemlich angeschickert, wenn er zu uns an die Tür kam, weshalb es einem Wunder gleichkam, dass er es schaffte, in all diesen Häusern immer die richtigen Geschenke dazulassen, und Agnes stand in ihrem Schlafanzug am Tisch, lauschte meinen Worten und ließ sie sich durch den Kopf gehen, während Darragh sich schon daranmachte, Kuchenreste und Karotte zu inspizieren, beide aber sagten keinen Ton, sodass ich mich zu fragen begann, ob ich im Laufe meiner Geschichte was Falsches gesagt, ob ich mich verplappert oder etwas verraten hatte, die ganze Sache aufgeflogen war, und schon wollte ich den Mund öffnen, als Mairead mich über den Tisch hinweg ansah, den Kopf mit jener Miene schüttelte, zugleich verängstigt und bestürzt, die mir wortlos sagte,

hör auf, sonst gehst du zu weit,

hör auf,

also hörte ich auf,

denn nur die leiseste Andeutung dieser Miene versetzt mich an jenen Morgen zurück, als wir gerade erst vier Monate verheiratet waren und Mairead an eben diesem Frühstückstisch stand, einen kleinen blauen Zauberstab über meinem Kopf schwenkte und ihr Gesicht dieses flehentliche Bitten zeigte, das ich nie zuvor gesehen hatte, verstört und unsicher, so verblüffend bei einer Frau, die ihr Leben mit all dem Selbstbewusstsein eines Menschen geführt hatte, der stets auf seine Instinkte hörte, eine Frau, deren Leben sie quer durch Europa geführt hatte, über diverse Kulturposten und Lehrstellen in Madrid, Berlin und Prag bis an die Ufer der Donau in Budapest, wo sie sich nach zwei Jahren in einer Sprachenschule plötzlich zur Rückkehr in die Heimat entschloss – was sie ziemlich glücklich machte, wie sie gestand – diesmal über den Umweg durch Nordeuropa – Warschau, Oslo und Kopenhagen –, ehe sie schließlich ihre Stelle an unserer Sekundarschule annahm, eine Mutterschaftsvertretung für die stellvertretende Direktorin, und in dieser Zeit, kurz nachdem ich meine Arbeit beim Kreis angetreten hatte, lernte ich sie kennen, wir verliebten uns, was dazu führte, dass wir wenige Jahre später heirateten und uns dieses Haus kauften, in dem wir erst einige Monate wohnten, als sie vor mir stand,

an eben diesem Tisch,

und den Stab schwenkte, der uns mit einem ungebrochenen Streifen in seinem winzigen Fenster verriet, dass Mairead schwanger war, dass wir ein Kind bekommen würden, und zudem, dass dies etwas war, was sie so völlig unvorbereitet traf, dass sie sich krampfhaft bemühte, ein ängstliches Kichern zu unterdrücken, während sie zu begreifen versuchte, was dies alles nach sich ziehen würde – ein Stab, den sie zwischen Daumen und Zeigefinger hielt, als wollte sie im Zimmer einen Zauber sprechen und über uns eine Wolke glitzernden Sternenstaub ausregnen lassen,

an genau diesem Tisch hier,

der damals in einem Haus stand, das nur wenig mehr als eine Betonhülle war, ein altes Haus, welches von Grund auf renoviert wurde, in manchen Zimmern weder Fenster noch Türen, Wände und Decken nackt, wohingegen der Flur mit abgesägten Holzenden und Kupferrohren übersät war, ein Haus, das um uns nach und nach Gestalt annahm, Wand um Wand ein Zuwachs an Ordnung und Struktur, ein Raum in der Welt, den wir unser eigen nennen konnten, auch wenn er an jenem Morgen aus kaum mehr als einem Schlafzimmer und einer Küche bestand und das ganze Gebäude nach Sägemehl und feuchtem Zement roch, während Mairead am Küchentisch stand,

an diesem Tisch,

mit dem blauen Teststäbchen in der Hand, das uns mit 98-prozentiger Sicherheit verriet, sie war wirklich schwanger, denn genau das besagte der durchs kleine Fenster sichtbare Streifen, so klar und deutlich wie nur irgendein im Sand gezogener Strich oder wie die Grenzziehung eines Landvermessers oder eine jener die Welt umspannenden Linien,

Längengrad und Breitengrad,

wie sie nationale Grenzen markieren, die nach langen schwierigen Verhandlungen festgelegt wurden – der 45. Breitengrad trennt Kanada von den USA, oder exakter der 38. Breitengrad, der Nord- von Südkorea trennt – eine definitive Grenze oder Schwelle, über die sich nur wagt, wer weiß, dass er das alte Leben mit all seinen Gewohnheiten und Gebräuchen hinter sich lässt, ein Leben, das bislang gut genug war, das unter den neuen Umständen aber nicht genügen würde, die

uns mit dieser Schwelle konfrontierten, zu der es gewiss dank einer dieser spontanen, lustvollen Vögeleien auf dem Stapel Türen im Schlafzimmer am Ende des Flurs oder auf einem der Tischlerböcke in der Küche gekommen war, eine unserer so spontanen wie handgreiflichen Tätlichkeiten, zu denen wir in jenen Tagen neigten, Tagen, in denen wir einander auflauerten, um gleich darauf mit dem weiterzumachen, was wir ursprünglich vorgehabt hatten, ein gegenseitiges, lässiges Ignorieren, was uns beiden entsprach, selbstzufrieden und leichtsinnig, was aber ein plötzliches Ende fand dank des kleinen Dirigentenstabs, den Mairead über meinem Kopf schwenkte, ein Stab, der uns die Nachricht überbrachte, dass unsere Leben eine radikale Wende nahmen, fort von jenen alten Angewohnheiten und Rhythmen, denen wir bis dahin so locker angehangen hatten und die ich überraschenderweise ohne allzu großes Bedauern aufgab, da

die Ehe mit Mairead bewirkte, dass sich mein Gemüt insgesamt beruhigte und ich mich mit einer Art banaler Zufriedenheit abfand, einer Zufriedenheit, die mich im selben Augenblick von einer Art namenlosem Verlangen befreite, als ich eben die temperamentvolle Frau heiratete, die jetzt neben mir stand, während ich dasaß,

vor Zeitung und Frühstück,

ein Mann, dessen Leben gerade auf den Kopf gestellt wurde

von einer Nachricht, die seine junge Frau so lähmend fand, die ich aber

mühelos verkraftete, sah ich in ihr doch allzu bereitwillig bloß eine weitere Zutat für jene alltägliche Zufriedenheit, die mich dank meiner Heirat mit Mairead erfasst hatte und die mich jetzt nicht über meine verhaltene Reaktion, sondern über die Erkenntnis staunen ließ, dass ich, hätte sie mir erzählt, dass sie nicht schwanger war, ziemlich schockiert gewesen wäre, denn das hätte fraglos etwas Tiefergehendes in mir ausgelöst als jene milde Überraschung, die mich am Küchentisch sitzen ließ, während meine Frau verzweifelt wiederholte, sie sei schwanger, ja, und da dies nun geklärt war, hätte diesem Augenblick etwas Endgültiges anhaften müssen, das es uns erlaubt haben sollte, ihn mit Glückwünschen und einer tränenreichen Umarmung zu feiern, ehe wir das Ganze vorläufig beiseiteschoben – um später am Abend ausgiebiger darüber zu reden –, wollte ich mich doch unbedingt wieder meinem Frühstück zuwenden, um jenen wenigen mir verbleibenden Minuten auch noch das letzte Quäntchen Frieden und Ruhe abzugewinnen, ehe ich zur Arbeit musste – was meinem normalen Verhalten am Morgen entsprach,

Maireads Gesichtsausdruck aber machte nun klar, dass angesichts dieses neuen Umstands der normale Verlauf der Dinge nicht länger genügte, weshalb ich tiefer in mir suchen und etwas finden musste, das ihr den verschreckten Ausdruck aus dem blassen Gesicht unter jenem strengen Mittelscheitel wischte, der Mairead ihr asketisches Aussehen verlieh, das ihr so gut stand, der Reisenden, die viele Zeitzonen und Grenzen überquert hatte, das aber nichts von ihrem aufgeweckten Geist oder der Bereitwilligkeit verriet, mit der sich ihr Gesicht zu einem Lachen öffnete, was all ihre Züge so vollständig zum Vorschein brachte, dass es manchmal unmöglich war, sich noch an jene blasse Frau zu erinnern, die jetzt

mit diesem blauen Ästchen in der Hand vor mir stand,

in einem Moment, der sich zu einem gefährlichen Schweigen dehnte, wodurch uns beiden klar wurde, dass wir zwar vier Jahre gemeinsamer Beziehung hinter uns haben mochten, deshalb aber noch lange nicht so geschickt im Umgang mit derlei Neuigkeiten waren, wie wir es uns vielleicht wünschten, außerstande, derlei den richtigen Stellenwert, die richtige Dimension zuzuweisen und oder es im Zusammenhang zu sehen, denn in diesem Moment damals schienen wir kaum in der Lage zu sein, darüber hinauszugelangen oder ihn vorläufig auf sich beruhen zu lassen, damit wir unseren Tag beginnen konnten, nur weshalb mir,

während ich hier saß,

an diesem Küchentisch,

genau dieser Moment wieder einfiel, ist schwer zu sagen, vielleicht bloß, um zu bekräftigen, dass dieser blaue Streifen in dem winzigen Fenster

Agnes war,

oder, wie Darragh sie manchmal nannte,

Agnes Dei,

Agnes aus den Angeln,

die Äbtissin des Abgrunds,

Agnosia,

Anagnorisis,

Agnes, unsere Erstgeborene, und jene Schwelle in unserem Leben, die all die Anforderungen und Verantwortungen mit sich brachte, die Mairead und mich zu den älteren Versionen unserer selbst werden ließen, unser ureigenes, hilfsbedürftiges Wesen, dessen Ankunft in der Welt durch jenen blauen Streifen angekündigt und neun Monate später bestätigt wurde, als sie sich kurz vor Mittag blicken ließ und sieben Pfund und hundertzehn Gramm auf die Waage brachte, leicht gelbsüchtig, ansonsten aber alles bestens, Finger und Zehen vollständig und ausgebildet, hing sie vierzig Minuten, nachdem sie das Licht der Welt erblickt hatte, an der Brust ihrer Mutter und wurde einige Tage später auch behördlich durch eine Geburtsurkunde anerkannt, die

vor meinen Augen in einem kleinen Büro am Ende des Flurs der Wöchnerinnenstation des Kreiskrankenhauses ausgestellt wurde, das Dokument nur eine Seite, die mir verriet, dass mein Kind nun vollends angekommen war, und das

seine Identität als Bürgerin Irlands mit Brief und Siegel bestätigte, eine Bürgerin, die, auch wenn nicht mal vier Tage alt, nichtsdestotrotz Sinn und Zweck des gewaltigen, übergeordneten Staatsapparats war, der ihr ein Leben als freies, selbstbestimmtes Individuum gestattete, die schützende Struktur einer Demokratie, die Agnes ihrerseits als Wählerin erhalten würde, als Konsumentin, Patientin, Studentin, Bankkundin, Steuerzahlerin und so weiter, ein Leben, in dessen Verlauf sie all die Ausweise und Zeugnisse ansammelte, die es ihr gestatteten, jene vielen Vorteile zu nutzen, die ihr als freiem Kind einer Republik zustanden, Zugang zu Bildung und medizinischer Versorgung, zu Bankkonten und Bibliotheksbüchern, all die Rechte, die sich aus

ihrer Geburtsurkunde ableiteten, diesem Originaldokument, das in einem kleinen Büro am Ende des Flurs für sie ausgefertigt worden war, einer beengten Kammer mit Regalen bis an die Decke, voll mit Ordnern und Berichten und erhellt von einer einzigen Neonröhre, die den Kopf der lächelnden Dame mit den dicken Armen in ein hartes Licht tauchte, als sie sich meine und Maireads Angaben notierte, sie sorgsam in eine neue Akte übertrug und dann aus einer Schublade ein leeres Formular nahm, das wir beide unterscheiben mussten, ehe die Dame noch einige Details eintrug, es ein letztes Mal durchlas und sich vergewisserte, dass alles zu ihrer Zufriedenheit war, um dann den Stempel zu nehmen, das Staatssiegel aufzudrücken und mir das Blatt mit einem Lächeln zu reichen, woraufhin ich erfüllt von einem überwältigenden Gefühl angesichts der Bedeutsamkeit dieses Augenblick ihre Hand schüttelte, was in einem solchen Moment doch gewiss angebracht war, und

zehn Minuten später saß ich im Wagen, Mairead mit Agnes im Arm auf dem Rücksitz, und stierte immer noch auf dieses Dokument,

das mir in gewisser Weise ebenso wundersam wie das Kind selbst zu sein schien, das es in eine staatliche Struktur einordnete, die einen gewissen Prozentsatz des Bruttoinlandsproduktes unter anderem für ihre Gesundheit ausgab, für ihre Erziehung und zu ihrer Verteidigung, und selbst über zwanzig Jahre später kann ich noch etwas von jenem seltsamen Stolz spüren, der mich überkam, als ich da am Steuer saß, das frappierende Gefühl, mein Kind zu mehr aufgewertet zu sehen, als allein meine Tochter zu sein, mein eigen Fleisch und Blut – eine gleichsam metaphysische Realität, die sie nun besaß, da sie in einem Register verzeichnet war, welches ihr einen Platz im Wirkkreis des Staates einräumte, ein Platz, der allein ihr gehörte und von niemand anderem besetzt oder so beschnitten werden konnte, dass ihre Identität oder ihr Schicksal verschleiert wurden, dieses Dokument, das sie nicht mit einem Etikett oder einer Zahl versah, sondern sie in ihren eigenen politischen Freiraum entließ, unsere Bürgertochter, die

fahren wir noch mal von diesem Parkplatz runter oder willst du den ganzen Tag da hocken und diese Urkunde anglotzen,

rief Mairead vom Rücksitz, und

natürlich waren all diese hochfliegenden Überlegungen bald vergessen, wurden geradezu hinweggefegt von den turbulenten und überaus realen Umständen, die ein Kind in unser Leben brachte, das ganze Drama des nächtlichen Fütterns und Windelwechselns, der Terror der Impfungen und all jene Entwicklungsstufen, die Kleinkinder durchlaufen müssen, wobei mir jedes Mal das Herz in die Hose rutschte, wenn die Gemeindeschwester vor dem Haus hielt, und das, kaum zu glauben, ist

im letzten Jahrtausend gewesen,

uralte Kamellen,

und natürlich

kam mir zweiundzwanzig Jahre später in jener ersten Märzwoche nichts dergleichen in den Sinn, als Mairead und ich zur Eröffnung von Agnes' erster Einzelausstellung in der Dominic St. Gallery nach Galway fuhren, die Ausstellung ein Preis für Agnes, weil sie zwei Jahre zuvor als Beste ihres Jahrgangs im Fach Malerei abgeschlossen hatte, eine begabte Künstlerin, wie Mairead mir versicherte, deren Arbeiten in Öl von den Dozenten hochgelobt worden waren als

ein nachhaltiger Versuch, den prophetischen Blick einer geheiligten Tradition mit einer Technik in Einklang zu bringen, die sich bemüht, einen Ausweg aus jener Redundanz zu finden, der sie in einer von elektronischen Bildern überschwemmten Welt nur allzu oft bezichtigt wurde,

zumindest hat Mairead das auf unserer Fahrt gesagt

und mich dabei an die wichtigsten Bewertungspunkte erinnert, die Agnes für die Abschlusspräsentation erhielt und die ihr diese Ausstellung eingebracht hatten, während sie mich zugleich daran erinnerte, wie wichtig dieser Abend für Agnes war, nicht bloß, weil es sich um ihre erste Einzelausstellung handelte, sondern weil sie zum ersten Mal seit dem Studienabschluss ihre neuen Arbeiten zeigte, und es wäre doch gewiss interessant zu sehen, wohin sich ihre Themen und Techniken in dieser Phase unabhängigen Experimentierens entwickelt hatten, welch neue Wege sie nun erkundete, ein Moment, da irgendwas in mir den warnenden Unterton in ihrer Stimme hätte hören und aufmerken müssen, aber ich ignorierte den verdeckten Appell, dass ich mir heute Abend Agnes zuliebe besondere Mühe geben sollte, dass ich gesellig sein oder mich doch zumindest bemühen sollte, ihr zuliebe nicht so verkrampft wie sonst zu wirken und ihr möglichst beizustehen, aber natürlich hätten wir uns beide ihretwegen keine Sorgen machen müssen, denn als wir die Galerie betraten, sah ich gleich, dass

Agnes nie so sehr sie selbst gewesen war, so eigenständig wie an diesem Abend, und dies war nur eine von vielen Gelegenheiten, bei denen ich sie sah und dachte, wären Mairead und ich nie als Mann und Frau zusammengekommen, hätte es Agnes trotzdem irgendwie geschafft, auf der Welt und genau die zu sein, die sie auf ihre Weise war, schien sie doch keineswegs beliebig oder irgendwas, irgendwer zu sein, und auch wenn wir ihre Eltern sein mochten, ging sie im Grunde auf niemanden zurück, so völlig eins mit sich wie sie war, als ich die Galerie betrat und gleich bemerkte, wie es ihr im Kreise einer Schar von eleganten Gratulanten und Freunden mitten im Raum gelang, allein zu sein und zugleich den Eindruck zu erweckem, sie sei ebenso Mauerblümchen wie Ballkönigin, wie sie da in einem schwarzen Shiftkleid über dem Boden schwebte, ihrem ganzen Wesen nach, wie Darragh mir später erklärte, ein Amalgam aus Zeugin und blasshäutige Anklägerin, beispielhaft Leidende und Cruella de Vil, eine exemplarische Studie westlicher Schauerkultur, während sie ihre Stellung mit einer so beeindruckenden Aura wortloser Verachtung behauptete, dass ich einen Moment lang fürchtete, mich ihr zu nähern, mich fürchtete, etwas Entscheidendes in der Ausstellung zu zerbrechen, ein Zögern, das Mairead offensichtlich nicht befiel, ging sie doch quer durch die Galerie auf Agnes zu, um einen Moment lang auf Armeslänge vor ihr stehen zu bleiben, ehe sich beide in die Arme fielen, eine Umarmung, aus der sich unsere Tochter schließlich löste, um mich willkommen zu heißen, mir einen Kuss zu geben und mich zur Schar ihrer Freunde und Gratulanten zu ziehen, Männer und Frauen Anfang zwanzig, all diese jungen Frauen, die Emma hießen oder Emily, und all die Jungen mit Namen wie Naoise oder Oisin oder so, und natürlich brauchte ich eine Weile, mich zurechtzufinden, als ich mich plötzlich in diesem Wirrwarr von Vorstellungen und ausgestreckten Händen wiederfand, dazu Gesprächsfetzen und vorüberhuschende Beobachtungen, die unter anderem bestätigten, dass dies,

nun ja, ein bedeutsamer Abend war und,
nein, wir seien nur für eine Nacht in Galway, und
ja, ich sei stolz auf sie, und
nein, ganz gut, das Schlimmste sei uns erspart geblieben und
so weiter und
so weiter,

bis irgendwer mir ein Glas Rotwein reichte und ich es in der Hoffnung nahm, es würde in meiner Hand zu etwas so Großem anwachsen, dass ich mich dahinter verstecken konnte, während ich bereits sah, wie gut sich Mairead amüsierte, wie sie sich unbeschwert unter Agnes' Freunden bewegte, der Stimmung des Abends überließ, ohne sich irgendwie anpassen zu müssen, also nutzte ich im buchstäblichen Sinne die Gelegenheit, einen Schritt zurückzutreten, worauf ich mich am Rand der Gruppe wiederfand, dort, wo es nicht so voll war, welche Erleichterung, Platz und Zeit zu haben, mich sammeln zu können, ehe ich weiterging, um einen Blick auf die Ausstellung selbst zu werfen, wobei meine Augen lange brauchten, bis sie sich an das Licht im Raum zu gewöhnt hatten, das von einer Art ockerfarbenem Dunst durchzogen zu sein schien, irgendwas Körnigem, Fallendem, ausgelöst von den Strahlen der niedrigen, von den Wänden reflektierten Abendsonne, genauer noch von der roten Schrift, die die Galerie von der Decke bis zum Boden in ganzer Länge bedeckte, Handschrift in unterschiedlichen Typen und Größen, ein umlaufendes Textband, das bei genauerer Untersuchung Auszüge aus den Artikeln diverser Provinzblätter wiedergab – *The Telegraph, The Sentinel, The Herald* und *Western People* – alle neueren Datums, und sie handelten ausnahmslos von Gerichtsverhandlungen und deckten die ganze Bandbreite ab, von Diebstahl über häusliche Gewalt bis zu Kindesmisshandlung, Störung der öffentlichen Ordnung, unerlaubtes Weiden auf Privatland, Bagatelldiebstahl, falsche Nummernschilder, öffentliche Schlägerei, Einbruch, tätlicher Angriff und Trunkenheit am Steuer –, kurz und gut, all die Fälle, die vor Kreis- und Bezirksgerichten verhandelt werden, dazu ausführliche Beschreibungen sowie ergänzende Auszüge und direkte Zitate aus Prozessmitschriften, die Stimmen der Opfer, der Beklagten, der Anwälte und Verteidiger, die deutlich von den Wänden widerhallten,

als ich ihn am Boden hatte, Euer Ehren, wollte ich

wir haben zu ihm gehalten, obwohl er uns unbeschreibliches Leid

eine Reihe von aufeinander folgenden Schlägen, Euer Ehren

ich hoffe, er verrottet in der Hölle, kein normaler Vater hätte getan, was er seiner Familie antat

sie roch stark nach Ruß und Diesel, Euer Ehren

vier Sorten psychotroper Substanzen im Blut

als ich drei Wochen später aufwachte, fehlte mir ein Viertel meines Schädels, stattdessen war da eine Titanplatte

das bringt dir kein Glück, du Arsch,

und so weiter und so weiter, von der Decke bis zum Boden ergoss sich ein Schwall roter Schrift durch die Galerie, stieg an und fiel in Wogen und Wirbeln diverser Größen und Abstände, verstopfte im knappen Rhythmus bestimmter Typen, nur um an anderer Stelle in krachenden typografischen Wellen auszulaufen, ein Mahlstrom von Stimmen und Farben, und es war schon ziemlich heftig, hier zu stehen, während der Blick über die Wände gerissen wurde, fortgespült von der wuchtigen Brandung dieser Installation, sich zugleich aber der Versuchung widersetzte, kurz innezuhalten, um den einen oder anderen Fall zu entziffern, dann aber den vollen Schwung und Wellenschlag des ganzen Stücks über sich ergehenließ, und so rauschte mein Blick dahin, folgte der gnadenlosen, anschwellenden Anklage des großen Ganzen, den Höhen und Tälern, bis ich von Mairead aus meinen Träumereien gerissen wurde, die an meiner Seite auftauchte, um mir mit besorgter Miene den Ausstellungskatalog in die Hände zu drücken, sich an meine Seite zu stellen und gereizt auszusehen, keine Stimmung, die ich zu solchem Anlass bei ihr vermutet hätte, aber eine, die mir verständlich wurde, als ich den Katalog umdrehte und den Titel las

Die 0-negativ-Tagebücher

Eine Installation von Agnes Conway

Material – Eigenblut der Künstlerin

und ich dastand inmitten der Menge, der Kopf leer bis auf den einen Gedanken – dass, welche Träume ein Mann für seine Tochter auch immer hegen mochte, in wohl keinem vorkam, dass er mitten in einer städtischen Kunstgalerie stand, deren Wände von mehreren Litern ihres eigenen Blutes bedeckt waren, denn eben darauf, begriff ich langsam, schaute ich, dies war der rote Dunst, der das matte Abendlicht durchzog, der durch die Schaufenster waberte, dass es aussah, als würde die Schrift selbst von den

Wänden in die Raummitte projiziert, hochrote Wörter und Sätze, die ihrerseits so fein emulgiert in diesem Licht hingen, dass wir sie über unsere Poren aufnehmen und dadurch anschwellen könnten, weshalb, selbst wenn die Menschenmenge den Zusammenhang des Raums störte, das Licht zweifelsohne dazu diente, uns alle zu einem die Galerie ausfüllenden Ganzen zu vereinen, denn Agnes' Blut war jetzt unser gemeinsames Element, das Medium, in dem wir standen und atmeten, sodass sie, auch wenn sie die Hauptzeugin war, die Anklage ausweitete, mochte sie in ihrem rhetorischen Überschwang auch noch so breit gefächert und extravagant und geografisch wie zeitlich noch so weit hergeholt wirken, letztlich lief alles auf eine spezifische Quelle und einen exakten Punkt hinaus, und das war, wie ich es sah,

ich,

nichts und niemand sonst als

ich,

so sonnenklar war es da an den Wänden und im Schwung jedes Wortes jeder Zeile, dass ich als treibende Kraft wirkte, es in Wellen zur Decke hinauftrieb, was mir noch durch die unheimliche Stimme verdeutlicht wurde, die ich jetzt in meinem Herzen hörte, eine Stimme so klar, eben weil sie halb erstickt und wie von fern klang, als sie sagte,

ich war das,

ich bin für das hier verantwortlich,

was es auch immer sein mochte,

eindeutig etwas Schlechtes und nichts was für mich sprach, denn nur wahre Schuld konnte der Grund für diese wimmernde Angst sein, die mich mitten in diesem Raum packte und die jetzt wieder in mir aufkommt, während ich hier,

an diesem Tisch sitze,

in mir dasselbe krampfige Aufblitzen, das irgendwas in meinem Innern durch plötzliche Furcht verbog, sodass ich, ehe ich auch nur die geringste Entscheidung treffen konnte, betete oder vielmehr

gebetet wurde,

ein Gebet,

das sich mit unwiderruflicher Dringlichkeit aus mir emporwand und sich im Sprechen vollendete, noch ehe die Worte gänzlich hervorgestottert waren

Jesus Christus,

lass es eine Vision von Künftigem

und keine vergangene Qual sein,

die sie zu dem hier trieb,

gerade als Mairead mich mit verblüffter Miene am Ellbogen packte, weshalb ich einen verrückten Moment lang glaubte, ich hätte wie ein Wahnsinniger meine Bitte laut vorgetragen, strauchelte ich doch messerscharf am Abgrund einer Panik, einen schrecklichen schwindelerregenden Augenblick lang, den ich nur mit jener wilden Willensanstrengung überwand, die mich im plötzlichen Taumel durch die Galerie und zur Tür hinaus in die Märzdämmerung katapultierte, wo Regen und Rushhour die schmale Straße verstopften, in der die Galerie lag, sodass die wenigen Leute, die draußen auf dem Gehweg im Dunst standen, um zu rauchen und zu schwatzen, mich erschrocken anstarrten, während ich versuchte, wieder zu Verstand und zu Atem zu kommen, vermochte ich mir doch deutlich vorzustellen, wie ich ausgesehen haben musste, als ich durch die Galerie nach draußen auf die Straße stürzte, der Provinzler mit Schlips, Kragen und großem Bauernschädel, ein Mann, der sich durch die Menge drängte, die Hände zu Fäusten geballt,

Mordlust in den Augen,

eine verdammte Mordlust,

Herrgott noch mal,

so viel zum Versprechen, mich Agnes zuliebe an ihrem großen Abend von der besten Seite zu zeigen, so viel dazu, ihretwillen einen guten Eindruck zu machen, dachte ich verbittert, wie ich da stand und der Regen auf mich herunter pisste, und nichts als saure Scham mein Innerstes aufwühlte, als

ein junger Mann mit fusseligem Bart einen Schritt auf mich zumachte, Besorgnis groß ins Gesicht geschrieben, und ich kann mich nicht daran erinnern, was ich zu ihm gesagt oder wie ich ihm geantwortet habe, aber plötzlich hielt er beide Hände vors Gesicht, als wollte ihn jemand angreifen, ihn schlagen – und wie auch immer ich in jenem Moment reagiert haben mochte, überzeugte es ihn wohl nachdrücklich davon, dass er nichts mit mir zu tun haben wollte, weshalb er zurückwich, mich allein auf dem Gehweg vor der Galerie stehenließ, wo ich noch eine weitere halbe Stunde blieb und versuchte, mich in den Griff zu bekommen, und klatschnass wurde, während die Menge auf die Straße tröpfelte, rauchte, Wein trank, ehe sie sich in der zunehmenden Dunkelheit verlief, und als ich mich ein bisschen beruhigt hatte,

nur ein bisschen,

Temperament und Nerven wieder halbwegs unter Kontrolle waren, nicht zuletzt dank der Tatsache, dass ich den Gesprächsfetzen um mich herum entnahm, die Ausstellung sei ein beeindruckender Erfolg, was mich um Agnes willen erleichterte – ich hatte ihr offenbar nicht geschadet –, sodass ich zumindest diese Sorge eine Weile vergessen konnte, während ich mich erneut fragte, was ich in der Installation gesehen hatte, genauer, dass ich den Schock auszuloten begann, den ich bei ihrem Anblick empfand, und warum ich mich überhaupt so tief davon getroffen fühlte, warum ich sie so persönlich nahm und, das Verblüffendste, wie ein Mann in meinem Alter derart von den eigenen Gefühlen überwältigt werden und so völlig aufgelöst reagieren konnte, dass ich mir ziemlich töricht vorkam, wusste ich doch nur, während ich hier im Regen stand, dass es etwas war, was mir nicht im mindesten behagte, dieses Durchsieben der eigenen Gefühle, die sich in mir wanden und aneinander rieben, während ich mit dem Rücken an der Galeriemauer versuchte, sie zu ergründen, ihnen ihren Platz zuzuordnen und keinen Schritt neben mich zu treten brauchte, um zu wissen, was für einen seltsamen Anblick ich jedem bot, dessen Blick auf mich fiel, auf diesen stämmigen Mann mit Schlips und Anzug und dem derben Wintergesicht eines Bauern, der dastand wie vor der Kirche an einem Sonntag nach der zweiten Messe, doch ganz unabhängig davon, wie ich für diese letzten Nachzügler auf dem Gehweg ausgesehen haben mochte, ließ sich mit Gewissheit sagen, dass niemand das Ausmaß der Aufruhr und Qual erriet, die mich plagten,

hatte ich die Folgen der Vaterschaft und all dessen, was sie mit sich brachte, doch nie so erdrückend gefunden wie in diesem Moment,

die ängstliche Sorge, ich könnte in gewisser Weise für das verantwortlich sein, was an den Wänden der Galerie hinter mir zu sehen war, eine zermürbende Sorge, an deren harten Kern sich zwei Jahrzehnte mit all ihren Konsequenzen hefteten, weshalb mir jetzt klar wurde, dass dieser Abend wohl auf nichts weniger als eine völlige Neubewertung meiner selbst als Mann und Vater hinauslief, etwas, womit ich keineswegs gerechnet hatte, als ich abends ins Auto stieg und die sechzig, siebzig Meilen zur Galerie fuhr, dass ich mich nämlich auf diesen Moment der Abrechnung mit mir selbst zubewegte, hatte ich doch wie so viele Menschen mein Leben ohne allzu ausgiebige Selbstprüfung gelebt, hatte mein Recht auf ein Leben frei vor einer derartigen Zumutung für selbstverständlich gehalten, eine Zumutung, die in die Verantwortung anderer fiel und die nicht die Art innerer Qual war, die ich je von mir erwartet hätte, der ich mich aber dennoch ausgesetzt sah, einer Qual, die von einem zentralen Nervenzucken in mir ausging, das mich immer wieder aufs Neue fragen ließ,

ob ich meiner Tochter gegenüber versagt hatte,

ob ich sie zu dem getrieben hatte, zu dem – was auch immer es war – das an den Wänden der Galerie hing, eine Frage, die sich in diesem Bindfadenregen, der die Straße in beide Richtungen verschattete, nicht mal im Ansatz beantworten ließ, weshalb in mir die Überzeugung wuchs, dass es nicht genügte, nur ein anständiges Leben geführt zu haben – oder ein Leben, das ich bis heute für anständig gehalten hatte -, denn jetzt hing ein definitiver Vorwurf, eine Anklage in der Luft, die es aussehen ließ, als genüge es nicht, nichts Falsches getan zu haben, außerdem bemerkte ich, dass

der Regen inzwischen so stetig fiel, dass ich wusste, er würde den ganzen Abend nicht mehr aufhören, und der

Verkehr strömte im gedämpften Licht dahin, einem Licht, das kalt und feucht wirkte, und in dem mir jetzt erst aufging, wie durchnässt ich war, besonders um die Schultern und hinten am Rücken, aber auch, dass ich mich nicht rühren konnte, dass ich vor Scham und Verlegenheit nicht wieder reingehen konnte, also blieb ich eine weitere Viertelstunde mit dem Rücken an die Wand gedrückt stehen, bis Mairead und Agnes endlich neben mir auf dem Gehweg auftauchten, in beiden Gesichtern eine Miene verärgerter Erleichterung, während sie riefen

da bist du ja,

wir haben uns schon gefragt, wo du abgeblieben bist, und

ich versuchte, Maireads Blick auszuweichen, diesem Blick, der mir sagte, sie würde ihre Wut und Enttäuschung vorläufig für sich behalten, dass ich aber später noch Einiges zu hören bekäme, also unternahm ich den törichten Versuch, sie beide zu begrüßen und als Entschuldigung

ich bin die ganze Zeit hier gewesen, brauchte ein bisschen frische Luft,

vorzubringen, was eine Lüge war, die sie mir nicht abnahmen, aber erst einmal durchgehen ließen, weil sie unbedingt aus dem Regen wollten und Agnes schon eine Grimasse zog und auf dem Gehweg vor lauter Ungeduld einen kleinen Stepptanz aufführte, der Mantel mit dem hohen Kragen unterm Kinn zugeknöpft, was sie aus jenem fahlen Totem, das sie kurz zuvor noch gewesen war, beinahe in eine Geschäftsfrau verwandelte, ihr ganzes Erscheinungsbild das einer jungen, berufstätigen Frau, die sich auf dem Weg von der Arbeit nach Hause kurz die Ausstellung angesehen hatte, und mir fiel wieder ein, dass dieser Mantel ein Geschenk von Mairead in unser beider Namen anlässlich eben dieser Gelegenheit gewesen war, der Lohn am Ende eines langen Shoppingtages, eines Tages, an dem Mairead abends nach Hause gekommen war und regelrecht geglüht hatte, weil sie in ihrer Gewissheit bestärkt worden war, dass ihre Tochter bei solchen Dingen wie Mänteln einen guten Geschmack besaß, denn auch wenn er, wie sie damals gestand, nicht der Mantel war, für den sie selbst sich entschieden hätte – so konservativ, fast schlicht – und Agnes' Wahl sie durchaus ein wenig verblüfft hatte, war sie doch zufrieden, denn trotz aller Unterstützung für Agnes' künstlerische Laufbahn gab es Phasen, in denen Mairead sich unverhohlen um sie Sorgen machte und sich fragte, ob es nicht besser gewesen wäre, sie hätte sich keine Karriere ausgesucht, die derart von Glück und Unsicherheit bestimmt wurde, eine Karriere, die ihr zweifellos einen geharnischten Anteil an Enttäuschung und Verzweiflung bereiten würde, und

ob ich denn wusste, wie vielen Künstlern es gelinge, von ihrer Arbeit zu leben, nun,

dass wusste ich natürlich nicht,

aber manchmal, wenn ich Mairead in diesem Ton reden hörte, hatte ich berechtigten Grund zu der Annahme, dass sich all ihre Sorge eigentlich nicht um Agnes drehte, sondern letztlich ihr selbst galt, deutete es doch ein Zaudern in ihrem eigenen Leben an, rief womöglich einen Moment in ihrer Vergangenheit wach, in dem sie versucht gewesen war, Ähnliches zu wagen, um sich dann für die sicherere Option zu entscheiden, fürs Unterrichten, und irgendwann während einer ihrer vielen Reisen, ihrer Abenteuer im Ausland, hatte sie schließlich begriffen, dass ihr der Mut für etwas so Riskantes wie eine künstlerische Karriere fehlte, weshalb es jetzt, wenn Agnes sich bei der Wahl eines Mantels für Konservatives entschied, so war, als träfe sie dieser Selbstvorwurf nicht länger, und

da war sie nun, unsere künstlerische Tochter in ihrem vernünftigen Mantel und sah so todschick aus, dass, wäre sie jemand anderes gewesen, es mich nicht überrascht hätte zu hören, sie arbeite in irgendeiner Finanzfirma, Versicherung oder so, einem Job, in dem man den Wert des gegenwärtigen Augenblicks gegen eine unvorhersehbare Zukunft aufwog, und wie ich da im Regen stand und sie anschaute, nahm mich dieser Gedanke, diese Vorstellung eines alternativen Lebens, in das meine Tochter hätte hineinwachsen können, derart gefangen, dass ich einen Moment brauchte, bis ich merkte, dass ich angesprochen worden war und

Agnes vorschlug, wir könnten doch was essen gehen, denn später werde sie sich mit Freunden auf ein paar Drinks treffen, es wäre aber schön, wenn wir ein wenig Zeit zusammen verbringen könnten, nur wir drei, außerdem

habe sie Hunger, sagte sie, einen Mordshunger,

da sie den ganzen Tag lang keine Zeit für eine anständige Mahlzeit und seit dem Mittag nichts mehr zu essen gehabt hatte, viel zu aufgeregt, zu besorgt, was das fiebrige Glühen ihrer Wangen erklären mochte, ihre blasse Haut auf eine Weise gerötet, die Mütter gern eine Hand auf die Stirn ihres Kindes legen ließ, um es dann aufzufordern, die Zunge rauszustrecken, und sie zog die Lederhandschuhe an, die ihre Aufmachung erst vervollständigten, dieses letzte Detail, das ihr Aussehen von lässig elegant in etwas Zweckmäßigeres verwandelte, ein Anblick, der mich elektrisierte und in mir das tosende Bedürfnis weckte, den Abend an einen anderen Ort zu verlegen, damit eine andere Stimmung aufkam, also sagte ich

ja, was zu essen, aber wo können wir um diese Uhrzeit denn nur hin, wird nicht überall schon reserviert sein, wir hätten früher dran denken sollen, hätten anrufen können und

Mairead warf mir diesen Blick zu, schüttelte bekümmert den Kopf und ich riss mich zusammen, hielt mitten im Satz inne,

verdammt, komm runter, ermahnte ich mich, beruhige dich,

also hielt ich den Mund und nahm mich zurück, während die beiden Frauen sich beratschlagten, und dann zogen wir zu dritt los, folgten Agnes durch die schmale Straße, über die Brücke und durch eine enge Gasse beim Einkaufszentrum, die in eine Parallelstraße mündete, wo, flankiert von einer Kirche auf der einen und einem Theater auf der anderen Seite, ein Restaurant lag, ein ruhiger Ort, an dem uns ein Kellner gleich seine volle Aufmerksamkeit schenkte, auf uns zukam und sich um uns kümmerte, sobald wir eintraten, uns die Mäntel abnahm, die Taschen, und uns an einen Tisch führte, einen von sieben oder acht in einem kleinen fast leeren Raum, und erfreut sah ich, wie zufrieden Mairead die Tische mit ihren Stoffservietten und dem schweren Besteck musterte, woraufhin sie sich, als könnte sie Gedanken lesen, mit einem breiten Lächeln zu mir umdrehte, mädchenhaft meine Hand drückte und sagte

wie schön, nicht, Marcus, sehr elegant, und

ihr freudiger Genuss verbreitete einen ganz eigenen Glanz als wir Platz nahmen, uns die Speisekarte ansahen, um uns dann doch dankbar Agnes anzuvertrauen, die das Restaurant offenbar gut kannte und wusste, was zu empfehlen war, weshalb es nicht lang dauerte, bis die Bestellungen aufgenommen wurden und man uns die großen Speisekarten abnahm, sodass wir uns zurücklehnen und den Abend Revue passieren lassen konnten, der, wie ich dem Gespräch entnahm, ein uneingeschränkter Erfolg gewesen war, weshalb Agnes und Mairead viel zu bereden hatten, vor allem, wie es mit der Ausstellung in den kommenden Wochen weitergehen sollte – hoffentlich würde sie von anderen Galerien übernommen, zöge vielleicht sogar nach Dublin, denn ihre Arbeit brauchte ein derartiges Rampenlicht, um in den überregionalen Zeitungen besprochen zu werden – und wie ein braver Schuljunge, der aufgepasst hatte, warf ich ein paar Fragen ein, damit sie nicht glaubten, ich sei eingeschnappt oder verärgert, und Agnes antwortete mit jenem sorgsamen Maß an Zuwendung und Rücksicht, das mir zu verstehen gab, nichts von dem, was ich am Abend getan hatte, weder mein Schrecken noch mein Panikanfall, hätten sie irritiert oder ihrem Selbstvertrauen geschadet, weshalb ich erleichtert war und auch stolz, denn

ihr Selbstvertrauen war eine jener Messlatten, anhand derer ich prüfte, ob ich als Vater gute Arbeit geleistet hatte, ein echter Indikator dafür, dass sie zu einer starken, unabhängigen Frau herangewachsen war, sich nicht so leicht von dem beuteln ließ, was das Leben ihr zumutete, oder dass sie gar vor jenen Momenten zurückschreckte, in denen sie ihren Standpunkt behaupten musste, Momente wie diesem, als sie sich ausschließlich mir zuwandte und abrupt begann meine Arbeiten haben dich überrascht, verstört,

womit das Thema gewechselt war,

ich habe deinem Gesicht angesehen, wie verblüfft du warst

ja, gestand ich, und auch ein wenig schockiert, denn mit so etwas hatte ich nicht gerechnet, es ist so anders als deine früheren Sachen, und

auch wenn die Verwirrung, die in meiner Stimme anklang, echt war, half sie nicht unbedingt, das Gefühl von Verletzung zu verbergen, das, so fürchtete ich, diese Woge des Selbstmitleids nach oben schwemmen könnte, die in mir aufbrandete und von dem geduldigen, versöhnlichen Ton noch verstärkt wurde, in dem Agnes mir erzählte, das

ja, richtig, ist schon ein ziemlicher Sprung, aber ich glaube nicht, dass ich je ganz mit Ölbildern aufhöre – möchte ich auch nicht -, nur wollte ich in den letzten Monaten was anderes ausprobieren, ein Experiment – wollte die Idee eines Ölgemäldes zu Neuem öffnen und

das hast du geschafft

ja, sagte sie, mit einem Stirnrunzeln, und egal, wie erfolgreich diese Ausstellung auch sein wird, werde ich mit meiner nächsten Arbeit wohl zur Ölmalerei zurückkehren, Öl mit Blut auf Leinwand, vielleicht irgendein neues Amalgam, ich weiß noch nicht,

sagte sie, lächelte und

beugte sich in ihrem Sessel vor, um mich offen anzusehen, die Schultern in ihrem ärmellosen Kleid vorgeschoben, als sollten sie Agnes' Hingabe an die Idee eindeutig unterstreichen, aber auch ihren Wunsch, mich zu beschwichtigen, was etwas in mir löste, ich schlucken musste, mich ruckartig vorbeugte und hörte, wie ich erklärte,

was mir an dem Ganzen so zusetzte, war nicht bloß das Blut

ich hätte dich vorwarnen sollen

sondern dass es nicht irgendein Blut ist, es ist dein Blut

schon okay, ich war vorsichtig

das ist doch selbstzerstörerisch

nein, ist es nicht, Dad, mein Gott, war doch nur ein kleiner Pieks, und sie warf die Arme hoch und lächelte, sodass

ich mich gleich beruhigt fühlte, bereit, diesen Augenblick zu nutzen und mit meinen eigenen Überlegungen vorzupreschen, denn

was ich schwierig fand, war diese Mischung aus moralischem Zeigefinger und Scheinheiligkeit, die Selbstgerechtigkeit, mit der du dich über dein Material erhebst, da weiß ich nicht so recht,

du findest es unfair, dass ich mich auf städtischer Bühne über diese Hinterwäldler lustig mache,

in ihrer Stimme jene stählerne Schärfe, die mir schon immer gefallen hatte – ihr ganz eigener Ton und so anders als die ausweichende Clownerie, mit der ihr Bruder in solchen Momenten reagierte – wenn Agnes eine klare Meinung hatte, ging sie immer auf Konfrontation, weshalb sie sagte

ich bin mir nicht sicher, ob meine Kritik darauf abzielt, dass du unfair bist

oder ob ich einen auf Onkel Tom mache, mein städtisches Publikum mit den komischen Kapriolen seiner Verwandten vom Land unterhalte

so was in der Art, sich auf Kosten anderer amüsieren, allerdings wäre ich enttäuscht, wenn du nicht selbst schon daran gedacht hättest, dafür bist du zu clever, um

ja, daran gedacht habe ich schon, was aber nicht heißt, mir sei es gelungen, es zu vermeiden und

bei deiner Auswahl hast du dich für die billige Option entschieden, hast genau die Sachen rausgesucht, die uns lächerlich aussehen lassen, die vielen Verurteilungen wegen Trunkenheit am Steuer, tätlichen Angriffs, Störungen der öffentlichen Ordnung – Straftaten, die fast schon was Komisches an sich haben, weshalb

ja, du hast recht, bei manchen geht es eher ums Komische als ums Gefährliche – sogar bei den Gewaltverbrechen –, aber sämtliche Fälle wurden den Akten der Bezirks- und Kreisgerichte entnommen, und es war eben diese ländliche Rechtsprechung, die mir gefiel – warum, das kann ich ehrlich gar nicht sagen, aber ich fand, die vielen Fehltritte und Vergehen, die da verhandelt wurden, wirkten irgendwie überschaubar – ich weiß nicht, die Idee dahinter kann ich gar nicht richtig in Worte fassen, denn obwohl ich viel darüber nachgedacht habe, ist sie mir noch nicht völlig klar und

sie sah mich jetzt ernst an, und mir blieb ein Moment, um mich zu fragen, ob ich mit dem Versuch, das Ganze verstehen zu wollen, nicht etwas zu vorschnell gewesen war, denn normalerweise waren dies keine Worte, die mir leichthin über die Zunge kamen, nein, eigentlich hatte ich mich noch nie in einer Lage befunden, in der Worte dieser Art notwendig gewesen waren, jetzt aber wollten sie aus mir heraus, drohten, mich auf ein Unglück zuzutreiben, also riss ich mich am Riemen und bewahrte mich vor dem, worauf auch immer ich zusteuerte, denn meiner Rede jetzt freien Lauf zu lassen, konnte zu nichts Gutem führen, nicht um diese Zeit am Abend, da wir es fast geschafft hatten, und erst recht nicht, da Agnes in einer so versöhnlichen Stimmung war und das Thema damit beendete, dass sie zugab,

es gibt keinen Grund, dir Sorgen zu machen, Dad, ja, man wird womöglich mit dem Finger auf mich zeigen, und es mag Anschuldigungen geben, aber das ist nicht persönlich gemeint, und nichts davon geht gegen dich oder Mam – ihr seid von aller Schuld freigesprochen –, die Idee ist noch im Entstehen, und

sie wandte sich mir zu, im Gesicht eine so klare Bitte, dass ich gleich weich wurde und die drahtige Anspannung in meinem Gedärm sich zu Wärmerem auflöste, wodurch dem Augenblick die Schärfe genommen wurde, wir unser Glas heben und damit zufrieden sein konnten, uns so weit wie möglich vorgewagt zu haben, weshalb wir die Sache nun vorläufig auf sich beruhen lassen durften, ein Schluss, den Maireads entspannte Miene bestätigte, hatte sich meine Frau doch bis dahin bemüht im Hintergrund gehalten, jetzt aber, da sie spürte, dass der schwierige Augenblick vorbei war, nahm sie die Wasserkaraffe, die in der Tischmitte stand, füllte ihr Glas und hob es ein Prosit auf unsere Tochter und ihren großen Tag, möge es noch viele weitere geben, und

der Abend war also gerettet, wir stießen an, und das Klirren der Gläser hing über dem Tisch und brauchte lange, um zu verklingen,

wie die Angelusglocke,

die noch in meinem Kopf widerhallt, ein einziger Ton, der in hellem Licht durch den Tag läutet, als hinge die Welt davon ab,

Berge, Flüsse und Seen,

Vergangenheit, Gegenwart und Zukunft und

der Augenblick, jetzt vollständig und abgehakt, sodass wir entspannt unsere Gesellschaft genießen und uns unverfänglicheren Themen zuwenden konnten – insbesondere Darragh und seinen Abenteuern in Down Under, ein Thema, das uns allen der Reihe nach ebenso ungläubige wie genervte Kommentare entlockte,

habt ihr seine Matte gesehen

der Bart und die Haare

dieser Methusalem-Look, den er sich zugelegt hat

Methusalem oder eher Mad Max

wenn er online ist, kann man sein Gesicht kaum sehen, nur zwei Augen im Gebüsch

mit den Haaren erinnert er mich an deinen Vater

um Himmels willen, sag das nicht

ich glaube, er hat sich nicht mehr rasiert, seit er den Äquator überquert hat

sieht eher wie eine Vogelscheuche und nicht wie ein Prophet aus dem Alten Testament aus, falls er darauf aus gewesen ist

er behauptet, es sei eine harte Schufterei, dieses ganze Waltzing-Mathilda-Ding, keine Zeit für ausgiebige Körperpflege oder

Schufterei, dass ich nicht lache, die einzigen Fotos, die er postet, zeigen ihn und seine Kumpel mit Wollmütze auf dem Kopf am Lagerfeuer, wie sie sich dosenweise Four X-Bier reinschütten und dafür musste er jetzt bis ans andere Ende der Welt reisen

aber ich glaube, er fängt bald einen neuen Job an, weil im

größeren Umkreis von Brisbane jetzt alles Obst gepflückt ist, also wollen die Jungs eine Zeitlang auf einem Milchhof arbeiten und

was weiß denn der schon von Kühen

wie immer, wenn die Rede auf Darragh kam, fielen wir in unsere alten Rollen – Agnes, die zänkische ältere Schwester, die seine Eskapaden mit einer Mischung aus Bewunderung und Eifersucht verfolgte, Mairead, die abgöttisch liebende Mutter, die in Darraghs Art, derart unbekümmert das Studium auf die lange Bank zu schieben, um zu verreisen, etwas sah, worauf sie stolz war, und ich selbst, der Vater, dessen Geduld schmerzlich auf die Probe gestellt wurde und der sich ständig über seinen Sohn ärgerte, sich an ihm rieb – ein Thema, das so viele andere Themen und Stimmungen nach sich zog, dass mich später,

als wir nach Hause fuhren, Mairead daran erinnern musste, wie verstört ich früher am Abend gewesen war, woraufhin ich sofort zu einem Häuflein beschämter Hilflosigkeit wurde, als sie auf ihre typische Weise nachhakte und mich warnte, sie halte es für durchaus möglich, dass ich aggressiver reagiert hätte als mir klar sei, weshalb sie es für ratsam hielt, dass ich noch einmal über alles nachdachte und zu einer klareren Einschätzung dessen kam, was da passiert war, denn

du hast dich gefürchtet

wie meinst du das

hast du, und ich hatte Angst, du könntest auf jemanden losgehen

wann wäre ich je auf jemanden losgegangen

weiß ich doch, deshalb hatte ich ja solche Angst,

sagte Mairead, und draußen vor der Windschutzscheibe zog feucht schimmernd die Dunkelheit vorbei, während wir über schmale Nebenstraßen fuhren, die auf unserem Heimweg verschlafene Dörfer miteinander verbanden, ich auf dem Beifahrersitz, so ungewohnt, dass jemand anders am Steuer meines Wagens saß, weshalb es mir doppelt schwerfiel, Maireads Fragen zu ertragen, doch gab ich schließlich zu

ja, habe ich,

in der Hoffnung, das Thema damit rasch und ein für alle Mal zu beenden,

ich habe mich gefürchtet, sowohl meinet- als auch ihretwegen, aber du findest, ich habe überreagiert

nein, trotzdem fand ich es überraschend, wie du reagiert hast – was genau hat dich denn so aufgebracht

da war Blut

ja, ist anders als Öl, ein ziemlicher Bruch mit ihrer früheren Arbeit, trotzdem finde ich es seltsam, dass du so schockiert warst

ich denke, schockierend wäre es, wenn ich nicht geschockt gewesen wäre – seit wann sind wir so blasiert, wenn es um solche Dinge geht –, dabei war sie als Kind doch so schwach

sie war nicht schwach, nur ein bisschen anämisch, litt an Eisenmangel, weshalb sie Tabletten nehmen musste, die ihre Zähne verfärbt haben – ist dir aufgefallen, sie hat sie für heute Abend polieren lassen, dadurch hatten sie diesen Glanz

auf ihre Zähne habe ich nicht geachtet – all das Blut – mir kam das Bild, wie sie auf einem Bettrand sitzt, eine Spritze im Arm, so habe ich sie vor mir gesehen

um Himmels willen, Marcus, mach dir um sie keine Sorgen

ich bin ihr Vater, es ist meine Pflicht, mir Sorgen zu machen, oder weißt du, wie sie es sich entnommen hat

entnommen – man könnte meinen, wir reden über eines ihrer Organe

kennst du ein besseres Wort

nein, aber wenn sie sagt, dass sie vorsichtig war, dann glaube ich ihr – hör mal, du brauchst dir keine Sorgen um eine Frau zu machen, die so einen Mantel trägt, dass solche Frauen sich was antun, ist ziemlich unwahrscheinlich

was für ein Unsinn

ist es nicht, und so

sorgte ich mich jetzt, ob in mir eine neue Sensibilität für Schock und Furcht erwacht sei, irgendein Defekt, eine Schwäche, die mich so unerwarteter Scham aussetzte, dass ich nicht damit fertig wurde, etwas, dem ich entschiedenen Widerspruch entgegensetzen musste, wollte ich die zermürbende, aufwühlende Angst daran hindern, zu noch Zerstörerischem anzuwachsen und

jetzt hör auf, dir Sorgen zu machen, fuhr Mairead fort, war doch nur Blut, es hätte viel schlimmer kommen können

was hätte denn schlimmer sein können

stell dir vor, du wärst in die Galerie gekommen und sie hätte nackt vor dir gestanden

warum sollte sie denn nackt sein

ach, du weißt ja, manche dieser Performance-Künstler sind ziemlich abgefahren, sie hätte auch ein Schwein umarmen können

ein Schwein

ja, oder sie wäre nackt gewesen und hätte gepinkelt in ein

okay, Mairead, schon klar

und ich stöhnte, während sie durch die regennasse Nacht fuhr, vorbei an den kleinen Städten und Dörfern, die mit ihren menschenleeren Straßen im Leichentuchschimmer der Natriumlampen schliefen, über schmale Moorstraßen, die unbeleuchtet waren, aber den bedrohlichen Eindruck machten, sie würden über das auf beiden Seiten endlos ausgedehnte Meer aus Heide und Quecke hinwegführen, unser Auto im flattrigen Mondlicht offenbar das einzige auf der Straße, trotzdem fuhr Mairead mit Bedacht, denn

nachts bin ich diese Straßen noch nie gefahren

sagte sie, ihr Blick konzentriert, während sie ein gemächliches Tempo hielt in den plötzlichen Kehren, von denen man

erst weiß, wie eng sie sind, wenn man bei Nacht hindurchfährt, so eng, so kurvig

lass dir Zeit, wir haben es ja nicht eilig

und ich dachte, ihr Ingenieure hättet in den Boom-Jahren alle Straßen begradigt

uns wurde gesagt, es gebe Besseres mit dem Geld anzufangen – die meisten Boom-Gelder gingen für Umgehungsstraßen drauf oder für Verbindungsstraßen zwischen den Zentren größerer Städte – für Moorstraßen blieb nicht viel übrig, erst recht nicht für eine blaue Straße wie diese blaue Straße

ja

und was heißt blaue Straße

blaue Straße heißt, es ist keine grüne Straße

blaue Straße, grüne Straße

ja

lass mich raten, blau und grün wie in der Politik, die Farben der Parteien

genau

um diese Straße hat man sich nicht gekümmert

hat man nicht

weil Grün an der Macht war

ja

weil, lass mich noch mal raten – die Wahlurnen dieses Bezirks vor allem blaue Stimmzettel ausspuckten

genau

und solange das so bleibt, bleibt diese Straße schmal und kurvig, und die Schlaglöcher werden immer größer

zumindest wird man nicht viel ausgeben, um sie zu füllen – langsam jetzt, gleich kommt ein Abschnitt mit provisorischem Belag, und in solchen Kurven wie dieser kommen die Reifen auf dem Splitt schon mal ins Rutschen und

sie fuhr weiter in stetem Tempo mitten auf der Straße, immer noch durch Moorland, das sich nach beiden Seiten ins Dunkle erstreckte, in der Ferne die blinkenden Lichter vereinzelter Höfe wie von Schiffen auf hoher See, Moor meilenweit, ehe an den Straßenrändern Steinmauern und Torfzäune wuchsen, an den Wagen heranrückten und

das ist ja seltsam, sagte sie

was denn

wir sind gerade an einem Feld mit einer Straßenlaterne vorbeigefahren, einer einzigen mitten im Nirgendwo

ich weiß, hast du gesehen, was am Feldrand in ihrem Licht stand

ein paar Kühe

und eine halbrunde Futterstation

und

und wofür braucht man eine Straßenlaterne, die eine Futterstation anstrahlt

woher soll ich das wissen

denk mal nach

weil sie hell ist

ja, ihr Licht scheint auf

futternde Kühe

genau

also hat irgendwer eine Straßenlaterne am Feldrand aufstellen lassen, damit er nachts besser sehen kann, wenn er sein Vieh füttert, richtig

ja, die Laterne steht da seit Jahren, ein Ingenieur hat mal versucht, sie entfernen zu lassen, bekam aber von ganz oben Bescheid, dass sie stehenbleiben soll

und jetzt bleibt sie

genau

wie grotesk

nichts im Vergleich dazu, wenn man sie entfernen will, denn als es unser Ingenieur versucht hat, gab man ihm mit ziemlich scharfen Worten zu verstehen, dass er, wenn er sie abbauen lässt, im nächsten Jahr keinen Budgetentwurf mehr einzureichen braucht

eine blöde Laterne, murmelte Mairead, mitten im Nirgendwo

ja, eine Laterne und

kurz vor ein Uhr morgens kamen wir endlich zu Hause an, und kaum da, ging Mairead zu Bett, denn ihr Unterricht begann um neun, aber ich blieb noch vierzig Minuten wach, holte mir eine Flasche Bier aus dem Kühlschrank und stellte den Fernseher an, um die neuesten Nachrichten zu sehen, bevor ich auch schlafen ging, Sky News, was sonst, und so erfuhr ich, dass man fürchtete, in Südostasien könnte die Vogelgrippe die Artengrenze überspringen, und dass man wohl noch das ganze Jahr mehr und mehr Truppen in den Irak verlegen würde, während in irgendeiner Stadt die Suche nach einem Serienmörder weiterging, nachdem man auf einem Müllplatz die Leichen von zwei Prostituierten gefunden hatte – dieselben alten Stories um diese Nachtstunde, aber irgendwie doch auch neu, schließlich schaltete ich den Fernseher aus und widerstand dem Verlangen, in meinen Emails nachzusehen, ob Darragh mir ein paar Zeilen geschrieben hatte, denn ich wusste, wenn ich mich so spät noch an den Computer setzte, bliebe ich bestimmt eine Stunde davor hängen, auf Nachrichtenkanälen oder auf Amazon, was weiß ich, ließe mich von einer Suche zur nächsten verleiten und im Handumdrehen war es drei Uhr morgens und ich hätte zwei Stunden vertan, die ich lieber im Bett verbringen sollte, denn sonst müsste ich am nächsten Tag dafür büßen, wäre müde und matt, also vergewisserte ich mich, dass die Schlüssel auf dem Ständer neben der Tür lagen, machte das Licht im Flur aus und im Bad, ehe ich mich zu Mairead ins Bett legte, einen Arm um sie, ihr Hintern an meinem Bauch und war, eingelullt von ihrer Körperwärme, Sekunden später eingeschlafen, schlief tief, ungestört und so völlig frei von Träumen, dass ich

am nächsten Morgen kurz nach acht Uhr frisch und hellwach zur Arbeit kam und gerade in jenem Augenblick die County-Büros betrat, als die beiden jungen Frauen am Empfang, Miriam und Eimear, die Morgenpost sortierten und ihre Headsets aufsetzten, um Anrufe zu beantworten, und sogar im Foyer schon Leute waren, die Kfz-Steuerformulare ausfüllten, um die Warteschlange zu vermeiden, die sich in einer halben Stunde, wenn der Schalter aufmachte, davor gebildet haben würde, also winkte ich den beiden Frauen zu und

lief die Treppe hinauf zu meinem Büro am Ende des Flurs, ein kleines, enges Büro mit einer dreieinhalb Meter hohen Decke, und ich drehte die Jalousie vorm Fenster auf, das sich hoch oben hinter meinem Schreibtisch befand, bis aus großer Höhe Licht auf mich fiel, weshalb ich manchmal meinte, am Grunde eines Brunnens gefangen zu sein und vom Himmel niemals mehr sehen zu können als jenen hellen Schlitz über mir, ein Eindruck, der jeden Morgen, an dem ich diesen Raum betrete, unfehlbar auf meine Laune abfärbt, und so hängte ich meine

Jacke über die Lehne, rollte die Hemdsärmel auf, ließ meinen Blick über den Schreibtisch mitsamt Computer und dem Krimskrams an Papieren und Umschlägen wandern und registrierte gleich fünf Probleme, die meine unmittelbare Aufmerksamkeit erforderten – ein Drosselschieber vor dem Dorf Kilasser, der rasch geöffnet werden musste, damit sich die Regenflut der letzten Tage nicht auf der Straße staute – eine Beschaffungsorder über sechshundert Tonnen polierten Granitgesteins von Roadstone, die noch geklärt werden musste, ein paar Rechnungen, die unterschrieben und an die Buchhaltung weitergeleitet werden sollten, und schließlich eine Nachricht auf dem AB von Charlie Halloran, den ich bitte sofort zurückrufen möchte, eine Nachricht, die um zweiundzwanzig nach sieben eingegangen war, was selbst für Hallorans Maßstäbe früh war, weshalb mir gleich schwante, dass dies schlechte Neuigkeiten bedeutete, und noch während ich kurz damit spielte, den Anruf auf später zu verschieben, dachte ich, zum Teufel damit, besser, ich räume das gleich aus dem Weg, damit es mir nicht den ganzen Tag verdirbt, also wählte ich seine Nummer und überfiel ihn, noch ehe er etwas sagen konnte, mit meinem fröhlichsten Ton

Councillor, Sie sind heute ja früh auf den Beinen

so früh wie jeden Morgen

erwiderte er barsch

woraufhin ich mich gleich aufsetzte, denn es bestand kein Zweifel mehr, dass er sich auf dem Kriegspfad befand, als er sagte

Sie sind nicht der Einzige, der weiß, wie ein Arbeitstag aussieht –

was kann ich für Sie tun, Councillor

ich sag Ihnen, was Sie für mich tun können – Keeva Bridge, was ist damit, gestern war ich da – wollte rüberfahren, musste aber umkehren, also, was ist da los

Sie wissen doch, was da los ist, zwei Monate Regen haben die Brücke fortgewaschen, die Pfeiler wurden unterspült, weshalb das ganze Ding unter seinem eigenen Gewicht zusammengekracht ist – ein Bautrupp befindet sich bereits vor Ort, und der Schaden sollte in weniger als drei Wochen behoben sein –

höhnisches Gelächter erklang am anderen Ende der Leitung

das wird deutlich länger dauern als drei Wochen, wenn die in dem Tempo weitermachen, in dem ich sie gestern arbeiten sah

was haben Sie denn gesehen

verdammt wenig hab ich gesehen, jedenfalls nichts, was nach Arbeit aussah, das können Sie mir glauben, ein ganzer Verein stand da in Warnwesten und hat geraucht und in Handys gequatscht, das habe ich gestern Nachmittag um drei Uhr gesehen

was bei mir die Alarmglocken schrillen ließ, denn der Frust in Hallorans Stimme klang schärfer als bei unseren üblichen Auseinandersetzungen, der Mann war ganz unüberhörbar sauer, also wandte ich behutsam ein

mitten am Nachmittag, da hatten sie bestimmt gerade Teepause

Teepause, dass ich nicht lache, einer von den Jungs schlief in seinem Lieferwagen, die Füße auf dem Armaturenbrett – ich hab's Fenster runtergekurbelt und mit einem der anderen Jungs geredet, der hat am Halteschild gelehnt und sich mit dem Ellbogen aufs Autodach abgestützt, als hätte er alle Zeit der Welt für ein Schwätzchen, erzählte irgendwas von einer Betonplattenlieferung, aber ich habe auf Teufel komm raus nicht kapiert, wovon genau die Rede war

ich selbst hatte auch keinen Schimmer, aber das durfte ich Halloran nicht merken lassen, also ließ ich das Gespräch weiterlaufen, bis klar wurde, worauf er genau hinaus wollte, und sagte

es gab eine kleine Verzögerung, aber die Männer haben die in einem Tag wieder raus, also

worauf ich hinaus will ist: Gibt es irgendwelche Vorkehrungen für eine provisorische Brücke – in der Gegend von Aughawill wohnen acht Familien, die jetzt von der Zivilisation abgeschnitten sind wir haben uns gegen eine provisorische Brücke entschieden, Aufwand und Kosten

was soll das heißen, Aufwand und Kosten – ich muss Sie wohl nicht daran erinnern, dass der Feiertag ansteht und bald wieder die ersten Touristen durch diese Gegend fahren und

die neue Brücke wird in wenigen Wochen fertig sein, lange ehe die Touristen kommen, ist doch nur eine schlichte Bogenbrücke, kein denkmalgeschütztes Bauwerk, deshalb

sie sollte besser zum Wochenende fertig sein, ich habe keine Lust, im Midwest Radio erklären zu müssen, warum es bei der schmalen Straße zu Verzögerungen kommt, und ich will auch keine Bilder der Bürger von Aughawill sehen, die ihre Kinder auf dem Weg zur Schule in Lieferkisten über den Fluss ziehen und ihren gewählten Vertreter wie einen Idioten aussehen lassen

falls die wirklich vorhaben, Sie schlecht aussehen zu lassen, sollten Sie ihre Leute vielleicht daran erinnern, dass die Brücke noch stehen würde, wenn ihre Schafe die Hügel am Fluss nicht überweidet hätten

ach ja, Marcus, das vergesse ich schon nicht, erwiderte Halloran mit trockenem Sarkasmus, noch besser wäre es aber, Sie begleiten mich bei meiner nächsten Wahlkampagne und klären die Leute auf über Fruchtfolge und richtiges Beweiden von Hügeln oder über das, was Ihnen sonst noch auf der Seele brennt, dann werden wir ja sehen, wie gut das ankommt, und noch ein Letztes – hat sich der Gesetzgeber deshalb schon bei Ihnen gemeldet

Moylette

ja

nein, der Abgeordnete Moylette hat sich deswegen noch nicht gemeldet, jedenfalls nicht, soweit ich weiß

ist nur eine Frage der Zeit, die ganze Gegend liegt in seinem Kernland, da überrascht es mich schon, dass Sie noch keinen besorgten Anruf von ihm erhalten haben – und was ist mit Lavelle, hat der angerufen, hat er doch bestimmt schon

nein

sieht ihm gar nicht ähnlich, so langsam zu sein, ich hätte drauf gewettet, dass der sich deswegen längst bei Ihnen gemeldet hat

nun, ich freue mich auf die Anrufe dieser beiden Herren

na schön, belassen wir es dabei – tun Sie in Sachen Brücke, was Sie können, lösen Sie das Problem

ich kümmere mich drum, danke für Ihren Anruf

wiederhören

wiederhören

und die Leitung war tot, er legte auf, und ich lehnte mich auf meinem Stuhl zurück, um meine Gedanken zu ordnen, denn Halloran, dieser Arsch, hatte mir Grund zum Nachdenken gegeben – was zum Teufel war da los bei der Brücke, von was für einer Verzögerung hatte er geredet und wieso hatte sich Keville, der Bauleiter, deswegen nicht längst bei mir gemeldet – solche Gedanken beschäftigten mich nach unserem Gespräch, und ich ließ mir Zeit, ehe ich zum Hörer griff, denn aus Erfahrung wusste ich, das Schlimmste wäre, wenn ich jetzt jemanden anriefe und ihm die Hölle heiß machte, das wäre der sicherste Weg, den Schlamassel noch zu verschlimmern, also lehnte ich mich zurück, schloss die Augen und betrachtete das Problem unter möglichst vielen Aspekten – zuerst aus dem Blickwinkel des Ingenieurs, weil ich mich fragte, was genau eigentlich an diesem Aufschub schuld war, und schließlich, was Halloran vor allem interessierte, aus dem Blickwinkel eines Politikers, der ständig mit Argusaugen darüber wachte, dass in seinem Hinterhof alles in Ordnung und er stets in den Startlöchern war, um jede Anerkennung für die Reparatur und Wiederherstellung einzuheimsen, schließlich war allgemein bekannt, dass Hallorans Ehrgeiz auf mehr als nur einen Platz im Grafschaftsrat abzielte, weshalb er eine echte Gefahr für Moylette bedeutete, den amtierenden Abgeordneten, doch erst, als die beiden Namen zusammen in meinem Kopf erklangen, wusste ich, ich musste sofort

auf der Baustelle anrufen, denn das Letzte, was ich jetzt brauchte, war noch ein Anruf von einem Politiker, mit dem ich reden musste, ohne die ganze Geschichte zu kennen, also wählte ich Kevilles Nummer und nach ein paar Mal Klingeln hob er ab

hallo, ja

Kevilles Stimme vor einem Trommelfeuer von Hintergrundgeräuschen, neben ihm röhrte ein Motor, und ein Presslufthammer setzte zu einer Reihe kurzer, metallischer Schläge an, während Keville erneut schrie

hallo, hallo

hallo Andy, Marcus hier

Marcus, wie geht's denn so, geben Sie mir eine Sekunde, damit ich von hier wegkomme und

ich sah die Baustelle vor mir, war ich doch erst vor wenigen Tagen daran vorbeigefahren, weshalb ich sie noch gut in Erinnerung hatte, die Brücke abgesperrt mit orangefarbenem Stacheldraht, die Maschinen, die Arbeiter in ihren Warnwesten, der Geruch nach rohem Stein, Beton und Diesel drang durchs Telefon und

Marcus

ja

können Sie mich verstehen

schrie Keville mit etwas mehr Abstand zum Presslufthammer, also, sagte ich

Andy, habe ich das richtig gehört, Sie sind mit der Arbeit im Verzug, worauf

er nach und nach mit einer Geschichte rausrückte, die im Wesentlichen bestätigte, was Halloran gesagt hatte, dass es nämlich zu einem eintägigen Verzug gekommen war, was an einem Stromausfall auf dem Roadstone-Bauhof gelegen hatte, der die Betonproduktion volle vierundzwanzig Stunden lahmlegte – und nein, Generatoren gab es da keine –, aber ihm sei versichert worden, die vorgefertigten Platten würden noch heute geliefert, der mobile Kran sei bereits vor Ort und könne sofort loslegen, deswegen werde man also keine weitere Zeit verlieren, das sei absolut sicher, er selbst habe sich heute Morgen schon bei Roadstone gemeldet, und dort hatte man ihm feierlich versprochen, die Platten würden spätestens am Nachmittag geliefert und ich ließ ihn in diesem Ton noch ein paar Minuten weiterreden, ließ ihn seine Geschichte wiederholen, die auf die Versicherung hinauslief, er habe alles im Griff, genau das, was ich von ihm hören wollte, war dies für ihn doch der erste Job als Bauleiter, nur während ich ihm zuhörte, wurde mir auch klar, dass ich die Hoffnung begraben konnte, das Projekt vorzeitig und unter dem Budget abschließen zu können, derweil sein Frust und Ungerechtigkeitsgefühl derart anschwollen, dass er sich noch minutenlang ereiferte, während ich dasaß und hoffte, mein Schweigen würde irgendwann zu ihm durchdringen und ihn begreifen lassen, dass ich mit der Situation nicht zufrieden war, und so kam es denn auch, sein Ton wurde brüchiger, schartig vor Sorge und drohte, in Selbstmitleid umzukippen, als er damit herausplatzte

viel mehr kann ich nicht tun

macht Ihnen doch niemand einen Vorwurf, Andy

wenn ich die verdammten Dinger selbst gießen könnte, ich würde es tun

beruhigen Sie sich

ich habe nur zwei Hände, können Sie selbst zählen

ich schnitt ihm das Wort ab, da ich fürchtete, sein erhitztes Gemüt könnte überkochen, und dann hätten wir eine ganz andere Art von Krise am Hals, also sagte ich

hören Sie, kriegen Sie das so bald wie möglich in den Griff und rufen Sie mich an, sobald die Platten abgeladen wurden, ich möchte nur ungern noch einen Politiker an der Strippe haben, der mich mit Dingen überrascht, die ich eigentlich wissen sollte

Sie hatten jemanden am Apparat

ich hatte heute Morgen einen Anruf von Halloran

dem Grafschaftsrat

ja, er war es, der mir von dem Verzug erzählt hat – und ich sollte es nicht von ihm erfahren oder

woher wusste er davon

Sie müssen gestern mit ihm geredet haben

ich habe mit niemandem geredet

dann war es einer der Jungs, er hat am Stoppschild gelehnt und mit einem Mann geredet, der das Fenster runtergekurbelt und eine Menge Fragen gestellt hat, irgendwann nachmittags, so gegen drei

am anderen Ende folgte ein langes, zunehmend düsteres Schweigen, und ich meinte zu spüren, wie Keville beim Zuhören vor Wut schäumte, denn

so habe ich davon erfahren – seien Sie also vorsichtig, mit wem Sie reden, und halten Sie mich auf dem Laufenden, und

dann legte ich auf, und das Büro schnurrte um mich herum zusammen, graues Licht wogte zur Decke, während das leere Gefühl in meinem Bauch mich daran erinnerte, dass ich am Morgen ohne Frühstück aus dem Haus gegangen war, also sah ich nach, wie viel Geld ich in der Tasche hatte – zwei Zwanziger und ein bisschen Kleingeld –, ehe ich aus dem Haus und über den Rasen zum Café Deli an der Straßenecke ging, wo ich mir ein Sandwich mit Hühnchen und einen großen Becher starken Kaffee kaufte und mich auf eine Bank unter einen großen Ahornbaum setzte, ziemlich kühl für diese Jahreszeit, aber erträglich, wenn man nur ein Sandwich essen und einen Kaffee trinken wollte, also setzte ich mich, nachdem ich den Platz abgewischt hatte, und blickte im Schein der wässrigen, tiefstehenden Sonne auf das säulenbestückte Gebäude auf der anderen Straßenseite, vor dem einige Leute mit Talar und Perücke zusammenstanden und sich berieten, sich eine ganze Weile zueinanderneigten, ehe sie aufbrachen, zwei ins Gebäude zurück und zwei die Straße hinunter, und mir fiel ein, dass ja das Gericht tagte und eben dieses Gebäude mit seinen kostümierten Akteuren der Quell für Agnes' Arbeit war, die mir am Abend zuvor so zugesetzt hatte und die mir, bis zu diesem Moment, nicht mehr in den Sinn gekommen war, hatte ich über Nacht doch offenbar ganze Arbeit geleistet und alles verdrängt, aber jetzt, als ich da so saß, kam mir der Abend wieder in den Sinn, eine rote Flut, und die vielen besorgten Gefühle kehrten in einer schwächeren Variante zurück, um mich hier auf dieser

Bank zu beuteln, weshalb ich einen heiklen, aufgewühlten Moment lang

nicht wusste, wie ich reagieren sollte, ob ich wutschnaubend auf der Bank sitzen oder mit der lachhaften Vorstellung ins Gericht stürmen sollte, ich könnte jemanden für das verantwortlich machen, was ich am Abend zuvor erlebt hatte, ein Gedanke, der mich fast hätte aufspringen lassen, getrieben von einer Wutwelle, um durch die Drehtür in den Gerichtssaal zu stürzen, wo ich einen der Verteidiger aus seinem Stand oder den Richter von seiner Bank zerren wollte – wählerisch würde ich da nicht sein – und ihm noch im Gericht eine Tracht verpassen würde

und,

und

mit diesen befriedigenden Phantasien vergnügte ich mich einige Minuten, verfeinerte die sich eskalierenden Momente zu einem Höchstmaß an Gewalt und Chaos, das aus dem Saal auf die Straße schwappte, eine Szene, bei der ich trotz all ihrer verführerischen Komik keine Ahnung hatte, wie sie ausgehen, was sie bedeuten oder was sie mir Gutes bringen mochte, außer dass ich noch einige Minuten dasaß und mein klägliches Vergnügen genoss, bis sich abzeichnete, dass mich die Bilder des vergangenen Abends für den Rest des Tages nicht mehr loslassen würden, sodass mir nur wenig Hoffnung blieb, ich könnte in der Lage sein, mich ganz auf jene Arbeit zu konzentrieren, die auf meinem Tisch lag, dennoch war mein Wunsch, diese Erinnerungen und Ängste zu vergraben, so groß, dass ich den letzten Schluck Kaffee trank und in entschlossener Stimmung ins Büro zurückkehrte, wo ich während der nächsten Stunden verbissen alle Probleme abhakte – klärte die Sache mit der Beschaffungsorder, schickte ein Zwei-Mann-Team los, sich um den Drosselschieber bei Kilasser zu kümmern, und vereinbarte einen Preis für Granit aus einem Steinbruch in Ardrahan, neunzig Kilometer entfernt, nachdem ich ihnen ein billigeres Angebot für dieselbe Sorte Stein geschickt hatte, abgebaut auf der anderen Seite der Welt in einem Steinbruch in Südchina, dann zum Polieren in die Türkei verschifft, um schließlich immer noch ein Drittel billiger in West Mayo verkauft zu werden – Aufgaben, die ich bis zum späten Nachmittag abarbeitete, als

Casey, einer vom Straßenbau, den Kopf zur Tür hereinsteckte, weil er einen Rat brauchte, wie er mit einem schwierigen Anwohnerverein umgehen sollte, der keiner Vernunft zugänglich zu sein schien und

sie weichen keinen Millimeter, sagte er, drei Treffen, aber immer noch kein Einsehen

um welches Problem geht es denn eigentlich

das Problem ist dieser Kilometer Straße quer durch ihr Dorf, die Leute wollen feinkörnigen Asphalt, was völlig unangemessen wäre für ein Wohngebiet mit einer Schule und einem Pub

Sie haben ihnen die straßenbautechnischen Gründe erklärt, die dagegensprechen

natürlich habe ich das, auch die Sicherheitsgründe – die gewünschte Oberfläche macht jeden Bremsweg fast doppelt so lang wie auf grobem Belag, außerdem ist er in einer geschlossenen Ortschaft gefährlich, nicht zuletzt, weil kein Streugut drauf liegenbleibt, wenn erst der Frost kommt

vom Oberflächenwasser ganz zu schweigen

genau, Wasser – nur das kleinste bisschen Regen, und jeder Fahrer kämpft mit Aquaplaning

ich kenne diese Leute – keiner hat ein gutes Wort für den anderen übrig, aber wenn es um ihr Dorf geht, halten sie alle zusammen und

Halloran treibt sie natürlich an

war ja klar – wenn's nach ihm ginge, könnte sich das Dorf die Straße mit Kristallglas asphaltieren lassen, Halloran würde das von den Anwohnern fünfzig bis sechzig Stimmen einbringen

kann ich ja verstehen, er will sie bei Laune halten, aber Sie erraten nie den eigentlichen Grund, warum es genau dieser Belag sein soll

und warum

wegen der ›sauberen Stadt‹, diesem verdammten Wettbewerb – die glatte Straße sieht viel schicker aus als der übliche grobkörnige Asphalt, der eigentlich da hingehört –, und hat diese Straße erst einen Bordstein, Mittelstreifen und Reflektoren am Rand und in der Mitte, bedeutet das gleich zehn Extrapunkte im Städtewettbewerb und

okay, sagte ich, weil ich langsam einen Schlussstrich unter dieses Gespräch ziehen wollte, Sie machen Folgendes – berufen Sie ein weiteres Treffen ein und geben jedem Vorstandsmitglied des Vereins ein Schreiben, das noch einmal alle Punkte auflistet, die Sie gerade angeführt haben, und sagen Sie ihnen, dieses Schreiben käme zu den Akten und

es wird mehr nötig sein als ein abgeheftetes Schreiben

lassen Sie mich ausreden, geben Sie den Leuten einen Moment zum Nachdenken, und wenn sie das wirklich nicht davon abbringen sollte, erklären Sie ihnen, wie es Ihrer Meinung nach weitergeht – Sie sagen, dass man ihnen einen von der Gardaí oder der NRA aufgesetzten Unfallbericht vorlegen wird, der die Schuld an dem jüngsten Zusammenstoß jenen gibt, die für diesen Belag auf einer geraden Straße verantwortlich sind, die mit einem 80-km/h-Tempolimit mitten durchs Dorf führt, und

auf Caseys Gesicht leuchtete ein breites Grinsen

denen die Verantwortung zuschiebt

genau, ihnen wird der Belag nicht mehr halb so wichtig sein, wenn sie annehmen müssen, dass die Möglichkeit besteht, der eigene Name würde in irgendwelche Verfahren verwickelt

richtig, das sollte ihnen zu denken geben

und dieses Schreiben spricht Sie von aller Verantwortung frei, sollte es wirklich zu einem Unfall kommen

damit könnte es tatsächlich klappen, sagte Casey, öffnete die Tür und nickte, als könne er bereits sehen, dass das Problem gelöst sei, zumindest werde ich es so versuchen, danke Marcus

gern geschehen, und lassen Sie mich wissen, wie Sie damit vorankommen

mache ich, passen Sie auf sich auf

und er zog die Tür zu, war fort und überließ mich der angenehmen Gewissheit, ein gutes Werk getan zu haben, indem ich den älteren, klügeren Vorgesetzten spielte, der die Finessen des Gewerbes weitergab, ein angenehmes Gefühl, das bis zum Ende des Tages anhielt, als ich auf meinem Weg über den Flur einen Stapel Rechnungen zur Buchhaltung brachte und nach draußen weiterging zum Platz, wo

einige Spaziergänger über den Rasen liefen und sich zwei Jungs in Schuluniform einen Ball zukickten, der ganze Abend vermittelte so ein Gefühl, als ginge der Winter zu Ende, dabei war noch gar nicht richtig Frühling, und aus irgendeinem Grund beschloss ich, einen kurzen Abstecher nach Keeva zu machen, um mit eigenen Augen zu sehen, wie es um die Brückenbaustelle stand, es war eine schöne Fahrt dahin, und es konnte nicht schaden, selbst einen Blick darauf zu werfen, mich auf den neuesten Stand zu bringen, also setzte ich mich ins Auto, stellte das Radio an und suchte den Sender,

den ich jetzt auch höre,

Midwest Radio,

der schwermütige Singsang der Country-Musik, der über den Äther zu mir drang, schon seltsam und irgendwie unangebracht, so rührselige Melodien und Texte um diese Tageszeit durch die Küche wabern zu hören, passte die Stimmung der Songs doch viel besser zur späten Nacht, wenn einen Dunkelheit und jene einsame Weite ergriffen machen, die man mit Country verbindet, aber natürlich

bin ich es, der unangebracht ist, fehl am Platz, nicht die Musik, bin ich an einem Wochentag wie diesem doch so selten zu Hause, dass ich kaum sagen kann, was um diese Zeit normalerweise gespielt wird, in der ich

an diesem Tisch sitze und

diese Songs über mich hinwegspülen lasse wie eine stete Flut aus einer Welt erträglicher Kopfschmerzen, einer Welt, in der schlechte Gefühle Melodien haben und mit Strophen, Überleitungen, Refrains ausgedrückt werden können, Songs, zu denen man nach Herzenslust mitsingen und dabei jenes gerechte Maß an Bedauern empfinden kann, das einem sagt, wie sehr man trotz aller Einsamkeit Teil des allgemeinen menschlichen Dramas ist, dass es wahre Nähe bedeutet, wertvoller und inniger, als Nachrichten zu hören oder Zeitung zu lesen,

Hank oder Waylon oder George

zu lauschen und zu wissen, wir alle sind schuld am Herzschmerz der Welt, Verlust und Enttäuschung kartographiert in den Songs von

Hank oder Waylon oder George,

jedenfalls war es kurz nach vier, als ich in den Wagen stieg und nach Keeva fuhr, der Abend brach an und die fernen Berge unter den Wolken rückten im Regen näher, der auf den ersten Meilen stetig fiel, jedoch in heftigen blauen Schwaden niederging, als ich zur Brücke kam, die Uhr am Armaturenbrett zeigte zehn vor fünf, zwanzig Minuten nach Arbeitsschluss, und die Männer hatten tatsächlich auch aufgeräumt und waren nach Hause gegangen, was gut so war, da ich es vorzog, mir die Baustelle allein anzusehen, also hielt ich am Straßenrand, dicht an den Leitbaken und am Absperrband, das den gesamten Brückenbauplatz abriegelte und kurbelte das Fenster runter, um die Sache genauer zu begutachten, war es doch viel zu nass, um aus dem Wagen zu steigen und rumzulaufen, jetzt, wo der Regen aufs Autodach trommelte und die Wischer über die Windschutzscheibe jagten, trotzdem konnte ich genug sehen, um zu erkennen, dass die Arbeit wieder auf Kurs war, genau wie Keville versprochen hatte, die Betonplatten an Ort und Stelle, zwischen den Pfeilern auf Stahlträgern ausgelegt, die Arbeit am Untergrund abgeschlossen, sodass, falls das Wetter mitspielte, es keine zwei Wochen mehr brauchte, die Arbeit vollständig abzuschließen, pflastern, verlegen und die Zugangsstraße von beiden Seiten asphaltieren, zwei Wochen, wenn alles gut lief, das Ganze also noch vor dem langen Wochenende unter Dach und Fach, und Halloran und Lavelle würden zufrieden sein und mich nicht mehr anrufen, um mir auf den Senkel zu gehen, aber gerade, als ich dies dachte sah ich durch den Regen eine Gestalt auf mich zukommen, erst nur ein verschwommener gelber Fleck auf der Windschutzscheibe, der sich dann zu einem Mann mit Gummistiefeln und Öljacke verdichtete, von der die Tropfen wegspritzten, das Letzte, was ich um diese Tageszeit sehen wollte, trotzdem kurbelte ich das Fenster runter, woraufhin er eine Hand aufs Dach legte und sich zu mir beugte – das grobe Gesicht eines Mannes, der es gewohnt ist, bei Wind und Wetter draußen zu sein –, den Kopf ins Fenster steckte und zu mir sagte

ganz schön nass

ziemlich

musste ja irgendwann runterkommen

was treibt Sie raus bei diesem Wetter

sah Ihren Wagen, wusste, dass Sie das waren

Ihnen entgeht auch nichts

nein, nichts

der Wetterbericht ist auch nicht gerade berauschend, soll bis Mitte nächster Woche so weitergehen

ein Mist, dieser Regen, sagte er, während die Tropfen weiter an ihm herabliefen

solange er jetzt runterkommt und nicht im Sommer

noch ein bisschen früh im Jahr, um das zu sagen

stimmt auch wieder

und damit war ich mit meiner Geduld am Ende, weshalb ich fand, dass es an der Zeit war, den Stier bei den Hörnern zu packen und zur Sache zu kommen

Sie sind aber nicht in diesem Regen zu mir gekommen, um sich über das Wetter zu unterhalten

ist Ihnen aufgefallen, was

mir würde auch weniger auffallen

glaub ich gern

also, was haben Sie auf dem Herzen

ich habe nachgedacht

und über was haben Sie nachgedacht

ich habe mir nur so gedacht, die Brücke ist ja fast fertig,

noch eine Woche oder zwei, und Sie ziehen hier wieder ab und

wenn alles gut läuft, aber weshalb interessiert Sie das

ich hab nur gedacht, all die Steine von der alten Brücke, die müssen Sie doch irgendwo abladen

denk schon

tja, Sie würden Zeit und Geld sparen, wenn Sie die einfach da hinten aufs Feld kippen, gleich auf der anderen Seite der Baustelle, könnten einfach rauffahren und die Steine hinterm Gatter abkippen und

ich wusste gleich, worauf er aus war, Granitsteine für einsfünfzig die Tonne, ein paar auf sein Feld gekippte Ladungen wären ein hübsches Vermögen und

Sie würden schon dafür sorgen, dass sie da keinen Staub ansetzen

hab ja nur so gedacht

ich weiß

wie er mich jetzt angrinste und dabei nur zu genau wusste, dass sein Angebot tatsächlich zu unserem Vorteil war, ihm aber auch ein erkleckliches Sümmchen einbringen würde, fünfzig, sechzig Tonnen Granitsteine auf seinem Feld, mit denen er anfangen konnte, was er wollte, und wenn er sie zu einem ordentlichen Profit verkaufte, schließlich wussten wir beide, es käme viel billiger, sie auf seinem Land kaum fünfzig Meter von der Stelle entfernt zu entsorgen, wo sie jetzt lagen, statt sie aufzuladen und zwanzig Meilen weit zur Deponie auf der anderen Seite von Castlebar zu fahren, trotzdem hatte ich keine Lust, ihm den Gefallen zu tun, irgendwas an seiner nackten Habgier stieß mich ab, sträubte sich dagegen, weshalb ich gleich wusste, diesmal würde ich nicht nachgeben, jedenfalls nicht heute Abend, womit nicht gesagt sein soll, dass ich in Zukunft nicht irgendwann einwilligte, wusste ich doch, dass das, was er sagte, durchaus sinnvoll war, aber dennoch, dies war eine der Begleiterscheinungen meines Jobs, die ich widerlich fand – jeder Arsch wollte irgendwas – und auch wenn ich das Ganze für ihn von Gesetzes wegen schwierig machen und allerhand Versicherungsklauseln zitieren konnte, welche für Fahrzeuge galten, die im öffentlichen Auftrag auf Privatgelände fuhren, ganz zu schweigen von den vielen übrigen Verordnungen, die für wilde Müllentsorgung galten, beendete ich das Gespräch einfach damit, dass ich sagte

lassen Sie mich mal machen, ich sehe, was ich tun kann

abgemacht, sagte er und schlug mit der flachen Hand aufs Dach, als wäre die Sache damit besiegelt

wie geht's übrigens Ihrem Nachbarn, hab ihn nicht gesehen, als ich anhielt

Thomas

Thomas, ja, die Vorhänge waren zugezogen

bei dem weiß man nie, wie man dran ist, ist vielleicht noch gar nicht auf, der hat so seine eigenen Zeiten

tanzt er noch

er tanzt noch, ist heute Abend im Digger Jay's

keine Anzeichen dafür, dass eine Frau ins Haus kommt

nein

der stellt doch nichts Dummes an, dieser Thomas, oder

sicher kann man sich da nie sein, aber ich lasse Sie jetzt fahren

wir unterhalten uns noch

abgemacht

alles Gute

also zog er los, leichten Herzens, und es pisste immer noch, während er im Rückspiegel schrumpfte, die gelbe Öljacke zu einem Lichtfleck wurde, und ich den Wagen wendete und den Weg zurückfuhr, den ich gekommen war, die Straße, die mich an seinem Haus vorbeiführte, draußen haufenweise Sand und Betonblöcke und ein Mischer, an dem eine Schaufel lehnte, und ich sah gleich, dass er sein Haus an der linken Giebelseite erweitern wollte, ein großer Anbau, schon gefliest und verputzt, das Gerüst stand, auf den Fensterrahmen noch die blauen Klebstreifen, an der einen Seite ein großer Berg Muttererde, der verriet, wo er hinterm Haus in den Hang gegraben hatte, um Platz für diese Erweiterung zu schaffen, weshalb sich da jetzt eine niedrige, steile Kante befand, an der dieser Hang abrupt endete, und es war unschwer zu sehen, was er mit den Steinen anfangen wollte – er würde diese Kante verblenden, damit die Erde nicht vom Wasser ins Haus geschwemmt wurde, die schweren Steine sollten den ganzen Hang hinterm Haus verstärken, und was an Steinen noch übrig war, konnte für den Garten genutzt werden, der sich vorn bis runter zur Straße zog, und ich begriff jetzt, was ihm vorschwebte, wie

er mit dem Radlader aufs Feld fahren und die Steine hinters Haus bringen wollte, wo er während der trocknen Sommermonate arbeiten würde, festklopfen, mörteln und ausrichten, Schicht um Schicht, sodass, wenn alles lief, wie er sich das vorstellte, die Arbeit getan war, ehe das Wetter gegen Jahresende wieder umschlug, die Mauer mit einer Krone versehen, verfugt, und obendrein noch ein paar Tausender gespart, das ganze Projekt hatte ich so klar vor Augen, dass ich,

auch wenn ich diese Art Gelegenheitssinn halb bewunderte, der ihn nach draußen in den Regen getrieben hatte, um mit mir zu reden, zugleich spürte, wie schäbig sie war, diese kleingeistige Mentalität, die mindere Geister befähigte dank solcher Gelegenheiten zu gedeihen, sie überhaupt erst zu erkennen, und hinter all dem steckte etwas, das mich ärgerte, weshalb ich jetzt

von dem ganzen verdammten Mist genervt war,

von diesem Kerl und seinem Anbau, den Granitsteinen und dem ganzen verfluchten Scheiß, der durch meinen Kopf schwemmte, als gäbe es da drinnen nicht schon genug davon,

jedenfalls waren das meine Gedanken, als

ich am Abend nach Hause fuhr und nicht mal Lust hatte, das Radio einzuschalten, einfach nur der Straße lauschte, über die die Reifen rauschten, während der Regen sich langsam zurückzog und die Sonne den Tag für die letzte Stunde, die ihm noch blieb, in helles Licht tauchte, sodass ich, als ich bei Belclare die Kurve nahm, in Richtung der gleißenden Sonne fuhr, die gerade über Clew Bay unterging, am Horizont ein Silberstreif, der mir am Steuer fast die Sicht nahm, weshalb ich die Blende runterklappen musste, aber auf Höhe Deerpark sah ich den Croagh Patrick dann so deutlich, so nah, dass ich meinte, nur die Hand ausstrecken zu müssen, um ihn berühren zu können, viele freudige Frühlingseindrücke, die mich auf den Gedanken brachten, Mairead und ich könnten doch einen Spaziergang machen, sobald wir etwas gegessen hatten, was

wir dann auch taten, wir zogen uns eine leichte Jacke über und gingen los, als die Nacht bereits anbrach, folgten der Hauptstraße und liefen auf dem Uferweg am Rand des Dorfes entlang über den Black Hill, die frische Brise im Gesicht, und beim Spazierengehen erzählte Mairead mir von einem Dokumentarfilm, den sie kürzlich gesehen hatte, erzählte mir,

dass es in der Mongolei einen Nomadenstamm gibt, der durch die Wüste zieht, Ziegen hütet, Schafe und Pferde, und der seine Jurten gern am Rand von Städten errichtet, um Handel mit den Sesshaften zu treiben, woran weiter nichts bemerkenswert wäre, zum eigentlich Interessanten aber gehört, dass inmitten dieses Stammes eine heilige Frau lebt, eine Medizinfrau, zu deren Aufgaben natürlich das Heilen gehört, das Beschwören der Götter, die vielen schamanischen und medizinischen Pflichten, eine Berufung, die von einem Familienmitglied auf das andere übergeht, in apostolischer Nachfolge, was bedeutet, dass sie noch eine zusätzliche Aufgabe hat, nämlich die Welt des Stammes in Harmonie und im Gleichgewicht zu halten, indem sie ihr Leben rückwärts lebt und zwar

rückwärts – wie meinst du das

ich meine, sie geht rückwärts und redet rückwärts und reitet ihr Pferd rückwärts, sie steht mitten in der Nacht auf, um zu Abend zu essen, und geht zu Bett, wenn alle um sie herum mit dem Tagwerk beginnen und

warum macht sie das

das ist ja das Faszinierende – diese Leute glauben, wenn alle in dieselbe Richtung gehen und reden und Dinge tun, dann bestünde die ernste Gefahr, dass die ganze Welt vornüberkippt, also braucht es einen Menschen, der in umgekehrter Richtung vorgeht, damit die Welt im Gleichgewicht bleibt und ist durchaus sinnvoll, entspricht elementarer Ingenieurswissenschaft, jedes lastentragende Konstrukt kippt vornüber, wenn es zum Ausgleich kein Gegengewicht hat, Kräne würden umfallen, wenn sie nicht richtig ausgewogen sind

ich denke nicht, dass sie das als Ingenieurswissenschaft verstehen

mag sein, trotzdem ist es das, manche Mechanismen brauchen ein Gegengewicht, nur so ist die Standsicherheit gewährleistet

dabei geht mir nicht aus dem Kopf, dass man natürlich eine Frau mit so einer Aufgabe betraut

vielleicht kann nur eine Frau dieser Aufgabe gerecht werden, eine bedeutungsvolle, gegenläufige Seele, die die Welt im Gleichgewicht hält

ich musste an Darragh denken, als ich das gesehen habe, in genau so was wäre er nämlich gut

stimmt, in dieser Rolle würde er glänzen, vielleicht hat er sie ja auch schon angenommen, so wie er sich aufführt

du bist zu streng mit ihm

er ist ja auch ziemlich streng mit mir

wir bogen in die Westport Road ein und ins Licht der Straßenlaternen, acht Kilometer insgesamt, folglich war es schon ziemlich dunkel, als wir nach Hause kamen, und ich war froh, kein Stechen in der Ferse zu spüren, ein Schmerz, der kam und ging, wie es ihm passte, dann nahm ich eine Tasse Tee mit ins Büro, stellte fest, dass Darragh online war und skypte ihn an, woraufhin kurze Zeit später sein buschiger Kopf den Bildschirm füllte, und kaum hatte Darragh mich begrüßt, sagte er, ich habe die Fotos gesehen

was für Fotos

die von der Ausstellung, sie hat sie auf ihrer Facebook-Seite hochgeladen

wer auf welche Facebook-Seite

Agnes aus den Angeln, die Äbtissin des Abgrunds, Anagnorisis

Darragh, diese Schimpfnamen sind wirklich sehr ermüdend

entschuldigend hob er eine Hand

ist nicht respektlos gemeint, Dad, nur eine kleine Kabbelei unter Geschwistern, eigentlich wollte ich auch bloß sagen, dass es anscheinend ein ziemlich aufregender Abend war, Agnes, die da steht wie die blasse Anklägerin der ganzen Welt, ziemlich krass

war mal was anderes, das auf jeden Fall

überrascht mich nicht, dass es dich aufgeregt hat

wer hat dir das denn erzählt

Agnes hat mir einen lückenlosen Bericht gemailt, scheint ja richtig was los gewesen zu sein

das war's, jede Menge Leute, und alle waren offenbar von ihrer Arbeit begeistert

die so ganz anders ist als die üblichen Ölschinken

ja

ein ziemlicher Schock

kann man wohl sagen

ihre Mail liest sich total lebendig, stimmungsvolle Beschreibungen – sollte es mit der Malerei nicht mehr klappen, erwartet sie als Schriftstellerin eine glänzende Zukunft

was genau jene Art Drohung war, die Agnes für Darragh bedeutete, die bloße Möglichkeit nämlich, dass ihre beharrlich angewandten Fähigkeiten seine realen, aber noch sehr fragilen Talente überstrahlten und er sich eines Tages durch ihre Bereitwilligkeit, sich einzubringen und noch den letzten Tropfen aus ihren weniger ausgeprägten Begabungen herauszupressen, zutiefst beschämt sehen würde, denn auch wenn sein bloß sporadisches Interesse fürs Studium genügte, um durchzukommen, und er so nie ganz erreichte, wozu er durchaus fähig wäre, verbarg er sich vor der Bedrohung durch Agnes doch allzu oft hinter der Maske des kichernden, spottenden Schelms und verfiel einer Ausdrucksweise, die mir zu hoch war und bei der man leicht den Eindruck bekam, er spräche aus einer völlig anderen Dimension des Verstehens, ein unter den momentanen Umständen durchaus glaubhafter Gedanke, schließlich unterhielt er sich vom anderen

Ende der Welt mit mir, die Stimme etwas abgehackt, als reisten die Worte durch eine sie entstellende, verzerrende Störung im Äther, was bei dem, worüber wir redeten, allerdings nichts weiter machte, streiften wir in unserem Gespräch doch Sport, Politik, Klatsch und Tratsch, Themen also, bei denen wir uns sicher fühlten – Hatton würde den Kampf gegen Pacquiano nie gewinnen, nicht mit vierundsechzig Kilo, und Mayo dürfte es schwerfallen, das Pearse Stadion diesen Sommer mit einem Sieg zu verlassen –, aber auch Themen, bei denen wir uns weniger sicher waren – würde Kenny als Oppositionsführer bis zur nächsten Wahl durchhalten, wo er doch Mühe zu haben schien, die Misstrauensanträge der kommenden Monate zu überstehen –, zwanzig Minuten redeten wir, zwanzig Minuten, in denen zwei Männer die Welt zurechtrückten, ehe Darragh fragte

siehst du dir immer noch *Battlestar Galactica* an

klar, bin halb durch die dritte Staffel, bleibst du am Ball

nein, ist hier manchmal nicht so einfach, einen Fernseher zu finden, und ich bin noch nicht dazu gekommen, die Folgen zu streamen – nimmst du sie auf

glaub schon, müssten eigentlich auf der Festplatte sein, falls sie nicht jemand gelöscht hat

prima, freue mich schon drauf, sie mir anzusehen, wenn ich wieder zu Hause bin, und wie geht's Mam, hat ihr die Ausstellung gefallen

Mam geht's gut, und sie fand den Abend prima, sie, Agnes und ich wären am liebsten die ganze Nacht aufgeblieben, aber wir mussten am nächsten Morgen arbeiten, deshalb sind wir nach der Ausstellungseröffnung zu dritt essen gegangen und dann nach Hause gefahren, kamen erst nach Mitternacht hier an – Mam hat sich gerade hingelegt, gönnt sich eine Pause nach all der Aufregung

aber mit ihr ist alles in Ordnung

natürlich, sie ist nur ein bisschen müde nach dem ganzen Stress, war einfach ziemlich anstrengend

sag ihr, ich hab sie lieb

okay, mach ich, und pass auf dich auf

bye

bye

und ich sah, wie sich das Bild zu einer verrauschten Interferenz trübte, als der Computer runterfuhr und das Zimmer in dunkle Stille entließ, was hinter meinen Augen ein verbranntes Gefühl erzeugte, fast, als hätte das Licht vom Monitor sie bis ins Innerste durchglüht, so ein Gefühl, wie man es sicher spürt, kurz bevor die Welt in Flammen aufgeht, eine chemische Reaktion, die Stäbchen und Zapfen zersetzt und jeden inneren Zusammenhalt zerbrechen lässt, ehe die Augen aus ihren Höhlen gleiten und über die Wangen hinabrinnen, sodass man hohläugig inmitten einer Wüstenei steht und der Wind durch den Schädel pfeift, kurz bevor die Welt,

Berge, Flüsse und Seen,

Morgen, Ruten und Scheffel,

dem Vergessen anheimfällt, hinabgezogen in jenen Spalt der Schöpfung, in dem alles von den rasenden Gezeiten des Nichts verschlungen wird, die sichtbare Welt in Flammen aufgegangen,

Berge, Flüsse und Seen,

und auch jene menschlichen Rhythmen, die uns und die Welt zu einer Gemeinschaft binden, die tagtäglichen

Riten, Rhythmen und Rituale,

die unsere Welt wie Sonnenknochen aufrechthalten, dieses spezielle Amalgam aus Zeit und Licht, das sich durch jede Minute des Tages zieht und von dem Moment an sichtbar ist, da ich morgens aufstehe und ans Küchenfenster trete, in der Hand eine Tasse Tee, um den ersten Autos des Tages auf der Straße nachzusehen, jedes einzelne mir bekannt,

Name, Nummernschild und Fahrtziel,

eines nach dem anderen, den Anfang macht um halb acht

Frances Dugan, die in ihrem grünen Mégane zum Clew Bay Hotel fährt, wo sie als Empfangsdame arbeitet – mit ihrem Mann Philip, der bald die Chemo anfängt, bin ich zur Schule gegangen – und

Sarah Morgan, unterwegs in die entgegengesetzte Richtung, zum Schichtbeginn bei Allergan um acht Uhr, und

Mark Ruddy in seinem Pajero, Baujahr '07, der von der Nachtschicht in Baxter heimkehrt, und

der Schulbus, der die Kinder aus den Randgebieten der Gemeinde einsammelt, und

Máirtín Dubh im grünen Postauto, gefolgt von

Shamie Moran im Milchwagen, siebentausend Liter Milch schwappen im Tank hinter seinem Kopf, und

Jimmy Lyons hinter ihm in seinem blauen Passat – in einer halben Stunde schließt er die Tore zum Bauhof an der Kilgeever Road auf, an

fünf Vormittagen die Woche sehe ich also diesen Frühaufstehern aus dem Küchenfenster nach, einen Becher Tee in der Hand, und wenn Jimmys Passat nach links auf die Hauptstraße abbiegt, weiß ich, dass es fast halb acht ist und ich mich lieber beeilen sollte, wenn ich pünktlich bei der Arbeit sein will, weiß aber auch, dass Mairead noch mindestens vierzig Minuten im Bett bleiben kann, ein Gedanke, der mich immer freut, als wären diese Minuten jeden Morgen mein Geschenk an sie, ein Gedanke, der mich oft

an die frühen Jahre unserer Ehe erinnert, in denen Darragh und Agnes noch klein waren und ich aufstand, um zur Arbeit zu gehen, während die drei noch tief und fest schliefen in einem Haus, in dem keine Geräusche außer denen zu hören waren, die ich machte, während ich den ersten Aufgaben des Tages nachging – mich waschen, rasieren, anziehen, den Tisch fürs Frühstück decken, Tassen und Schalen, dann Schuhe und Jacke anziehen –, so friedvoll und still am frühen Morgen, dass dies meine liebste Zeit des Tages war, wenn Mairead und die Kinder noch schliefen, in ihren Zimmern atmeten, ein sanft fließender Strom, der das Haus selbst an den dunkelsten Wintermorgen mit Leben erfüllte, an denen

mich manchmal das wundersame Gefühl überkam, wie wichtig und bedeutsam es für einen Vater und Ehemann war, so früh auf zu sein, um zur Arbeit zu gehen und eine Familie zu ernähren, eine große Verantwortung, wenn ich mir Schlüssel und Jacke schnappte und zur Tür hinausging, während Mairead und die Kinder noch in ihren Betten schliefen, zur Arbeit zu gehen, um ihnen eine Zukunft zu ermöglichen, welch glorreiches Unterfangen, das ich damals so ernst nahm und mich manchmal fühlte, als hätte ich allein auf der Welt eine solche Aufgabe, was in gewisser Weise der Wahrheit entsprach, denn es war einzig meine Aufgabe, für diese bestimmte Familie zu sorgen, was aber zugleich die banalste Sache auf dem ganzen Planeten war, da es Millionen Männer gab, die um genau dieselbe Zeit dasselbe machten, aufstanden und zur Arbeit gingen, diese morgendlichen Rhythmen, mit denen der Tag beginnt und die all unsere anderen kleineren Rituale einschließen, so wie jenes jetzt, da die Kinder fort und nur Mairead und ich hier im Haus sind, und wir

von der Arbeit heimkommen, um uns zusammen an diesen Tisch zu setzen und zu essen, während wir auf Midwest Radio die Nachrichten hören, die Lokalnachrichten und im Anschluss die Todesanzeigen, die uns mitteilen, dass der Tod eingetreten ist

im Haus der Familie

oder nach langer Krankheit

oder nach kurzer Krankheit

oder plötzlich

oder in England

oder friedlich daheim in,

all die unzähligen Orte und die unzähligen Weisen, auf die man sterben kann,

jede so tödlich wie die andere, ob

Mann, Frau oder Kind,

wie auch immer wir Abschied von dieser Welt nehmen, jede Todesart gleich effektiv, die Namen der Dahingeschiedenen rauschen an uns vorbei, gefolgt vom Zusatz des Sprechers, alle Spenden seien ans Our Lady's Hospice in Ballina zu richten, Beerdigung im Familienkreis, was für Mairead das Stichwort ist, das Radio auszuschalten, ehe Reklame kommt für

Möbelsonderangebote in Swinford oder
einen Nachtklub in Crossmolina
oder Peter Duffy, Werkzeug- und Gerüstverleih und,
auch das eines unserer Rituale,

Mairead und ich sitzen am Tisch und lauschen diesen Todesanzeigen, schließen uns der Gemeinschaft der Zuhörer an, die es ebenso halten, die halbe Grafschaft sitzt am Küchentisch mit einem Becher Tee in der Hand, die Ohren gespitzt, um zu hören, wer gestorben ist oder sich der Mehrheit angeschlossen hat, wie mein Vater gern sagte, und um sich zu fragen, ob in der Liste ein Name aufgeführt wurde, den wir kannten, ein Name, der uns überraschte, ein Name, der uns schockierte, oder ein Name, der uns traurig stimmte, jemand junges, jemand altes, jemand, der plötzlich gestorben oder nach langer Krankheit dahingerafft worden war, jemand, den wir erst letzte Woche getroffen hatten, jemand, den wir lange nicht mehr gesehen hatten,

jemand,

der unseren Lebensweg auf eine der unzähligen Weisen gekreuzt hatte, in denen wir gelegentlich zusammentreffen, ohne je den Verdacht zu hegen, dass wir uns zum letzten Mal begegnen oder miteinander reden oder uns einen Gefallen tun könnten, und

es war gewiss etwas derartiges, dem mein Vater Respekt zollte, wenn er sich setzte, um diesen Todesmeldungen zu lauschen, eine Angewohnheit, die mich über Jahre ungeduldig gemacht hatte, weil ich es so sinnlos fand, wenn er um fünf Uhr mit dem aufhörte, was immer er gerade tat und das Radio lauter drehte, um diesem Zählappell der Toten zu lauschen, Name nach Name in alphabetischer Ordnung, bis auch der Letzte vorgelesen worden war und die Aufzählung mit der Versicherung endete, dass

Midwest Radio den Familien und Angehörigen der Verstorbenen sein Mitgefühl aussprach,

erst dann machte mein Vater mit dem weiter, was er jeweils gerade getan hatte, die Pflicht erfüllt, Ehre und Respekt der letzten Erwähnung jener Menschen bezeugt, die auf immer von uns gegangen waren, und auch wenn ich anfangs keine Geduld mit dem hatte, was mir eine nutzlose Unterbrechung zu sein schien und kaum erwarten konnte, dass es endlich vorbei war, begann ich im Laufe der Jahre und ohne dass ich recht merkte, wie es geschah, ebenfalls in dem innezuhalten, was ich gerade tat, um mit derselben Aufmerksamkeit wie mein Vater zuzuhören, und erst nach einer ganzen Weile begriff ich, dass ich nicht nur die Toten ehrte, sondern willentlich auch meinen Platz unter jenen Leuten der Gemeinde eingenommen hatte, die es genauso hielten, die in ihrer Küche saßen und dieser Litanei von Namen lauschten, die bis in alle Ewigkeit fortzudauern schien, zudem gehörten

Tod und Beerdigung zu den Themen, bei denen sich mein Vater und meine Mutter in ihren späteren Jahren gern ein wenig beharkten, erst recht, wenn sie glaubten, sie könnten ihre Enkel mit etwas Respektlosigkeit und schwarzem Humor schockieren, war ihr Leben inzwischen doch zu einem schwierigen Zweipersonenstück mit jeder Menge Geben und Nahmen geworden, und

einmal zog mein Vater Onnie mit ihrem Tod auf, sagte, falls sie vor ihm sterben sollte, hoffe er, es geschähe während der Wintermonate, denn wenn es zu einer anderen Jahreszeit passierte, hätte er wohl kaum die Muße, sie zu begraben, schließlich sei er ein vielbeschäftigter Mann – mit dem Vieh und Heu und Torf und all dem –, hätte also gewiss nicht die Zeit, eine Beerdigung für sie zu organisieren, am einfachsten sei es wohl, ein Feuer in einem der Teerfässer zu entfachen, das sei noch am ehesten drin, dass er sie vorm Haus da hineinstopfte, und Onnie hörte ihn an, lächelte und sagte

mir doch egal, was du mit mir machst, wenn ich tot bin, denn dann bin ich tot, und die Toten kümmert das nicht

du solltest lieber deinen Rosenkranz rausholen und ein paar Gebete sprechen, bald

ich habe keine Angst vor dem Tod, entgegnete sie, ich habe meinen Frieden mit Gott gemacht, also habe ich auch keine Angst davor, ihm gegenüberzutreten und

Darraghs Gesicht verzog sich zu einer Miene vielschichtiger Überraschung, doch enthielt er sich jedes Kommentars, bis wir am Abend nach Hause fuhren, als er schließlich den Kopf vor Verwunderung schüttelte und sich laut fragte

was für ein Leben muss man gelebt haben, um so etwas sagen zu können, ohne dumm oder arrogant zu klingen

ich bezweifle, dass Onnie je viel darüber nachgedacht hat, was für eine Art Leben sie führt, sie nahm es, wie es kam und hat damit immer weitergemacht, und jetzt

Darragh ließ ein trockenes Lachen hören

ich kann sie sehen, wie sie im Himmel vor Gott steht und sagt, ist das alles, was du zu bieten hast, Alter, mehr hast du nicht drauf

du glaubst, sie würde in dem Ton mit ihm reden

sie kann mit ihm reden, wie sie will, jedenfalls wird sie ordentlich auf die Kacke hauen und mit ihrem Gelächter Richter und Geschworene aus dem Gerichtssaal jagen,

ich hoffe doch, dass ihre Begegnung nicht gar so aggressiv verläuft,

das wird Gott auch hoffen, aber der weiß erst, was über ihn gekommen ist, wenn er zu Boden geht und sie mit dem Schlüssel zum Himmelreich in ihrem blauen Kittel nach draußen moonwalkt

das wäre ein Anblick, Granny, die mit ihrem Stock moonwalkt

ach was, bei der Auferstehung ist Onnie wieder ganz die Alte, den Stock kann sie wegwerfen, das gehört zum Deal, und bestimmt wird sie als Heldin eines Action Movies wiedergeboren und sagt Seiner Göttlichkeit, er könne sie kreuzweise, ihre Abschiedsworte und

auch wenn Darragh seine Bewunderung in einer Sprache zum Ausdruck brachte, die ich kaum verstand, war sein Verständnis der stolzen Demut meiner Mutter und ihrer furchtlosen Einschätzung des eigenen Lebens ihm hoffentlich eine Lektion, jedenfalls hatte sie zweifellos ziemlichen Eindruck gemacht, drückte sein Gesicht, als wir nach Hause kamen, doch immer noch solch eine Verblüffung aus, dass Mairead ihn ansah, als er durch die Küche ging, und mich dann fragte

was ist nur mit diesem Jungen, aber

als ich den Mund aufmachte, um ihr zu erklären, dass ich auch keine Ahnung hatte, was passiert war, hörte ich mich sagen,

Darragh ist gezeigt worden, dass es mehr Dinge zwischen Himmel und Erde gibt, als wir uns träumen lassen, Onnie hat seinen Horizont erweitert und meinen auch, wahrlich, das hat sie

sie war in einer ihrer philosophischen Launen

nicht nur das, sie war in ihrer Wortwahl auch ziemlich direkt und hat ihm etwas mit auf den Weg gegeben, woran er bis ans Ende seiner Tage zu knabbern hat,

Grundgütiger, und all das bei einem so kurzen Besuch

all das in zwei Sätzen, während

die Angelusglocke immer noch in meinen Ohren dröhnt,

der letzte Widerhall ihres Geläuts noch volle zwanzig Minuten später in mir nachvibrierte, aber

warum diese düsteren Gedanken heute, die ganze Welt im Schatten, unterhöhlt, im Fieberwahn und wie in der Schwebe, das Licht sich selbst überblendend, sodass alle Dinge asynchron und aus dem Lot sind, Dinge, die wie sie selbst sind und doch ein wenig anders, jede Kante, jede Kontur verschwommen, verzerrt, jeder vergehende Moment zeitlich versetzt, dem eigentlichen Rhythmus einen Takt hinterher, das Hier und Jetzt leicht verstört, eine Spur neben sich, fast wie

in einer Art Wachtraum, in dem alles durch die eigene Unruhe ins Trudeln gerät, weshalb mich, wie ich hier sitze, ein

weinerliches Gefühl des Getrenntseins von meiner Familie überkommt – von Mairead, Darragh und Agnes –, deren Abwesenheit wie Asche durch mich hindurchweht,

während ich hier am Tisch sitze,

etwas in mir würde sich jetzt getröstet fühlen, käme in diesem Moment Mairead oder eines der Kinder zur Tür herein, lächelte mich an oder sagte Hallo, irgendwas in mir würde sich beruhigt fühlen, durch ein Wort, ein Lächeln, einen Blick von meiner Frau, meinen Kindern, mich selbst in ihren Augen zu finden und zu wissen, ich werde angesehen, das wäre etwas, woran ich glauben könnte, ein weiterer jener Glaubensartikel, die heute offenbar so wichtig sind, ein Blick oder ein Wort, genug, um ein ganzes Leben zu verankern, etwas, woran man glauben kann in

diesen grauen Tagen um Samhain, wenn die Seelen der Toten durch die Gebete der Gläubigen für eine Weile auf Kaution aus dem Fegefeuer entlassen werden, damit sie nach Hause zurückkehren können, sodass

das Licht durchflutet wird von Ghulen und Geistern und die Grenze zwischen dieser Welt und der nächsten derart verschwommen ist, dass wir unversehens Schulter an Schulter mit den Toten stehen, die Welt so voll wie zu keiner anderen Zeit des Jahres, als wäre ein spirituelles Sediment aufgewühlt worden und ließe nun Dinge haltlos dahintreiben, die gewöhnlich stillliegen, das Licht durchwärmt von jenen unruhigen Seelen, deren qualvolle Drift durch diese sonnenhellen Stunden wir vielleicht aus den Augenwinkeln wahrnehmen oder am Rande unseres Bewusstseins,

man muss an diese Dinge glauben, muss bereit sein, zu glauben und sich darauf einzulassen, weshalb

es mich stets freut, das jenes Etwas in mir, das mich seit jeher zu einem wahren Gläubigen machte, dieses Etwas, das Mairead den Messdiener in mir nennt, noch lebt und den Katechismus fest in Händen hält, jene Wahrheit, die auf seinen Seiten geschrieben steht

wer hat die Welt erschaffen
Gott erschuf die Welt
und wer ist Gott
Gott ist unser himmlischer Vater
und so weiter und so weiter
bis in alle Ewigkeit,

die ganze Welt aus wenigen Grundprinzipien geformt, so gewaltig und solide, wie man es sich als Bauingenieur nur wünschen mag, jede Zeile folgt unweigerlich aus der vorherigen, um Himmel und Erde Schritt für Schritt miteinander zu verbinden, vom ersten Samenkorn des ersten Augenblicks bis hin zum letzten, verblassenden Funken Licht, in dem alles von Dunkelheit umschlossen ist, der Traum eines Ingenieurs von Stabilität und strukturiertem Aufbau, in allen Zeilen seiner fünfzig Seiten fest verschraubt und so sorgsam geplant, dass die aufmerksame Lektüre jedem Leser erlauben sollte, mit einiger Gewissheit selbst seinen Platz gleich wo in der Welt zu finden, ein Turm des Gebets, der Himmel und Erde umspannt und etwas ist, dem ich nie ganz entwuchs, über das ich mich nie hinausentwickelt hatte,

der Messdiener mit seinem Katechismus,

statt

der Mann des Glaubens, der ich früher werden wollte,

dieses schwierige, komische Zwischenspiel in meinem Leben, wovon ich

vor vier, fünf Jahren erzählte – ich kann mich kaum an den genauen Zusammenhang erinnern, in dem das Thema aufkam, oder warum ich mich entschied, es zur Sprache zu bringen, es ging bestimmt auf etwas zurück, das Darragh gesagt hatte und das in mir solche Panik aufkommen ließ, dass ich es verriet, hatte es doch schon vorher in mir rumort, um eines Abends dann aus mir herauszubrechen, als wir allein im Wohnzimmer saßen, meine zwei Jahre im Priesterseminar, etwas, das so unglaublich klang in diesem vertrauensvollen Vater-Sohn-Moment – unglaublich auch unter allen anderen Umständen – und in mir bedrückende Angstkrämpfe auslöste, als ich den Schock sah, der Darraghs Gesicht einen Augenblick lähmte, ein langer, wie gefrorener Moment, der sich zwischen uns schob, in dem Darragh noch blasser wurde, seitwärts aufs Sofa kippte und eine volle Minute brüllte und wieherte vor Lachen, ehe er sich wieder aufrichten konnte, um ein wenig angemessener auf diese Neuigkeit zu reagieren, und schließlich sagte

das ergibt allerdings einen Sinn und erklärt eine Menge

ach ja

ja, du bist ein Ingenieur, Mathe, Physik und so, nur fand ich es immer ein bisschen rätselhaft, woher deine Zitate kamen, all das Lyrische und Philosophische, das dich hin und wieder überkommt, aber jetzt verstehe ich, das war Teil deiner alten priesterlichen Erziehung, stimmt's

ja, die Lektüre der bedeutenden Werke gehörte zum Unterricht

und den hattest du zwei Jahre lang

ja

und weshalb hast du hingeschmissen, war's eine dunkle Nacht der Seele, Christus nicht länger sichtbar und

wäre schön, es wäre so was Heroisches gewesen, das meine Seele auf den Prüfstand gestellt wurde, aber so ist es nicht gewesen, eher war es ein langsames Dahinschwinden meiner Überzeugung

vielleicht fühlte sich deine Mutter berufen, der Kirche einen Sohn zu überlassen, und deswegen ist nichts draus geworden

nein, damit hatte das nichts zu tun, es war ganz allein meine Sache

du warst ein frommes Kind, das kleine Gesicht stets dem Himmel zugewandt

ich war Messdiener

auf dem Land waren alle Jungen Messdiener und haben mit Soutane und Chorhemd ein Weihrauchfass geschwungen, aber daraus wurde nicht immer eine Berufung

stimmt – nur gab es in mir dieses Element des Staunens, das Gefühl, an etwas Großartigem und Mysteriösem teilzuhaben, und weil ich mich tiefer darauf einlassen wollte, kam ich nach Maynooth

wo Gott sich dir offenbarte, nur zeigte er dir den Finger, statt dir seine helfende Hand zu reichen

es war eher eine Stimme, die mir riet, zu Verstand zu kommen

hast dir nur was eingeredet

irgendwie schon

er hatte große Geduld, Agnes – hast du das gewusst

was gewusst

Agnes ging durchs Zimmer, brach zu einem müden Häuflein auf dem Sessel zusammen, schnappte sich eine Zeitschrift und begann, sie durchzublättern

dass Dad fast Priester geworden wäre

wie

Dad – Bruder Marcus Conway, ein Mann Gottes, ein Geistlicher

Quatsch

kein Quatsch – welchem Orden bist du beigetreten, was war's, lehren oder bekehren

weder noch, ich wollte nur ein gewöhnlicher Gemeindepriester werden

wie schade, ich könnte mir dich gut in einem der Predigerorden vorstellen, ein Mann, der sagt, wo es langgeht – vielleicht ein Dominikaner, du wärst sicher gut darin gewesen, das *Malleus Maleficarum* zu schwingen, und

obwohl sie damals beide noch jünger waren, legten sie es doch immer darauf an, ihren Verstand und ihre Belesenheit zu beweisen, der Titel des Hausgenies war damals noch nicht vergeben

das erklärt allerdings eine Menge, meinte Agnes

hör ich nicht zum ersten Mal

etwas, das ich nie verstanden habe – dass ein Bauernbursche wie du sich jemanden wie Mam angeln konnte, vielmehr, wie ein Ingenieur die Hand einer so gebildeten jungen Frau wie Mam

genau, sagte Darragh, wieso kannst du nach einem so kurzen Aufenthalt im Priesterseminar einer Frau den Hof machen, die den französischen Existenzialismus kapiert

das meine ich ja, fuhr Agnes fort, okay, meine Theorie lautet, Gott hatte Mitleid mit Dad – er sah voraus, dass Dad es bei ihr versuchen würde, wusste aber, dass er nach Lage der Dinge nicht die geringste Chance besaß – sie spielte in einer ganz anderen Liga –, also lockte Gott Dad in ein Priesterseminar, um ihn mit Gedichten, Theologie und Philosophie auszustaffieren, damit er nicht vollends unter die Räder geriet, wenn sie sich kennenlernten, aber

das glaube ich nicht, erwiderte Darragh, den es sichtlich ärgerte, wie Agnes sich des Themas annahm, und den es erst recht wurmte, dass sie so rasch sämtliche Möglichkeiten durchgegangen war

wie hätte er Pluspunkte bei Mam sammeln können, nur weil er Thomas von Aquin und die Kirchenväter kannte

selbst wenn er nichts sonst gelesen hätte – und ich bin mir sicher, dass das nicht stimmt –, hätte es doch genügt, jener jungen Dame Paroli zu bieten, die Sartre und Beauvoir wortwörtlich und das auch noch im französischen Original zitieren konnte

kann mich nicht daran erinnern, dass unser Kennenlernen derart kämpferisch verlaufen wäre

natürlich nicht, aber nur, weil Gott dich unter seine Fittiche genommen und dich mit dem Hohelied der Liebe gewappnet hatte, ehe er dich wieder freigab – die ganze Zeit hast du geglaubt, du wärst im Priesterseminar, um Gott näherzukommen, dabei wurdest du dort nur für den Tag geschult, an dem du ihr zum ersten Mal begegnen würdest

sie hat recht, Dad, du musstest ihrer erst würdig werden, und so ist er vorgegangen, zwei Jahre Ausbildung in den Geisteswissenschaften, damit du fit für sie wirst, und kaum war dein Training vorbei, hat Gott sich aus dem Staub gemacht, dir mit der Hand einen Schubs gegeben und einen Tritt in den Hintern und

genau so war das, schloss Darragh ziemlich pikiert, weil Agnes das Ganze weit besser erfasst hatte

ganz meine Meinung, stimmte sie ihm zu

und zwei Jahre, nachdem du dich angemeldet hattest, weist Gott dir in Gestalt einer Glaubenskrise die Tür, damit du zurück über den Zaun springst, den Kopf voll mit all dem klugen Zeugs, denn spielst du deine Karten nicht gut aus, wenn du diese gebildete, weitgereiste junge Frau triffst, erklärt sie dir in drei verschiedenen romanischen Sprachen, dass du dich verpissen sollst,

ich war erleichtert, dass mein Eingeständnis sie weder verschreckt noch beschämt hatte, und ihre geschickte Art, sich darüber lustig zu machen, ließ mich hoffen, dass sie mit meiner Erfahrung später im Leben vielleicht einmal etwas anfangen konnten, trotzdem

war es für mich auch seltsam, dass unserem Gespräch nichts von der Qual anzumerken war, der Verwirrung, unter der ich damals so gelitten hatte, ganz davon zu schweigen, wie dumm ich mir vorkam, als ich begriff, dass Ehrfurcht und Bangen eines Kindes nie zu einem Glauben heranreifen würden und dass ich einen Fehler begangen hatte, der mich zwei Jahre meines Lebens kostete, eine Zeitspanne, die sich damals wie eine Epoche anfühlte, mir heute aber, aus dem Abstand mittleren Alters, nur wie ein kurzes, düsteres Zwischenspiel vorkommt, das ich in den Räumen und Fluren jenes Seminars mit seinen grottenhaften Wänden und Parkettböden verbracht hatte, allein in einer großen Schar blassgesichtiger, aus dem ganzen Land zusammengezogener junger Männer, manche fest entschlossen, weit mehr aber wie ich in einem Zustand hoffnungsvoller Verwirrung, die mich zu einer linkischen Suche nach einem Gott antrieb, der, je verzweifelter ich nach ihm fahndete, desto entschiedener vor mir zurückwich und nichts tat, was meine Suche nach ihm anerkannt hätte, weshalb sich meine Glaube mit der Zeit verlor,

gewöhnliche Tage, Festtage, gebotene Feiertage,

ein allmähliches Versiegen allen Glaubens, was mir im Nachhinein barmherzig schnell gegangen zu sein schien, sich damals aber in ganzer Länge und Breite wie eine Art aschgrauer Wüstenei vor mir auftat, in der mein Geist sich Brandwunden holte, zum Glück aber jener Teil in mir unversehrt blieb, der meiner Suche auch etwas Komisches abgewinnen konnte, weshalb ich wund und verletzt, doch über mich selbst lachend in einer Ödnis stand, die sich über die Parkettflure erstreckte, von deren Wänden mein Gelächter widerhallte –

was zum Teufel habe ich mir nur dabei gedacht –,

Flure, die keine Ecke und keinen Winkel kannten, worin ich mich vor mir selbst verstecken konnte, und auch wenn Agnes recht hatte – und das hatte sie – und ich genug gelesen hatte, um bei Mairead eine Chance zu haben – eine gehörige Dosis Lyrik, auch die geometrische Bilderwelt der metaphysischen Dichter, die so sehr Maireads Vorliebe für Symmetrie und Gleichgewicht entsprachen –, es sollte eine ganze Weile vergehen, ehe der Wert dieser Lektüre offensichtlich wurde, lag er doch verborgen unter einer Schicht brennender Scham, sodass mir, als ich zwei Jahren später ohne Kollar und Weihesakrament heimkehrte – der gescheiterte Priester kommt zurückgekrochen –, der Gedanke eine schwere Bürde war, ich hätte Schande über mich oder meine Familie gebracht, da ich aber nicht wusste, wohin sonst und auch nichts sonst zu tun wusste, kehrte ich tatsächlich nach Hause zurück, wo ich nach wenigen Wochen

das Angebot erhielt, als Gärtner bei einem Pharmaziekonzern zu arbeiten, der in Westport gerade eine Fabrik eröffnete – Herstellung von Pflegemitteln für Kontaktlinsen –, und ich ein Jahr lang mit drei weiteren Gärtnern Kies harkte, die Grünflächen rund um Lagerhalle und Labor pflegte, Blumenbeete anlegte und mich um die Steingärten kümmerte, der ganze Stolz der Firma, für die sie auch einen Preis gewann, nachdem ich

gekündigt hatte, um im darauffolgenden Jahr Bauingenieurwesen zu studieren, und zwar aus keinem anderen Grund als dem, dass mein Vater mich damals darauf aufmerksam machte, in welch schlechter Verfassung sich das Land befand, weshalb ich, solange die Lage war, wie sie nun einmal war, ebenso gut noch einige Jahre in meine Ausbildung investieren oder auch nach London oder Amerika gehen könne, von Letzterem aber riet er mir ab, da ich weder ein Gewerbe betrieb noch einen brauchbaren Abschluss besaß,

weshalb es vermutlich darauf hinausliefe, dass ich dort mit Hacke und Schaufel in der Hand enden würde, und das wünsche er mir nicht, nein, das nun wirklich nicht, folglich sei es besser, den Rest des Jahres noch als Gärtner zu arbeiten, gute ehrliche Arbeit, die mich ausreichend an die frische Luft bringe, sodass ich meine Gedanken klären und mit mir ins Reine kommen könne, um im Herbst dann das Studium aufzunehmen, denn, so seine Worte, es sei sinnlos, hier zu bleiben, die paar Stück Vieh und das bisschen Land, das sei zu wenig, um davon leben zu können, aber genug für einen Mann, um sich vorzumachen, er habe keine Zeit und viel zu erledigen, sich mit Eimern und Kälbern und Füttern abzurackern, letzten Endes aber würde er eben doch nichts weiter tun, als sich was vorzumachen, deshalb mein Rat, sieh zu, dass du eine vernünftige Ausbildung bekommst, und schau dir die Welt an, denn dieser Hof wird immer da sein,

die Stimme meines Vaters, wie er in vernünftigem Ton die Welt als einen angemessen geordneten und schlüssigen Ort heraufbeschwor, an dem der Mensch seinen Weg gehen oder sich doch anhand bestimmter Zeichen und Markierungen zurechtfinden konnte, solange er nicht zuließ, dass gewisse Dinge ein zu großes Gewicht in seinem Leben bekamen oder sein Blick von Unsinnigem verstellt wurde, was seine Art war,

für sich den richtigen Maßstab anzulegen und sich in dieser Welt zu verorten, wie

er mir wieder und wieder beweisen sollte, am denkwürdigsten in seinem späteren Leben, als seine Arbeit als Bauer und Fischer lange hinter ihm lag, an jenem Sonntagnachmittag, an dem wir in die Bucht hinausfuhren, Joe Needham und unsereins, nur wir drei, mit dem Kutter bloß mal eben rauf nach Clare Island, wo Joe Krebs- und Hummerfallen ausgelegt hatte,

es war ein herrlicher Sommernachmittag, als wir lostuckerten, über uns ein hoher, klarer Himmel, sodass man in jeder Richtung die ganze Bucht sehen konnte, von Westport Quay im Osten bis hin zum Horizont, noch über Turk und Clare hinaus, als wir an der Küste langfuhren, immer dicht am Ufer, weshalb das Meer in seiner ganzen Weite vor uns lag und wir bis rüber nach Mulranny blicken konnten, in der Nachmittagshitze nur der verschwommene, ferne Schatten eines Küstenverlaufs, dort, wo Himmel und Meer zusammenstießen, und wieder einmal beschwor die Weite dieses blauen Tages meine Kindheitsüberzeugung herauf, dass es nichts Großartigeres als das Meer gab, nichts anderes konnte es mit ihm an Grenzenlosigkeit aufnehmen, und je älter ich wurde und je besser ich meine Arbeit als Ingenieur beherrschte, desto sicherer war ich mir, dass

dort draußen, in der blauen Bucht,

in meinen Kindertagen das Gefühl für Maß und Verhältnis geprägt wurde, vor allem in jenen Sommermonaten, da ich mit meinem Vater in seinem kleinen Currach vom Carramore Pier ablegte, um Krebs- und Hummerfallen entlang der Küste zu setzen, ein Dutzend am Bug gestapelt, die wir jenseits der Niedrigwassergrenze in langer Reihe auslegten, hinter uns rosafarbene oder blaue Bojen, die in der Dünung schaukelten, während wir mit der Flut hinaustrieben, und in eben diesen ruhigen Momenten, in denen ich hinten im Curragh saß und Angelschnüre auswarf, um Makrelen oder Köhler zu fangen, und dabei zusah, wie sich das Land in der Ferne verlor, geschah es höchstwahrscheinlich, dass ich die Welt in ihrer ganzen Ausdehnung zu erfassen begann, oben der Himmel und um mich und in alle Richtungen das ruhige Meer, und mein Vater, der rauchend in der Mitte des Bootes saß, die Beine ausgestreckt, und das Currach mit der Flut treiben ließ, so zufrieden wie ich mir einen Menschen nur

in der wogenden Unermesslichkeit der Bucht vorzustellen vermag, hinter uns die Angelschnüre, die das Wasser durchschnitten, sicher ist er in ähnlicher Stimmung gewesen, als er eines Tages daraus erwachte, um mir die Geschichte zu erzählen, wie damals, als er noch ein Kind gewesen war,

ein gewaltiges Schiff in die Clew Bay fuhr, ein Schiff von Gott-weiß-wo ohne sichtbare Flagge oder Nummer, ein riesiges Schiff, von Bug bis Heck über eine Meile lang, mit vier enormen Schornsteinen, die große Wolken schwarzen Schmauchs aushusteten, außerdem waren Kanonen und sonstige Artillerie zu sehen, ein Schiff, das einen Tag lang mitten in der Bucht ankerte, ehe es zwei Granaten aufs Festland feuerte, ob als Warnung oder Willkommensgruß wusste niemand zu sagen, eine davon zerstörte einen Wagenschuppen in Durless und wo die zweite landete, sollte man nie herausfinden, vielleicht ist sie auch nirgendwo eingeschlagen und umrundet noch immer die Erde oder fliegt auch nach fünfzig Jahren noch durchs Weltall, jedenfalls wurde aus diesem Schiff dann genügend Rohholz in Boote von Westport Quay geladen, um siebzig Häuser damit decken zu können, allerdings erst, nachdem man es in handhabbare Längen geschnitten hatte – an sich schon eine enorme Aufgabe, da das Holz so hart und feinporig war, dass jedes Sägeblatt daran scheiterte, die Zähne wurden abgeschert, das Blatt verbogen, eines nach dem anderen, weshalb Kellys Holzhof in Sheffield eigens gehärtete Blätter anfordern musste, die schließlich damit fertig wurden, die schweren Holzbalken liefen nun glatt durch die Bandsäge, nur alle Männer, die am Schnitt arbeiteten, waren danach nie wieder ganz gesund, denn der blaue Staub, den sie dabei einatmeten, setzte sich in ihren Lungen fest und schickte so manch einen in ein frühes Grab, fünf, sechs Männer, die junge Familien hinterließen und hinab ins Vergessen glitten, so wie auch das Schiff selbst aus der Bucht glitt, sich mit Hilfe seiner gewaltigen Dieselmotoren um die eigene Achse drehte, das Wasser aufwühlte und hinaus in den Atlantik stampfte, woher es gekommen war und wohin es nun wieder verschwand

mein Vater hatte mir diese Geschichte eines Tages in einem dieser ruhigen Augenblicke erzählt, da wir auf einer Nipptide vom Ufer forttrieben, der Kasten im Boot voll mit Makrelen, aber natürlich war das alles Unsinn,

reiner verdammter Unsinn,

seither hat es jedoch keinen Tag mit blauem Himmel mehr gegeben, an dem ich nicht über die Bucht schaue und das Bild von diesem Geisterschiff mit all dem Holz und der Artillerie vor meinen Augen vorüberziehen sehe und mich frage, warum mein Vater mir diese Geschichte erzählt hat, was sie mich seiner Meinung nach lehren könnte, wie sie meine Welt bereichern würde, und obwohl ich im Laufe der Jahre begriff, dass sie nur zu den Myriaden von Sagen und Legenden gehörte, die er so gern erzählte, wenn er in Stimmung war, fand ich sie dennoch typisch für ihn, denn selbst als Zehnjähriger wusste ich, dass etwas Sagenumwobenes an ihm war, auch dass er mit sechzehn Jahren ein Currachrennen über fünf Meilen entlang eben dieser Küste gewonnen und ältere, zähere Männer so deutlich ausgestochen hatte, dass sein Sieg in die lokale Legendensammlung einging, ein Rennen, in dem er sich nicht nur als besserer Ruderer, sondern auch als besserer Seemann erwies, war er doch mit sechzehn klug und mutig genug, überkommenes Wissen zu ignorieren, das, um die anlandigen Strömungen zu meiden, die das Boot auf die Felsen zutrieben, zu einem weiten Abstand von der Küste riet, er aber entschied sich für eine Strecke näher am Land, die gefährlicher, vorm ablandigen Wind aber geschützt war, unter dem hindurch er ruderte, auf der mittleren Bank sitzend und aus den Schultern ziehend, wie es ihm von seinem Vater beigebracht worden war, und so wurde er fünfzig Minuten, nachdem er Roonagh verlassen hatte, vom Old Head Pier aus gesichtet, wie er Priest's Lep umrundete, die beiden Hände an den Rudern in Flammen, sogar Blut suppte zwischen den Fingern durch, als er den Currach auf die Helling zusteuerte, wobei er fast den Boden aufriss, halb hinüber in seinem Delirium aus Schmerz und Müdigkeit, den nachfolgenden Booten aber so weit voraus, dass er Zeit hatte, einen Krug Milch zu trinken und das Hemd in den Wellen auszuwaschen, ehe das zweite Boot anlegte, und

auch wenn ich mir mit zehn Jahren nicht recht vorstellen konnte, wie schwierig das Rennen für ihn gewesen sein musste, allein dort draußen mit nichts weiter als seinen zwei bloßen Armen und der nackten Entschlossenheit, den Bug des Currachs in der richtigen Richtung zu halten, fand ich es nicht weiter schwer, mir die Erleichterung vorzustellen, die ihn überflutete, als die brutal lange Anstrengung schließlich ein Ende fand und er die Landzunge umrundete, volle fünf Minuten, ehe irgendwer sonst in Sicht kam, und es sagt etwas über meine Beziehung zu ihm aus, dass mich die Art, wie beiläufig er damit umging, stärker beeindruckte als der Sieg selbst, hatte er doch in all der Zeit, die wir zusammen verbrachten, nie davon geredet, weshalb ich, als ich es dann von Männern erfuhr, die sich noch auf ihre alten

Tage mit Staunen daran erinnerten, ihn nie darauf ansprach, da ich fand, sein Schweigen mehre die großartige Leistung noch, die ich mit meinen Fragen in keiner Weise mindern wollte, sodass es

Jahre später – seine Tage als Ruderer waren da längst vorbei, aber ihm war noch nichts von jenem Irrsinn anzumerken, der ihn gegen Ende heimsuchen sollte –, als wir unseren Sonntagsausflug mit dem Kutter nach Clare Island machten und er mit Joe Needham im Ruderhaus stand, der ihm alle Instrumente zeigte, auch die Navigationsgeräte, kaum überraschen konnte, dass er sich insbesondere für den Kartenplotter interessierte und dafür, wie der jede Hebung und Senkung des Meeresbodens unterm Kiel verzeichnete, und ich merkte, einfach nur an der Art, wie er ihn untersuchte, meinem Dad an, dass er sich davon kaum trennen konnte,

einen Scheiß konnte er,

sah er in diesem neuen Gerät doch eine Konkurrenz zum Triangulationsverfahren, mit dem er früher navigiert hatte, die alte Methode, mit der man vom Meer aus drei Orientierungspunkte in Reihe brachte, um das Boot über jenen Erhebungen des Meeresbodens zu positionieren, auf denen Krebs und Hummer lebten, und ich fragte mich, warum er, der inzwischen ein alter Mann war, für den die Arbeit als Fischer längst hinter ihm lag, diese Herausforderung nicht einfach ignorieren konnte, auch wenn wir beide wussten, dass es um weit mehr als nur um die Genauigkeit einer überlieferten Methode ging oder um ein antiquiertes Navigationssystem, sein Anblick allein aber verriet mir, dass er nicht lockerlassen konnte,

das konnte er verdammt noch mal einfach nicht, sodass er

zwanzig Minuten abseits der Küste, auf direktem Weg zu Clare Island, ausrechnete, wir würden bald über ›The Maids‹ sein, einer unvermittelt ansteigenden Felsbank, die nur bei sehr niedrigem Wasser zu sehen war, Futterplatz für Krebse und Hummer, jedenfalls stand mein Dad am Heck des Bootes und blickte zurück zum Land, denn nach der alten Methode fand man diese bestimmte Stelle, wenn man in gerader Linie von Kerrigans

Küstenstreifen losfuhr und den Turm der protestantischen Kirche im Norden im Auge behielt, bis Matthew Ryans Heuschober im Süden am Ende der Landzunge in Sicht kam, und wenn diese drei Markierungspunkte in einer Linie waren, sollte man über ›The Maids‹ sein, unter diesem Namen kannte ich die Stelle und kenne sie darunter auch heute noch, hatte ich doch seit meiner Kindheit immer wieder von ›The Maids‹ gehört, mich bis zu diesem Tag, da die alte Methode auf den Prüfstand gestellt wurde, allerdings nie gefragt, wie unbedingt man sich darauf verlassen konnte, denn obwohl ein Teil in mir für solcherlei überlieferte Weisheiten viel übrig hatte, war sich ein anderer Teil nie sicher, wie weise es wirklich war, so fest darauf zu bauen, doch

war meine Sorge nicht sonderlich groß, schließlich ging ich kaum ein Risiko ein und musste mich diesem alten Verfahren nicht anvertrauen, anders als mein Vater, der jetzt, obwohl er sich in einer Phase seines Lebens befand, in der er eine solche Herausforderung ehrenvoll hätte ablehnen können, es dennoch für nötig hielt, jenes Wissen, nach dem er so lange gelebt hatte, auf die Probe zu stellen, weshalb mir jetzt, da er hinten im Kutter stand und den Blick über die Küste wandern ließ, das Herz in die Hose rutschte, ließ sich doch kaum vorhersagen, wie er reagieren würde, wenn das alte System mit dem Sonar nicht in Einklang stand, ja, für mich war so deutlich, worum es hier ging, dass es mich zutiefst aufwühlte, denn was jetzt auf dem Spiel stand, war die Möglichkeit, dass ein ehrenwerter Mann nicht aus eigenem Verschulden, sondern wegen eines überlieferten Wissens und einer Überzeugung aus unvordenklicher Zeit einen wichtigen Teil seines Lebens

in einem Nebel aus Aberglaube und Dummheit verbracht hatte, auf Irrwegen im Meer, und sollte sich das jetzt bewahrheiten, könnte dieselbe Dummheit dann nicht auf die ein oder andere Weise auf mich übergegangen – was dem Hund antrainiert, ist dem Welpen angeboren – und für so manchen Holzweg in meinem eigenen Leben verantwortlich sein, sodass

jetzt

schrie er von Achtern,

wir sollten jetzt über den ›Maids‹ sein,

und das waren wir tatsächlich, ich stand im Ruderhaus und sah die Kurve am Bildschirm ansteigen, sah, wie der Meeresboden in flachen Wellengipfeln dem Kiel entgegenkam, und mein Herz stieg mit dem Grund auf, eine Freude, die ansteckend gewesen sein muss, denn Joe Needham gluckste und klopfte mir auf den Rücken, als wäre ich für diesen glücklichen Ausgang verantwortlich, wir beide erleichtert – besten Dank auch -, und ich ging raus zu dem alten Mann und bestätigte ihm, ja, wir sind genau über der Stelle, woraufhin er sich mit einem Nicken zufrieden gab und mir die relative Position von Kirche und Heuschober zeigte, Markierungen, zehn Meilen voneinander entfernt auf einer geraden Linie, die die Gemeinde von West nach Ost querte, ein Meridian, den nur noch eine Handvoll Fischer an dieser Küsten kannte, und

an jenem Sommersonntag mit diesem blauen Himmel, der sich bis herab zum Horizont wölbte, demonstrierte mir mein Vater, wie präzise er sich zwischen den fernsten Ufern der Welt fixiert und positioniert hatte, ein Erlebnis, an das ich mich noch oft erinnerte, nicht, weil er mir das gezeigt hatte, sondern weil ich trotz all meiner Bildung und all meinen Instrumenten nie und nirgendwo ein derart genaues Gespür für mich selbst beanspruchen konnte, auch nicht als

ein Ingenieur, dessen Leben und Arbeit

sich um Maß und Präzision drehte, um Kartieren und Vermessen, auf dass ein Netz aus Fortschritt und Vernunft über die Erde gelegt und die Wildnis in Städten und Dörfern gebändigt werde mittels Brücken, Straßen, Wasserversorgung und Stromleitungen – all diese horizontalen Erschließungen, welche die Welt in Siedlungen und Gemeinschaften zusammenfassten –, das war mein Leben, das Leben eines Ingenieurs, das, obgleich von Berechnungen bestimmt, nie ein derart akkurat platziertes Leben war wie das meines Vaters, damals nicht und auch heute nicht, obwohl ich angenommen hatte, längst eine größere Selbstsicherheit erlangt zu haben – ein Teil von mir glaubte nämlich, mit Frau, Arbeit und Familie fraglos zu einer Art Weisheit oder einiger Klarheit zu finden, stattdessen aber schien es, als seien alle Aspekte meines Lebens an einem Punkt zusammengekommen, wo sie unwillig schienen, sich als klarer Bericht zu präsentieren, sondern es vorzogen, eine schwindelerregende Abfolge von Zweifeln zu ergeben, ein instabiles Gitterwerk von Fragen, weshalb bislang noch jede Hoffnung gescheitert war, ich könnte

die Fähigkeit meines Vaters geerbt haben und in der Lage sein, das Gesamtbild jenseits aller Konturen und Zyklen zu verstehen, die unserem Leben Halt gaben – Familie, Landwirtschaft, Fischfang und, am denkwürdigsten, die Politik, wie er es mir im Vorfeld der Parlamentswahl von 1977 zeigte, diesem gegengeschichtlichen Umbruch, der nicht bloß für das Geschick unseres Landes eine Wasserscheide bedeutete, sondern mir auch meine ersten eigenen politischen Erfahrungen bescherte, mittlerweile,

kaum zu glauben, vor über dreißig Jahren, und gewiss nichts, was wirklich vorhersehbar gewesen wäre, als ich um kurz nach sieben an jenem schönen Morgen im Mai zum Melken nach draußen ging, kühler Dunst über den Feldern hinauf zur niedrig stehenden Sonne waberte und ich um die Scheune bog, einen Zinkeimer in der Hand, und entlang der Straße die vielen Telegrafenmasten sah, die über Nacht mit Wahlplakaten beklebt worden waren und von denen das Gesicht eines neuen Kandidaten aus grüngoldenem Rahmen von jedem Pfosten und von hoch oben auf mich herabstarrte, das Gesicht, das sich im Dunst bis hin zur Kreuzung wiederholte, und

ich stand in der Tür zum Kuhstall mit dem Eimer in der Hand, ohne zu ahnen, dass dieser Augenblick mit diesem im Tagesgrauen erblassenden Kandidatengesicht mir auf seine Weise sagte, dass ich in der Zukunft irgendwann zurückschauen und diesen Morgen als jenen Augenblick in meinem Leben bestimmen konnte, an dem ich zu politischem Bewusstsein fand, denn ein wenig früher im Jahr war ich achtzehn geworden, was mein Vater zum Anlass genommen hatte, sich beim Peace Commissioner zu melden, um meinen Namen ins Wahlregister einzutragen, einer von einer Vielzahl junger Leute, die bei dieser Wahl zum ersten Mal ihre Stimme abgaben und von Kommentatoren hinsichtlich des Wahlausgangs als ein unberechenbares Risiko eingeschätzt wurden, sodass

ich mit einem wachen Gespür für meine Rolle in diesem historischen Augenblick und dem drängenden Bedürfnis, unter diesen brisanten Umständen mein politisches Verständnis zu testen, meinen Vater bat, sich mit mir und einer Karte aller Wahlbezirke des Landes an einen Tisch zu setzen, um jeder für sich und bei Berücksichtigung so vieler Variablen wie nur möglich – die vielen potentiellen Wechselwähler und die Neueinteilung der Wahlkreise – ein Ergebnis vorherzusagen, wobei wir Bezirk für Bezirk durchgingen und notierten, wem sie zufallen würden, sobald die Stimmen ausgezählt worden waren, die Gewinne und Verluste einer Wahlkampagne, doch als ich die zweiundvierzig Wahlbezirke vollzählig abgehakt hatte, stellte ich fest, dass sich meine Prognose kaum von der vorherrschenden politischen Meinung unterschied, die besagte, dass die Koalitionsregierung unter Verlust von höchstens zwei, drei Sitzen wiedergewählt werden würde, ein solides Ergebnis, mit dem die Nation zur grämlichen Herrschaft der für Recht und Ordnung stehenden Partei zurückkehrte, und ein Ergebnis, das mich in gewissem Maße zwar freute, da meine Überlegungen mit der Mehrzahl der politischen Analysen in den Medien übereinstimmten, dem es aber in enttäuschender Weise an Dramatik fehlte, etwas, das voll und ganz dem Charakter der scheidenden Regierung entsprach – stabil und beständig und auf Fragen der Sicherheit konzentriert –, aber ein Ergebnis, das so ganz anders als die Analyse meines Vaters ausfiel, die,

als er mir sein Papier über den Tisch zuschob, verriet, dass er der Opposition einen Erdrutschsieg mit einer Mehrheit von zweiundzwanzig Sitzen vorhersagte, ein so abartiger Befund und Zugewinn, dass ich einen Moment lang glaubte, er hätte die Übung gar nicht ernst genommen, sondern sei die Wahlbezirke einfach sorglos durchgegangen, um es rasch hinter sich zu bringen ,und somit zu diesem Resultat gelangt, das ich sorgfältig und nicht weniger als dreimal prüfte, das aber, wie ich es auch drehte und wendete, von diesem lächerlichen Vorsprung kaum abweichen wollte, höchstens um ein, zwei Sitze, keine ernsthafte Anpassung, wie man es auch sehen wollte, zwanzig Sitze oder mehr, ein unglaublicher Vorsprung, der, sollte er sich wirklich bewahrheiten, den ganzen politischen Horizont auf lange Sicht neu gestalten würde, der aber völlig aus der Luft gegriffen war, jenseits aller Erwartung, und der auch dadurch nicht wahrscheinlicher wurde, dass mein Vater ohne ein Wort der Erklärung vom Tisch aufstand, auf die Mitte der Karte tippte und sagte

große Veränderungen, lass dir das gesagt sein,

worauf er einige Tage später womöglich anspielte, als ein Wagen vor unserem Tor hielt und drei Männer in Anzügen und mit Parteirosetten am Revers über den Kiesweg auf uns zukamen, zwei davon stammten aus der Gegend und ihre Parteizugehörigkeit war uns wohlbekannt, Männer, die nun die hoffnungsfrohe neue Partei führten, sowie eben jener Kandidat, dessen Gesicht ich im Morgendunst gesehen hatte und der sich nun in Fleisch und Blut als großgewachsener Mann erwies, deutlich über einsachtzig und im Nadelstreifenanzug, ein Mann mit gebieterischem Auftreten und einem ungewöhnlich langen Hals, ein Mann, der, auch wenn er sich die später berühmte Angewohnheit noch nicht zugelegt hatte, über sich selbst in der dritten Person zu sprechen, bereits eine Aura schicksalhafter Bestimmung verströmte, zumindest verriet dies seine Haltung und die offenbar angeborene Fähigkeit, von hoch oben auf die Welt herabzusehen, während

die beiden Männer ihn vorstellten, woraufhin er uns die Hand schüttelte und mich, während er mir eine Broschüre gab, nach meinem Namen fragte, vermutete er doch zu Recht, dass ich zum ersten Mal meine Stimme abgeben würde, dieser Mann mit dem Seitenscheitel, der zuhörte, als seine Wahlwerber ein kurzes Resümee seiner raketenhaften Karriere als Grafschaftsrat abgaben und all jene lokalen Leistungen abhakten, die sich ihm zuschreiben ließen – neue Straßendecken, die neue Apotheke, der Erweiterungsbau der örtlichen Grundschule und die Wasseraufbereitungsanlage – für manches hatte er sich persönlich eingesetzt und war auch bei der Eröffnung dabei gewesen –, eine breit gestreute Palette von Errungenschaften im hiesigen Bezirk, was, wie sie zugaben, gut und schön war, doch sei es für ihn nun an der Zeit, zur nationalen Ebene aufzusteigen, dorthin, wo Macht und Einfluss regierten, was für unsere westliche Region des Wahlbezirks nur von Vorteil sein könne, war es doch zehn, mehr noch, zwölf Jahre her, seit dieser Teil der Grafschaft einen Vertreter ins Dáil geschickt hatte, und folglich sei es längst überfällig, dass eine starke Stimme aus dieser Region dort wieder örtliche Angelegenheiten vorbrachte, und so sei jedes Kreuz auf dem Stimmzettel hinter seinem Namen überaus willkommen, und

ich stand vorm Hausgiebel neben meinem Vater, ließ mir diese gewichtigen Probleme durch den Kopf gehen und genoss das angenehme Gefühl, so wichtig zu sein, dass der nationale politische Fortschritt persönlich gekommen war und um mich und meine Stimme warb, ja, dass er sich die Zeit genommen hatte, quer durchs Land zu fahren, um mir die Hand zu schütteln und sein Anliegen vorzutragen, so wie vor jedem anderen, dessen Name im Wählerregister stand und der über eine zu vergebende Stimme verfügte, und allein die Vorstellung, dass ich ein Bürger war, dessen Stimme in diesen Dingen folgenschweres Gewicht besaß, übte auf mich eine so nachhaltige Wirkung aus, dass ich es von jenem Tage an bis heute nie versäumt habe, bei einer Wahl meine Stimme abzugeben und dass mir, auch wenn ich längst nicht mehr dem einen wahren politischen Glauben anhing und über die Jahre mal links, mal rechts, mal Mitte gewählt hatte, doch jedes Mal die Erinnerung an jene feierliche Begegnung vor dem Hausgiebel kam und wieder und wieder jenes Gefühl von Bedeutsamkeit in mir weckte, mit dem ich, wenn ich in der Abgeschiedenheit der Wahlkabine stand, mein Kreuz auf dem Stimmzettel machte, so wie auch an jenem Wahltag, dem 16. Juni, für den man unsere Grundschule in ein Wahllokal verwandelt hatte, alle Türen und die den Spielplatz umlaufende Betonmauer mit Spruchbändern geschmückt oder mit den Plakaten beider Parteien überklebt, blau und grün, dicht an dicht, sich teils überlappend an Pfosten und Pfeilern, vor denen Männer standen, die ich seit Kindertagen kannte, Männer mit Rosetten am Revers, die Flugblätter verteilten, sie mir in der vagen Hoffnung gaben, ich könnte noch unentschieden sein und von einem Flugblatt in diesem Moment umgestimmt werden, da ich das Mittelzimmer der Schule betrat und auf den Wahlhelfer herabsah, der im Wählerregister blätterte, bis er meinen in blauer Tinte geschriebenen Name fand, um ihn dann mit Stift und Lineal durchzustreichen, als wollte er ihn für alle Ewigkeit dem Vergessen überantworten, ehe er mir den vorgedruckten Stimmzettel mit der Liste aller Kandidaten gab, den ich mit in die verhängte Wahlkabine am Ende des Klassenzimmers nahm, um meine Favoriten anzukreuzen, eins, zwei, drei Kreuze in den Kästchen hinter den Namen der Kandidaten, ehe ich das Blatt einmal in der Mitte faltete und durch den Schlitz in die schwarze Wahlurne warf,

diese eine Stimme,

Amen,

das Instrument der Wahl so tief in der politischen Psyche verwurzelt, dass es längst möglich sein musste, sein neuronales Äquivalent zu orten, ein zuckendes Synapsenbündel, auf das wir als Beweis dafür verweisen könnten, dass die Demokratie in all ihren Schattierungen und Nuancen unserer Seele selbst innewohnt, Erdrutschsiege und Einparteienregierung, Minderheitenregierungen, Koalitionen, Parlamente ohne klare Mehrheitsverhältnisse, und all das längst Teil des Grundgefüges unseres Seins, jedenfalls,

sobald ich meine Stimme abgegeben hatte, trat ich nach draußen und hatte zum ersten Mal beim Schicksal oder der Bestimmung meines Landes mitgeredet, und auch wenn ich mich bemühte, mir diese Verantwortung nicht zu sehr anmerken zu lassen, lag doch eine Anspannung in der Luft, die mit dem

Wahlergebnis allein nicht zu erklären war, eine Anspannung, die auch nicht durch die Neun-Uhr-Nachrichten später am Abend gemildert wurde, da sie nur bestätigten, dass die Wahllokale im ganzen Land eine ungewöhnlich hohe Wahlbeteiligung verzeichnet hatten, weit über siebzig Prozent, was selbst für ein Land beeindruckend war, dessen Wähler stets großes Gewicht darauf legten, ihr Wahlrecht auszuüben, erst

am nächsten Morgen aber wurde die Lage klarer, als wenige Stunden nach Auszählung der ersten Urnen Beobachter in den Wahlzentren im ganzen Land massive Gewinne der Opposition vermeldeten, eine zweistellige Zunahme, die es möglich scheinen ließ, dass sie mit einer nie gekannten Mehrheit von zwanzig Sitzen als Einparteienregierung an die Macht katapultiert wurde, ein der Vorhersage meines Vaters so verdammt ähnliches Ergebnis, dass ich den ganzen Tag mit offenem Mund die Berichterstattung verfolgte, laut der landesweit ein unerbittlicher Prozess in Gang gekommen war, in dem ein amtierender Abgeordneter der nationalen Koalition nach dem anderen seinen Sitz verlor, im Norden, im Süden, im Osten wie im Westen, in städtischen wie in ländlichen Wahlkreisen, hinweggefegt von der Ablehnung der Wähler, die sich an ihrer Regierung nun für vier Jahre steigender Arbeitslosenzahlen rächten, für Inflation und einen ganzen Schwung anderer Missstände, und schon

gegen Mittag hatte sich ein stetes Tempo für ein politisches Großreinemachen eingepegelt, das das ganze Land erfasste, eine Vielzahl amtierender Abgeordneter verlor ihren Sitz nur wegen weniger Stimmen, auch Hinterbänkler und Kabinettsminister fielen in stetem Rhythmus, weshalb die Zahl der Regierungsangestellten drastisch reduziert worden war, als der Vorsitzende der Nationalen Koalition spät am Abend vor die Kameras trat, um die Niederlage einzugestehen, sein Gesicht in einem unendlich langen, stummen Einstiegsbild erstarrt, ehe er schließlich zu sprechen begann und der Nation mit vor Entsetzen rauer Stimme sagte, was sie bereits wusste, dass nämlich das Volk mehrheitlich entschieden habe, weshalb ihm keine andere Wahl bleibe, als zurückzutreten und die Opposition mit den besten Wünschen für die Zukunft ans Ruder der Regierung zu lassen, der mit steifem Anstand absolvierte Rücktritt eines Mannes, der den Umfang des Wahldesasters, von dem seine Koalition betroffen war, noch keineswegs völlig ermessen hatte, und so mussten wir bis früh am nächsten Morgen warten,

ehe wir ein Gesamtbild bekamen, die Ergebnisse der letzten Auszählungen, die noch bis nach Abschluss der Berichterstattung angedauert hatten, der Sieg klar und überwältigend, jetzt, da Kommentatoren auch die letzten Spuren des Gemetzels sichteten, auch wenn keiner ihrer Beiträge so richtig die volle Bedeutung des epochalen Wandels erfasste, der an jenem Morgen über das Land hinwegfegte, etwas größeres als ein bloßer Wechsel des politischen Glaubenssystems, etwas mit einer in diesen erstaunlichen Zahlen verborgenen Macht, die noch den richtigen Zeitpunkt abwartete und zögerte, sich jetzt schon zu offenbaren, weshalb sich die Kommentatoren vorläufig darauf beschränkten, von einer gewaltigen Flutwelle zu sprechen, von der die Opposition an die Macht getragen wurde, und auch wenn das Bild eindeutig war, verdeckte es in seiner umfassenderen Bedeutung doch den Beginn jenes Unbehagens, der im Kern dessen rumorte, was da geschehen war und um den herum in den folgenden Tagen angestaute Ängste sichtbar wurden, während das Drama der so glorreich an die Macht geschwemmten Opposition

ganz neuen Überlegungen wich – was würde diese neue Einparteienregierung, diese Versammlung mit all den neuen Gesichtern nun mit ihrer Mehrheit anfangen – insgesamt siebzehn neue Abgeordnete –, wie würde sie sich bei der Aufstellung der neuen Regierung machen, wie würde sie die großzügigen Zusicherungen ihres Wahlprogramms erfüllen und in welchem Umfang würde sie hinter dem zurückbleiben, was in den Wahlkampfreden versprochen worden war, worum es meiner Ansicht aber eigentlich nicht ging und womit die Kommentatoren ein wenig daneben lagen, galt meine eigene unmittelbare Aufmerksamkeit doch vor allem der Tatsache, dass ich in meiner ersten

Wahl auf der Seite der Gewinner stand, nicht nur in parteilicher Hinsicht, sondern auch in Bezug auf jenen Kandidaten, dem ich meine Stimme gegeben hatte – diesem großgewachsenen Mann, der mir die Hand geschüttelt und vorm Giebel unseres Hauses um meine Stimme geworben und in der Abstimmung auch über jenen anderen Oppositionskandidaten triumphiert hatte, den er am frühen Nachmittag bei der dritten Auszählung besiegte, sodass er seinen Sitz mit über tausend Stimmen Vorsprung einnehmen konnte und auf den Schultern von Parteimitarbeitern und Freiwilligen getragen wurde, die ihre Arme in die Luft reckten und sangen

Take me Back to Mayo,

lärmende Gratulanten im schwindelerregenden Strudel des Sieges, die einige Wochen später erneut Grund zum Feiern hatten, als nämlich der 21. Dáil zusammentrat, und der Gewinner wie ein Lounge-Sänger in weißem Anzug und mit gepunktetem Schlips von derselben Schar Parteimitarbeitern, Gratulanten und Freiwilligen über die Schwelle ins Leinster House getragen wurde, allerdings nicht, ohne zuvor die versammelten Medien an den Propheten zu erinnern, der da sagte,

dass der Messias aus dem Westen komme,

ein Vorfall, der, als er seinen Weg übers Land zurück in unseren Wahlbezirk fand, meinen Vater brummen ließ,

dass werden wir ja noch sehen,

womit er recht behalten sollte, denn mit der Zeit würde deutlich werden, dass dieser spektakuläre Sieg mit all seiner biblischen Wucht und seiner Zerstörungskraft eine ganz neue Generation von Abgeordneten hervorbrachte und dass dieses Ergebnis zweifellos eine vorübergehende Inkarnation göttlichen Willens gewesen war, vermochte doch wohl kaum etwas anderes als solch eine transzendentale Bekräftigung die Hybris und Gier erklären, die nach dieser Wahl in der politischen Arena Einzug hielt, was vorläufig aber alles noch

in der Zukunft lag und keinen Schatten auf den epochalen Sieg selbst oder auf meine eigene Genugtuung darüber zu werfen vermochte, dass ich auf Seiten der Gewinner stand, weshalb ich, als der siegreiche Kandidat zwei Wochen später in unserer Stadt eine Versammlung im Freien abhielt, um den Leuten für ihre Arbeit und ihre Unterstützung zu danken, auch zur großen Menge zählte, die sich an jenem Sommerabend auf dem Platz versammelt hatte, wo ich mit dem Rücken ans Fenster der Drogerie gelehnt stand, um dem großgewachsenen Mann zuzuhören, der uns in selbstgewissem Ton erzählte, er ziehe mit dem festen Vorsatz ins Leinster House ein, uns für jene Jahrzehnte der Vernachlässigung zu entschädigen, die diese Region in eine Brache der Arbeitslosigkeit, aber auch der erzwungenen Emigration verwandelt habe, die so viele Familien zerriss, weil das Einkommen nicht zum Leben reichte, folglich halte er es für seine allerwichtigste Aufgabe im Dáil Éireann, diesen Aufbruch mit einer Kampagne für eine verbesserte Infrastruktur in der gesamten Gegend einzuleiten, müssten die Straßen und Zufahrten doch grundlegend erneuert werden, bevor diese Region für ausländische Investitionen irgendwelcher Art interessant werde – Straßen, Abwasserentsorgung, Telefonleitungen –, darum wolle er sich sofort kümmern, und er wolle sich wie kein Zweiter dafür einsetzen, dass seine Mission von Erfolg gekrönt sei, da er sehr wohl wisse, dass die Bewohner Mayos darüber richten würden, ob er sein Wort gehalten habe, wenn er in fünf Jahren erneut vor ihnen stehe, und dass er, sollte er auch nur ein Jota von seinen Versprechungen abweichen, die er den ehrbaren Bürgern von Louisburgh heute Abend gebe, ebenso wisse, was ihn erwarte, wenn er sie in diesem Wahlbezirk wieder um ihre Stimmen bitte, dass er nämlich nicht mit Gnade rechnen dürfe und ihm dann geraten werden würde, einem besseren Mann Platz zu machen, dies sei folglich sein Versprechen, das er heute Abend gebe und

so weiter und so weiter

und,

auch wenn wir diese Rede in Abständen von fünf Jahren hörten – die typische Ansprache nach jedem Wahlzyklus – oder doch zumindest eine ziemlich ähnliche Variante, gehalten auf derselben Bühne mitten in der Stadt, konnte weder die betäubende Wiederholung noch irgendein anderer Aspekt dieser dramatischen Wahl in meinen Augen je die Glanztat meines Vaters trüben, der das Resultat so akkurat vorhergesagt hatte, mit seinem hellwachen Verstand der Geschichte vorausgeeilt war und etwas von der Welt gesehen hatte, noch ehe es gänzlich offenbart worden war, einer dieser Momente, in denen der Gedanke nahelag, er gehe mit einer traumwandlerischen Sicherheit durch sein Leben, wie ich sie nie besitzen würde, nicht zuletzt, weil er so ein guter Menschenkenner war, denn selbst sein Misstrauen gegenüber dem hochgewachsenen Mann sollte sich Jahre später bewahrheiten, als mehrere überparteiliche Untersuchungsausschüsse hinsichtlich Haushaltsausgaben und Parteifinanzierung Unstimmigkeiten zutage förderten, die gegen den Kandidaten sprachen, der ein Vermögen gemacht, aber am Ende seinen Ruf ruiniert hatte, die Skandale und der gegen ihn gerichtete Verdacht so groß, dass seine wahren politischen Talente davon völlig überschattet wurden, was ihn aber einen Dreck scherte, war er doch längst zurückgetreten, hatte sein Geld in der Tasche und widmete seine verbleibende Zeit vorwiegend seiner späten Berufung, der Landschaftsmalerei, sentimentale Aquarelle, die Mayos hügelige Landschaft zeigten, Bogenbrücken, Hecken, schmale Landstraßen, eben jene Topographie, die er mit so vielen Steinbrüchen und Betonwerken verschandelt hatte und,

kann kaum atmen, ist so klamm,

spüre einen ziehenden Schmerz in der Brust, schon seit ich in die Küche gekommen bin, hat sicher was mit dem bewölkten Himmel da draußen zu tun, den ich so bedrückend finde, als wären mir die Wolken auf die Brust gefallen und hätten es sich dort gemütlich gemacht, weshalb mir das Atmen schwerfällt und keine Luft in meine Lungen kommt, meine Brust nur ein Hohlraum, als hätte man sie gänzlich ausgeräumt, und natürlich

ist es diese grässliche Stunde des Tages zwischen dem Läuten der Angelusglocke und dem Zeitton für die Ein-Uhr-Nachrichten, die Energie des Vormittags verbraucht und zum

Abendessen noch zu früh, man bekommt nichts Vernünftiges mehr getan, und im Radio läuft dreiviertel der Zeit nur Musik, als wäre die ganze Welt erschöpft oder ausgelaugt, so wie

Mairead an dem Freitag, an dem ich nach Hause kam und erfuhr, dass sie seit dem Morgen krank war, in den ersten Stunden Übelkeit und Fieber, was sich am Nachmittag zu Krämpfen und Erbrechen verschlimmerte und sie zwang, bei geschlossenen Vorhängen im Bett zu liegen, die Wangen flammendrot und auf dem Gesicht ein glänzender Schweißfilm, die Stimme nur noch ein raues Raspeln, als sie wisperte

geht schon den ganzen Tag, kann nichts bei mir behalten, und

es war ein Schock, sie so zu sehen, ohne jede Energie, eine Frau, die sonst nie krank zu Bett lag, aus welchem Grund auch immer

soll ich die Ärztin rufen, du brennst ja, und

ich legte meine Hand auf ihre Stirn, die sich wider Erwarten unter dem Schweißfilm kalt anfühlte, aber

nein, ist nur ein Infekt, morgen bin ich wieder fit, brauch bloß ein bisschen Schlaf, aber

ist ja alles gut, nur das

ihr Gesicht verzog sich zu einer Grimasse

ich habe diese Krämpfe im Bauch, die kommen und gehen, hatte sie schon den ganzen Nachmittag, und es wird nicht besser – wenn ich nur ein bisschen schlafen könnte,

doch später am Abend wurde es noch schlimmer, und ich war in der Küche, als sie mit matter Stimme aus dem Schlafzimmer rief, in dem ich sie vorfand, wie sie sich über den Bettrand beugte und einen grünen Schwall in eine Schüssel erbrach, ihr Körper reinigte sich in krampfartigem Erbrechen, schleuderte bitteren Schleim aus sich heraus, als würde der mit solcher Macht aus ihrem Inneren herausgepumpt, dass es sie krümmte und sie fast aus dem Bett war, sich mit einer Hand auf dem Boden neben der Schüssel abstützte, während sie sich weiter erbrach, jetzt fast auf dem Boden lag, sodass ich sie, nach einem weiteren

Würganfall, schließlich anhob, um sie wieder in die Kissen zu legen, wo sie zitternd und unter Tränen schniefte

das reicht jetzt, sagte ich, ich rufe die Ärztin an

nein, keuchte sie, noch nicht, und

über die schmerzverzerrte Miene legten sich Scham und Entsetzen, die sie das Kinn heben ließen, als sie mit schwacher Stimme sagte

ich muss erst ins Bad, und ich will, dass du die Laken wechselst

gut, ich werfe sie in die Waschmaschine

nein, nicht in die Waschmaschine, wirf sie weg, auch den Bettbezug, sagte sie,

in all ihrer Atemlosigkeit verriet ihre Stimme jetzt einen flehenden Unterton, was ich nicht verstand, bis sie mit funkelndem Blick aufs Bett deutete, neben brennender Scham jetzt auch Wut in ihr aufflammte, die sie sich aufrichten und mit zusammengebissenen Zähnen hervorstießen ließ

raus mit dir

du kannst doch jetzt nicht aufstehen

Herrgott noch mal, geh aus dem Zimmer, oder du wirst es bereuen

bellte sie, ein Ausbruch, der sie für einen Moment alle Kraft kostete und laut keuchend zurück in die Kissen zwang, während ich aus dem Zimmer hastete, die Tür hinter mir zuzog und erst zurückkehrte, als ich im Bad die Dusche hörte, um die Laken aufzuheben, den Bettbezug und ihr Nachthemd, all das zusammengeknüllt auf dem Boden, die Luft jetzt schwer vom Geruch nach Erbrochenem und all dem anderen Unrat, der aus ihrem Körper herausgemusst hatte und der jetzt in diese Laken gewickelt war, die ich in die Mülltonne vor der Hintertür stopfte, um dann mit einem frischen Nachthemd auf Mairead zu warten, bis sie wenige Minuten später aus der Dusche kam und schwankend auf dem gefliesten Boden vor mir stand, schwindlig und mit hochrotem Kopf, Dampf stieg von ihren Schultern auf, als wäre sie ein Neugeborenes, also nahm ich das Handtuch und trocknete sie ab, ehe ich ihr das Nachthemd überstreifte, um dann etwas zu tun, was ich seit einer Ewigkeit nicht mehr getan hatte – ich nahm sie auf die Arme und trug sie nach unten in Agnes' Zimmer, das ich schon hergerichtet hatte, setzte sie auf die Bettkante, wo sie atemlos und zitternd das Gleichgewicht hielt und sich zur Seite neigte, als ich ihr das Tuch um den Kopf wickelte und ihr so sanft wie möglich das Haar trocknete, um es anschließend zu bürsten, sodass, als sie sich zurück in die Kissen legte, von ihrem Gesicht eine fiebrige Hitze in duftenden Wellen aufstieg, und sie

danke

keuchte, die Augen geschlossen, brauchte sie doch alle Kraft, um dieses eine Wort aus sich hervorzupressen

ich ruf jetzt die Ärztin an, die muss sich das ansehen

ja,

ihre Erschöpfung trieb sie in den Schlaf, während ich in der Praxis anrief, wo mir die Frau am Empfang sagte, Maireads Hausärztin sei in Urlaub, mich aber zu einer beschwichtigend klingenden Frau durchstellte, die mich bat, sämtliche Symptome aufzuzählen und ihr zu sagen, wie lange sie sich jeweils schon bemerkbar machten, alles, das Erbrechen, die Krämpfe, der Durchfall, das Fieber, und danach sagte sie, sie sei in zwanzig Minuten bei uns, und das war sie auch – ihr wildes Haar ein angenehmer Gegensatz zu der ruhigen Stimme am Telefon –, setzte sich zu Mairead ans Bett, maß ihre Temperatur und ihren Puls, eine junge Frau in einem zu großen Kittel, die Ärmel über die Handgelenke aufgerollt, und mit einem Gesicht, bei dem ich lange brauchte, um es einordnen zu können, aber dann wurde mir klar, dass sie ein Nachbarskind war, eine von den Cosgraves aus Derreen, die jetzt

neben Mairead saß und mit ihr Schritt für Schritt die medizinische Untersuchung absolvierte – Puls, Herz, Blutdruck, Temperatur, außerdem nahm sie ihr zwei Röhrchen Blut ab –, eine Hand auf Maireads Stirn, während sie ihr ein digitales Thermometer zwischen die geschwollenen Lippen klemmte, Mairead, die auf Ebbe und Flut ihres Fiebers schwamm, dem rasenden Puls ihres Unbehagens, das sie nun ganz einzuhüllen schien und in das diese junge Medizinerin jetzt ihre Hand legte und den Kopf senkte, um zu fragen

wann, sagten Sie, waren Sie bei Agnes' Ausstellungseröffnung

vor zwei Tagen

und Sie waren danach essen

ja

während sie aufstand, nahm sie das Stethoskop vom Hals und warf sich das Haar über die Schulter

es war also ein guter Abend, Sie haben sich amüsiert

ja, haben wir, war eine ziemliche Überraschung, aber

ist eine Weile her, seit ich Agnes zuletzt gesehen habe, in der Schule war sie einige Jahre unter mir

Sie sind eins von Padraigs Mädchen

ja, die älteste

ich kannte Ihr Gesicht, habe nur nicht gewusst, welche von den Cosgraves Sie sind

wir sind ja auch nicht gerade wenige

wie geht es Ihrem Vater, ich sehe ihn hin und wieder auf seinem Rad

dem geht es großartig, fit und gelenkig, fährt noch immer mit dem Rad in die Stadt, meine Mutter macht sich deswegen Sorgen, weil er auf einem Ohr taub wird, und sie fürchtet, er könnte nicht mehr hören, was von hinten kommt, aber davon abgesehen hält er sich prima – das also treibt Agnes jetzt, sie malt, und ihr Bruder

Darragh

ja, Darragh

ach, wir wissen nicht so recht, was aus dem Jungen wird, wir wissen nur, dass er gerade durch Australien reist und sich einen Bart wachsen lässt, mehr wissen wir eigentlich nicht

Darragh ist einiges jünger als ich, an Agnes erinnere ich mich besser, grüßen Sie sie bitte von mir, sagte sie, während

sie sich wieder zu Mairead umdrehte, die jetzt mit geschlossenen Augen im Bett lag und überhaupt nicht mitbekam, worüber wir redeten, und die junge Ärztin legte ein letztes Mal eine Hand auf ihre Schulter, ehe sie aufstand und aus dem Zimmer ging, ich ihr zu ihrem Wagen draußen auf der Straße folgte, wo sie ihre Tasche mit einer überraschend flinken Bewegung auf die Rückbank warf und dabei sagte

so wie ich es sehe, handelt es sich um einen Fall von Lebensmittelvergiftung – sämtliche Anzeichen stimmen überein, das Fieber, das Erbrechen, die Krämpfe, alles klassische Symptome, und wenn das stimmt, können Sie eigentlich nichts weiter machen als durchzuhalten, geben Sie ihr viel zu trinken, damit sie nicht austrocknet, mehr kann man im Moment nicht für sie tun, und diese Proben hier gebe ich gleich Montagfrüh ins Labor, damit

eine Lebensmittelvergiftung nach zwei Tagen

ja, kann passieren

was ist mit dem Durchfall, der macht ihr schwer zu schaffen und

sie schüttelte den Kopf,

nein, ich könnte ihr was dagegen verschreiben, aber das möchte ich in diesem frühen Stadium noch nicht, weil die Erreger dann zu lange im Darm bleiben, was gar nicht gut wäre, lieber lasse ich ihr ein bisschen Zeit, die Symptome werden bald abklingen, und in ein, zwei Tagen sollte sie sich besser fühlen, also kühle Getränke und viel Ruhe, mehr können Sie für Ihre Frau kaum tun, ich sehe morgen noch mal nach ihr, und

sie gab mir eine Karte mit ihrer Privatnummer und lächelte mir noch einmal mitfühlend zu, ehe sie einstieg und den Wagen auf die Straße lenkte,

das war's mit dem Wochenende,

ich war jetzt Maireads Pfleger, geisterte mit Getränken und sauberen Laken durchs Haus, trocknete ihr die Stirn, versuchte, an ihrem Bett den richtigen Ton von Pflege und Fürsorge zu treffen, und hoffte, sie würde trotz des Fiebers meine Gegenwart spüren, wich nicht von ihrer Seite, wollte, dass sie meine Aufmerksamkeit spürte, obwohl sie sich kaum bewusst zu sein schien, dass ich bei ihr war, wie sie da bibbernd in ihrem klammen Dunst lag, stundenlang vor sich hindämmerte, weshalb es für mich lange Phasen gab, in denen ich kaum etwas anderes tun konnte, als an ihrem Bett zu stehen und ihre Konturen unter den Laken zu betrachten, während sie in den kurzen, wachen Momenten, in denen sie aufrecht saß, Kissen im Rücken, nur ungläubig dreinsah, zutiefst verstört von dem, was sie durchmachte, diese Frau, die in all den Jahren, die wir zusammenlebten, nie auch nur einen Tag krank gewesen war,

jetzt aber im Bett lag, der Puls zu einem fernen Pochen verflacht in jenen Momenten, ehe es sie erneut über den Bettrand warf, gemartert von so konvulsivem Erbrechen, dass ich fürchtete, ihr Körper würde innerlich ausgewaschen, Knochen und Seele fortgeschwemmt, bis unter den Laken nichts weiter lag als eine trockne, leblose Hülle, die höchstens noch zum Feuer anzünden gut wäre, und so stand ich an den zwei Tagen dieses Wochenendes also

an ihrem Bett und wusste oft nicht, was genau ich tun sollte, ihr Gesicht glänzend vor Schweiß, die Haut im matten Licht des Schlafzimmers schimmernd, und wie die Krankheit ihre Augen schloss, das hatte etwas Todesähnliches, auch wie sie das Gesicht so ungeschützt ließ, dass ich Mairead anstarren konnte und mir dabei zum ersten Mal auffiel, wie sich ihr Vogelgesicht – Nase und Wangenknochen liefen auf einen gemeinsamen Fluchtpunkt zu – noch deutlicher in den scharfen Zügen der Tochter ausgeprägt hatte, und dass sie sich Aussehen und Figur bis ins mittlere Alter bewahren konnte, weshalb ihre Konturen immer noch denen des ernsthaften Mädchens glichen, das ich vor zwanzig Jahren kennengelernt hatte, jene von Sprachen und Auslandsreisen geprägte junge Frau, an ihrem Körper kein Gramm Fett zu viel, das sie hätte behindern oder belasten können, zart genug für einen Beruf, bei dem sie ständig wie auf dem Absprung war, stets vorangetrieben, nur war dieser Körper jetzt der enge Raum, in dem sich ein Fieber festgesetzt hatte, das ihn mit seiner abführenden Hitze geißelte, von innen nach außen, was auch das Abscheuliche des Ganzen erklärte, den Schweiß, in dem sie immerzu badete, die Galle, die aus ihr aufstieg, und der Durchfall, der in plötzlichen Krämpfen durch ihr Gedärm fegte und sie so beschämte, weil sie am ganzen Körper stank, wie sorgsam sie sich auch bei jedem Gang ins Bad wusch, denn manchmal lag sie kaum wieder im Bett, geduscht und im frischen Pyjama, da begann sie aufs Neue aus jeder Pore und Falte des Körpers zu schwitzen, bis ihr Bett und ihre Sachen im Handumdrehen wieder feucht und muffig waren, das Haar am Kopf angeklatscht und im Zimmer ein Gestank, der nicht mehr menschlich war, so als würde ihr die Seele aus dem Leib gezogen, durch diese offenen Poren, weshalb

es mir wirklich leid tat, mitanzusehen, wie sie sich dafür schämte, diese verzweifelte Hilflosigkeit, gegen die ich nichts machen konnte, bestimmte die Krankheit doch jeden Rhythmus, jeden Herzschlag ihres Körpers, klammerte sich an alle Strömungen und Veränderungen, während

sich ihre Not im Haus verbreitete wie das Mikroklima einer anderen, dünnflüssigeren Gegend, den Flur rauf und runter und in alle Räume jener abgeschiedenen Provinz, in der nur Kranke gedeihen, sodass mir manchmal, wenn

ich über den Flur zu dem Schlafzimmer ging, in dem sie jetzt lag, die wenigen Schritte wie eine lange Reise nach Süden vorkamen, bei der ich Grenzen und Zeitzonen querte, Wüsten und Gebirgszüge, um dahin zu gelangen, wo ich sie schließlich vorfand, meine Beute, von der erbarmungslosen Sonne geschwächt, keuchend, ausgetrocknet, in einem gottverlassenen Hoheitsgebiet, das an dem schnellen Wechsel der Regierungen litt, an in die Höhe schießenden Inflationsraten und einer erbärmlichen Menschenrechtsbilanz – denn nur ein derart radikaler Wechsel von Topographie und Umständen mochte das Gefühl jener unüberbrückbaren Ferne erklären, die sie in jenen ersten Tagen von mir trennte,

Freitag, Samstag und Sonntag,

die sie so geduldig zermürbten, sie bis aufs kleinste Quäntchen ihres Seins verbrauchten, die auf Wolken eigener Luft aus ihr herauswehten, jedes angestrengte Ausatmen pellte eine weitere Schicht von ihr in den Äther, diese Krankheit, die sich in den geschütztesten Nischen ihres Körpers festgesetzt hatte, von wo aus es das penibelste, sorgsamste Dahinschwinden bewirkte, sodass sie

bis Sonntagnachmittag, als sie aufrecht im Bett saß, mit offenem Mund und geschlossenen Augen, und versuchte, die paar Schlucke Wasser bei sich zu behalten, die ihr Magen bereits zu Galle verrührte, während das Zimmer sich in ihrem Hitzedunst verzerrte, in ihrer atmosphärischen Temperatur, in der sich Türen und Fenster verzogen, alles schief, alles unförmig, der Kopf dabei in den Nacken geworfen, als wollte sie mir ein klares Bild davon geben, wie die Krankheit das Fleisch aus ihrem Gesicht zehrte und die darunter liegenden Knochen hervortreten ließ, den Kiefer, die Jochbeine, die scharf vorsprangen, während durch die Handrücken das radiale Muster ihrer Finger sichtbar wurde, die auf der Decke lagen, die ausgestreckten Finger, gespreizt von den Knöcheln bis zum Handgelenk, das sich deutlich vor ihrem schmalen Unterarm erhob, all die Knochen, die jetzt durch ihre Haut stachen, bis

ein Anruf von Agnes am Sonntag die Lage für mich klärte, nachdem

sie still meinem Bericht über Maireads Krankheit gelauscht hatte, sagte sie

der örtliche Radiosender melde, ein stadtweiter Gesundheitsnotstand sei ausgebrochen, zahlreiche Menschen hätten sich bereits bei ihren Hausärzten oder in den Notaufnahmen mit exakt den gleichen Symptomen wie Mairead vorgestellt, so viele Fälle, dass sich die Zahlen nicht länger ignorieren ließen, was dazu führte, dass die städtischen Behörden tags zuvor eine außerordentliche Sitzung einberufen hatten, um für das gesamte Stadtgebiet die Warnung auszusprechen, dass Wasser abgekocht werden müsse, bis die eigentliche Quelle dessen, was man eine Keimverseuchung nannte, ausfindig gemacht und beseitigt worden sei, während zugleich – in bewundernswertem Tempo, wie Agnes zugeben musste – Listen mit Vorsorgemaßnahmen in den regionalen Zeitungen veröffentlicht und auf Handzettel gedruckt worden waren, die man in Briefkästen gesteckt, aber auch im Rathaus, in Kirchen, Supermärkten, Büchereien und Gemeinschaftszentren ausgelegt hatte, und deren Inhalt bei jeder der stündlichen Nachrichtensendungen über die örtlichen Radiostationen verbreitet wurde – man nutze jeden Kommunikationskanal, um die Maßnahmen in die Häuser und an die Arbeitsplätze zu übermitteln, an jeden Platz, an dem sich die Bevölkerung der Stadt zur Arbeit, zum Gebet oder zum Vergnügen traf, an alles wurde gedacht, sodass

ich denke, es ist dieser Keim, der Mam so zusetzt; weißt du noch, sie war an dem Abend die Einzige am Tisch, die Wasser getrunken hat

stimmt, sie bestand darauf, dass ich mir ein Bier gönne, sie aber wollte bei Wasser bleiben, weil sie noch fahren musste, aber

ich könnte morgen nach Hause kommen, tut ihr vielleicht gut, mich zu sehen

nein

das war aus mir herausgeplatzt, ehe ich mich zügeln konnte, denn

es gibt nichts, was du für sie tun kannst, und ich bin mir nicht sicher, ob sie dich jetzt um sich haben möchte, außerdem ist dies doch eine wichtige Zeit für dich, und sie würde es mir nie verzeihen, wenn sie wüsste, ich hätte dich von deiner Arbeit abgehalten, also

mich zu sehen, heitert sie vielleicht ein bisschen auf

das Beste, was du im Moment für sie tun kannst, ist mit deiner Arbeit weiterzumachen und in ein paar Tagen mit ihr zu reden, wenn es ihr wieder besser geht, und

ich fühle mich schrecklich, dazu also hat mein großer Abend geführt

um Himmels willen, Agnes, so etwas passiert nun mal, und niemand ist schuld daran, melde dich einfach wieder und mach dir keine Sorgen, in ein paar Tagen ist das hier vorbei, aber ich merkte ihr an, dass sie sich nicht entscheiden konnte, dass sie einerseits gern bei ihrer Mutter wäre, andererseits aber auch wusste, dass dies genau die Zeit war, in der sie bei ihrem Werk sein und jede Gelegenheit nutzen musste, die sich daraus ergeben mochte, was mir zupasskam, da mich irgendwas an dem Gedanken beunruhigte, mit Agnes allein im Haus zu sein, während Mairead krank in einem Zimmer am Ende des Flurs lag, fast, als wäre es der Bruch eines Intimitätstabus, eine Komplizenschaft, bei der mir ein bisschen mulmig wurde, weshalb es mir leichtfiel, ihr Angebot abzulehnen, und

ich lenkte davon ab, indem ich sie fragte, ob es über die Verseuchung sonst noch etwas gebe, was ich wissen sollte, und sie sagte

es gehe das Gerücht, dass die drei- bis vierhundert Leute, die mit Krämpfen, Fieber und Durchfall in die Krankenhäuser der Stadt eingeliefert worden waren, die schwitzten und schissen bis zur Bewusstlosigkeit, wie sie es so bildlich ausdrückte, an Kryptosporidiose litten, einem Parasiten, der aus menschlichen Exkrementen stammt und sich im Verdauungstrakt festsetzt, weshalb, fuhr sie fort, jetzt zutreffe, dass die Bewohner der Stadt ihre eigene Scheiße schluckten, den Quell ihrer eigenen Krankheit, und das habe doch etwas fatal Konzentrisches und Selbsterzeugendes an sich, so als kehrte der Erreger in einer Kreisbewegung zu seinen Anfängen zurück, um dort sein eigentliches Zuhause zu finden, seinen Evolutionszyklus zu beginnen und sich jedes Mal, wenn er zuschlug, besser anzupassen, perfekter zu werden – an Zähigkeit zuzulegen, an Widerstandsfähigkeit und so –, mit weiß Gott was für Resultaten, wahrscheinlich optimierte er sich derart, dass er gegen jedes Mittel resistent wurde, und wir gäben dann den Wirtskörper für diese neue Lebensform ab, spätestens an diesem Punkt aber fragte ich mich,

ob sie je damit aufhörte,

Himmelherrgott,

Schluss jetzt,

allerdings

hätte es mich nicht gewundert, wenn dergleichen von Darragh gekommen wäre, diese Art apokalyptische Suada war genau sein Ding, etwas, das ihn aufblühen ließ, zu Visionen von Vernichtung hinriss, zu denen eigentlich doch, hatte ich bislang geglaubt, nur junge Männer neigten, zugespitzte Übertreibungen und allzu bildliche Darstellungen, für die sie ein Faible hatten, die ich aber jetzt, da sie von Agnes kamen, ermüdend fand, dieselbe Art vernünftelnder Hysterie, auch wenn sie wie Darragh nur halb an das glaubte, was sie vorbrachte, die andere Hälfte vergnügte sich damit, das Thema auf die Spitze zu treiben, eine Art Ekstase, die mich noch mehr ermüdete, als

sie das Szenario auf eine Stadt in der Krise ausweitete und endlose Bilder gesellschaftlicher Verheerung und Zerstörung aufrührte, ihre Stimme im getragenen Ton derjenigen, die live aus städtischem Katastrophengebiet berichten, aber ich ließ sie noch ein Weilchen weiterreden, da ich sie nie zuvor so erlebt hatte, sie, die sonst nur selten die Zügel schießen ließ und auf diese Weise vor sich hin schwadronierte, Worte und Ideen, in lüsternem Rausch herausgesprudelt, und wie ich da vorm Hausgiebel stand, dachte ich seit Jahren zum ersten Mal, eine

rauchen

verdammt, jetzt eine rauchen,

wie aus dem Nichts regte sich das alte Verlangen, dieses Ziehen hinten in der Kehle, der Drang, das alte Ritual auszuführen, eine Schachtel rauszuholen und eine Zigarette anzustecken, die Lust, etwas mit den Händen zu machen, und die alte Gewissheit, dass der Moment sicher besser wird, wenn man sich eine ansteckt und spürt, wie der wohltuende Rauch die Lunge füllt, all das fiel mir wieder ein, während ich im Schutz der Dachtraufe stand, eine Angewohnheit, von der ich geglaubt hatte, sie habe sich längst in nichts aufgelöst, rauchte ich doch schon seit Jahren nicht mehr, seit Mairead mir so die Hölle heiß gemacht und immer wieder betont hatte, was Herzkrankheiten angehe, gebe es auf beiden Seiten meiner Familie eine Vorgeschichte, deshalb sei es klüger, damit aufzuhören, vor allem, da ich die fünfundvierzig überschritten hatte und es mir nicht mehr leisten könne, so etwas auf die leichte Schulter zu nehmen, außerdem sei es an der Zeit, zu meiner Verantwortung zu stehen und

so weiter und so weiter, bis

ich mich tatsächlich aufraffte, aus welchem Grund auch immer, mehrfach aufhörte, immer aufs Neue, zögerlich und zaudernd, es aber nie auf unter zehn am Tag schaffte, nie schaffte, über die Schwelle ins rauchfreie Leben zu treten, stets haben Kleider und Wagen gestunken, und diese Morgen nach einem bierseligen Abend, Kette geraucht, eine nach der anderen, dann auf der Bettkante sitzen, der pelzige Belag auf der Lunge, wollte mir einreden, es sei doch nur Schleim, all die Jahre, in denen die Kinder im Hause waren, konnte ich nie endgültig aufhören, aber kaum

waren sie erwachsen und gingen aufs College, war es, als wäre mein Laster mit ihnen ausgezogen, denn plötzlich schien das alte Verlangen weg zu sein, ich hatte genug, konnte es mir nicht anders erklären, aber an Sylvester habe ich einfach aufgehört, habe um zwei Uhr morgens meine letzte geraucht, stand draußen auf dem Bürgersteig vor dem Dorfpub, ist vier, fünf Jahre her, und ich bin nie wieder rückfällig geworden und habe kein Verlangen mehr gespürt

bis jetzt,

wie ich da am Hausgiebel stand und weit über die Äcker zur Straße nach Westport blickte und auf den im Abendlicht schwindenden Croagh Patrick, Agnes redete noch immer am anderen Ende der Leitung, während ein leichter Regenschauer über das Haus hinwegtrieb, sich zu undurchdringlichem Nebel verdichtete, der sich in Schwaden auf die Hänge des Mweelrea häufelte, wieder ein feuchter Abend, ganz wie vorhergesagt, nichts als Dauerregen seit Anfang März, ohne Pause, weshalb man nicht querfeldein laufen kann, will man nicht bis zu den Knöcheln im Morast versinken, noch drei Wochen, bis die Uhr auf Sommerzeit umgestellt und es nicht vor sieben Uhr abends dunkel wird, und auch wenn nicht abzusehen war, dass sich das Wetter bald besserte, tat es doch gut, an den Sommer zu denken, nur noch wenige Wochen, dann stand die Sonne wieder höher am Himmel, rund ums Haus blühten die ersten Schlehen, später das Geißblatt, das Mairead zwischen die wilde Hecke gepflanzt hatte und das man überall riechen konnte, im Garten hinterm Haus, am Schuppen und auf dem Lagerplatz dahinter, bis

Agnes' Stimme langsam verklang, die Apokalypse vollendet – die Zivilschutzpläne außer Kraft, Aufruhr in den Straßen, das Rathaus überrannt, von Demonstranten verwüstet – Agnes jetzt so erschöpft wie das Thema, also schloss sie damit, dass sie sagte, sie würde es mich wissen lassen, sobald es etwas Neues gebe, und ich solle Mam von ihr grüßen, ehe sie

auflegte, ihre Stimme plötzlich still, als hätte der Nebel sie abgehackt und mit sich ins schwindende Licht gezogen, das Telefon nun tot in meiner Hand, ein warmer Splitter, der sich allmählich verdunkelte, als wäre er ein leuchtendes Bruchstück aus dem Weltall, das mit hoher Geschwindigkeit aus den Tiefen der Sterne gekommen war, um hier in meiner Hand zu liegen, ein Glimmen, das die Wärme verlor, jetzt fort, und ich steckte den Apparat ein und wendete mich wieder dem Haus zu, um nach Mairead zu sehen und ihr zu sagen, dass Agnes gerade angerufen, ich ihr aber davon abgeraten hatte, nach Hause zu kommen, weil ich fand, sie habe Dringenderes zu tun – ihre Arbeit und all das –, woraufhin Mairead bedächtig nickte, ja, ich hätte das Richtige gesagt, und es tat gut, von ihr bestätigt zu bekommen, dass ich mich richtig verhalten hatte, so konnte ich für den Rest des Abends mit mir zufrieden sein, mir was zu essen machen, und dann

saß ich später am Abend allein im Wohnzimmer, und das ganze Haus um mich herum kam mir seltsam vor, während Mairead sich im fiebrigen Schlaf hin und her warf, umringt von Kuscheltieren, Postern und CDs – dem Strandgut aus Agnes' Jugend –, Mairead vom Fieberschwall erschöpft, driftend durch die feuchten Ströme ihres Schlafs, als wäre sie in einem Medium daheim, in dem ein Jegliches Ebbe und Flut unterlag, Raum und

Zeit so gekrümmt, dass die vor mir sich erstreckenden Stunden unmessbar und unvorhersehbar schienen, selbst wenn sie wohl so unausweichlich langweilig verstreichen würden wie die vorherigen Tage, ein Gedanke, der mich trüb stimmte, da es anscheinend kein Entrinnen gab – Mairead war noch zu schwach, als dass ich mich auf ein paar Pints aus dem Haus stehlen könnte –, und als mir der Gedanke kam, mit Darragh zu skypen, brauchte ich lang, um von der Idee Abstand zu nehmen, denn auch wenn die Aussicht auf einen Schwatz mit ihm verlockend war, wusste ich genau, mit jedem Gespräch ging ich jetzt das Risiko ein, von Maireads Erkrankung zu erzählen, wofür es meiner Ansicht nach keinen triftigen Grund gab, da ich damit gewiss nichts anderes bewirkte, als Darragh wegen etwas in Sorge zu versetzen, das in wenigen Tagen ausgestanden sein würde, etwas, an dem wir beide nichts ändern konnten, also vergaß ich den Anruf,

holte ein Bier aus dem Kühlschrank und machte es mir bequem, um durch die Fernsehkanäle zu zappen, alle dreißig – Sport, Drama, Arztserien, Cartoons, das ganze Sammelsurium – und unweigerlich bei Sky News hängenzubleiben, einem Sender, der mich darüber informierte, dass der Schauspieler Paul Scofield an Leukämie gestorben war, der Einmarsch der Truppen im Irak andauerte und das Wetter in der kommenden Woche regnerisch bleiben würde, Regen, den uns ein Wirbelsturm über dem Atlantik bereits in den vergangenen drei Wochen beschert hatte und der frühestens nächsten Donnerstag nachlassen würde, wonach es einige trockene Tage geben sollte, allerdings bei drastisch gesunkenen Temperaturen, da reichte es mir, und ich zappte erneut durch die Sender, Filme, Komödien, Science-Fiction, wieder Nachrichten, bis ich auf einen Dokumentarfilm stieß, der

einen erwachsenen Mann zeigte, wie er auf einem mit großen Papierbögen bedeckten Fußboden lag, A2-Blätter, mit hochkomplexen, detaillierten Strichzeichnungen versehen, die Seite um Seite bedeckten, und mittendrin lang ausgestreckt dieser schmalschulterige Mann im weißen Hemd, der mit Bleistift und Lineal zeichnete und ein weiteres, detailliert ausgefülltes Blatt den übrigen hinzufügte, Zeichnung einer Art, wie ich sie offenbar kannte, denn ich merkte, dass ich mich im Sessel vorbeugte und auf die Fernbedienung in meiner Hand tippte, um den Ton lauter zu stellen, damit ich die Stimme aus dem Off hören konnte, die sagte, dass dieser Mann – irgendein Franzose, an dessen Namen ich mich nicht erinnerte – an einer Art hochgradigem Autismus litt, der ihn unfähig zu gesellschaftlichem Umgang machte, ihm fehlte zudem jegliches Gespür für Humor oder Ironie, trotzdem entwarf er wie aus dem Nichts derart komplexe und vollständige Pläne, wie es sie für keine Stadtplanung bisher gegeben hatte, ein Projekt, das bekannt wurde, als man einige seiner Zeichnungen zur Illustration eines Artikels über Autismus im *Sunday Times Magazine* veröffentlichte, was die Aufmerksamkeit eines Planers im Londoner Stadtrat weckte, den die präzise Schönheit der gezeichneten Straßen und Verkehrsadern ins Staunen brachte, weit stärker aber faszinierte ihn die ausgedehnte, über die Ränder der veröffentlichten Ausschnitte hinaus sich andeutende Harmonie, weshalb er nach Frankreich fuhr, um sich nach diesem begabten Zeichner zu erkundigen, der in den Kreisen der Städteplaner gänzlich unbekannt war, und er fand ihn schließlich in einem kleinen Dorf in den Vogesen, wo er mit seiner Lebensgefährtin wohnte, einer Mathematikerin, gleichfalls autistisch, und nachdem er einige Tage mit ihnen verbracht hatte, war er davon überzeugt, ein echtes Genie vor sich zu haben – einen Visionär, der nicht nur ein kohärentes Gespür für die riesige Megalopolis besaß, die, auch nach fünfzehn Jahren, sich immer noch stetig ausbreitete, Tag für Tag und Blatt um Blatt, an sich schon eine erstaunliche Leistung, nein, die Fähigkeit dieses Mannes war für einen Stadtplaner noch viel erstaunlicher, konnte er vor seinem inneren Auge doch die Stadt als Ganzes sehen und besaß ein Gespür für sie als eines gewaltigen, dynamischen Organismus, der sich permanent durch die enormen Tiden jener tagesperiodischen Rhythmen wandelte, denen alle Straßen, ja die gesamte Infrastruktur folgten, wie es dieser Seher mit ausladenden Gesten auf den über den Boden des Wohnzimmers verteilten Papierbögen umriss, wobei er mit tonloser Stimme redete und in fortlaufendem Kommentar die Stadt beschrieb, wie sie zu jeder beliebigen Tageszeit funktionierte, wie und wohin Massen und Verkehr in der frühmorgendlichen Rushhour strömten und welche Strecken zu welchen Sammelpunkten gewählt und in welchem Umfang die öffentlichen Verkehrsbetriebe genutzt wurden – wie all die vertikalen und horizontalen Schaltkreise zusammenspielten, wenn der Wasser- und Strombedarf durch die Menschenmengen anstieg, die sich in den verschiedenen Stadtteilen und zu unterschiedlichen Tageszeiten zu Arbeit oder Freizeit einfanden, wobei an eben diesen Stellen zugleich eine Flut von Abwasser, Kohlenwasserstoff und CO2-Emissionen anfiel, doch hatte dieser Savant all die Strömungen und Veränderungen in den Straßen und Rohren dieser Stadt im Kopf, ungeheure Rhythmen, die er zu jeder Tagesstunde erfassen konnte, zu jedem Tag der Woche, an jedem Feiertag, eine phänomenale Leistung, zu der dem Städteplaner gar kein passendes Bild, keine Allegorie einfiel – er redete von einem 3D-Schachspiel, von einer vielschichtigen Symphonie aus Mensch und Umwelt –, durchaus plastisch und anschaulich, doch wurde kein Vergleich den majestätischen, multi-harmonischen, sich ausdehnenden Ballungsräumen der Stadt gerecht – und in all der Zeit redete er zur Kamera, während der Savant selbst hinter ihm mit Stift und Lineal auf dem Boden kniete und der weitläufigen Stadt ein weiteres Viertel hinzufügte – einen vorstädtischen Wohnbereich für Arbeiterfamilien, die Häuser rund um Schulen und Einkaufsmöglichkeiten mit Parkplätzen und Freizeiteinrichtungen angeordnet, das Betonsubstrat einer vollendet durchgeplanten Gemeinschaft –, während die Zeichnung, nach fünfzehn Jahren steter Arbeit, deren Ende keineswegs abzusehen war, zum mit Abstand größten und komplexesten je von einem Menschen oder einem Komitee ersonnenen Stadtplan wurde, der, dachte ich unwillkürlich, während ich an meinem Bier nippte und weiter zusah, wenn er bei der Sache bliebe und lang genug lebte, eines Tages die ganze verdammte Welt bedecken könnte, diese Karte eines Reiches, das nirgendwo auf Erden existierte, nur in seinem

Kopf, dieses Meisterwerk mit seinem ahnungslosen Herrscher, einem irren König, der von der realen Welt nichts wusste, aber so vertraut mit den unendlichen Vertracktheiten seines Geistes war, dass er nichts weiter als Stift und Lineal benötigte, um sie aufzuzeichnen und auf einem Bogen Papier festzuhalten, die Stadt als eine Art neuronales Labyrinth, eine kognitive Karte, die sich Straße um Straße ausdehnte, um die ganze Welt zu erfassen, und wohl aus diesem Grund, oder aus einem, den ich nicht recht verstand, weckte die Dokumentation in mir einen säuerlichen Widerwillen, dessen Ursache ich nicht klar zuordnen konnte, nur kam ich mir sofort dumm vor und fand es peinlich, allein im Wohnzimmer zu sitzen und das Gefühl zu haben, jemand Unsichtbares stünde außerhalb meines Selbst und richte über mich, deute mit dem Finger auf mich und sage

hast du denn nichts Besseres zu tun, als dir zu dieser späten Stunde die Laune vom Fernsehprogramm vermiesen zu lassen,

also ehrlich,

und so trank ich das Bier aus und sah ein letztes Mal nach Mairead, die auf der Seite lag, die Augen offen, ihr Weiß glich im Dunkeln habmondförmigen Splittern, unter der Decke pulsierte der Leib, warm, als ich eine Hand auf die Stirn legte, um ihr das Haar nach hinten zu streichen, während ich mich zugleich vergewisserte, dass ein Glas Wasser auf ihrem Nachtschränkchen stand, eine dieser kleinen Aufmerksamkeiten, ausgeführt im Licht, das durch die offene Tür aus dem Flur ins Zimmer fiel, wischte ihr noch einmal mit einem Feuchttuch das Gesicht ab und küsste sie auf die Stirn, als sie sagte

lass das Flurlicht an und die Tür einen Spaltbreit offen

was ich tat, und während sie da im Dämmerlicht lag, ging ich in unser Schlafzimmer, fiel in einen tiefen, von Träumen ungestörten Schlaf, sieben, acht Stunden, und

fand mich in den folgenden Tagen

mit der Rolle ab, Maireads Vollzeitpfleger zu sein, allerdings nicht, ehe ich nicht im Büro angerufen und mich wegen eines Krankheitsfalls in der Familie hatte beurlauben lassen, was ich mit meinem direkten Vorgesetzen klärte, Fallon, der eine Weile hüstelte und brummte, ehe er schließlich, ganz wie erwartet, einwilligte, nachdem ich ihm versichert hatte, alle zeitkritischen Projekte auf meinem Tisch ließen sich aufschieben – ein paar Standortgutachten, eine korrigierte Zeichnung und die Details eines Sicherheitszertifikats, über

das ich am Telefon direkt mit dem Hauptunternehmer gesprochen hatte, einem Mann namens Hanley aus dem nördlichen Mayo, aus Pullathomas, um genau zu sein, ein Mann, der politisch gut vernetzt war, ein ungehobelter Arsch, der vor lauter Enttäuschung ziemlich gereizt reagierte, als ich am Vormittag mit ihm redete, sein massiger Leib grunzte mich durch die Leitung an, passte es ihm doch gar nicht, dass er sein Projekt um einige Tage aufschieben musste, während ich mich daheim um meine Frau kümmerte, und ich hörte ihm einige Minuten zu, woraufhin er

wegen irgendwelcher Fristen zu stöhnen begann, wegen des Budgets und wegen der Handwerker, die vor der Baustelle rumstanden und darauf warteten, mit dem nächsten Abschnitt anfangen zu können, so nörgelte er wohl zehn Minuten, ehe ich ihm ins Wort fiel und sagte, das ganze Projekt würde ein weiteres Mal komplett geprüft, da es neue gesetzliche Sicherheitsvorschriften gebe, die auch rückwirkend galten, weshalb sämtliche öffentlichen Aufträge, die bislang noch nicht abgezeichnet waren, diese neuen Vorschriften zu erfüllen hatten, folglich sei im Augenblick alles in der Schwebe, zumindest alle öffentlichen Aufträge, und

das brachte den Schisser zum Schweigen,

womit ich gerechnet hatte,

gibt es doch nichts Besseres als eine Drohung mit neuen Gesundheits- und Sicherheitsvorschriften, um einen Bauunternehmer das Fürchten zu lehren, noch mehr Papierkram und auszufüllende Formulare, neu auszuhandelnde Arbeitsabläufe sowie weitere Versicherungsklauseln, die durchgegangen werden mussten, und so saß ich

an diesem Küchentisch um neun Uhr in der Früh,

wo ich jetzt auch sitze,

und hörte zu meiner Zufriedenheit, wie seine Angriffslust schwand, spürte, dass er am anderen Ende der Leitung in sich zusammensackte, während er für einen Moment Luft holte und sich fragte, ob er sich wirklich mit dem County-Ingenieur anlegen wollte, der ihn, zumindest im Augenblick, an den Eiern hatte, und er sich anscheinend eines Besseren besann, endete unser Gespräch doch wenige Augenblicke später mit einem mürrischen Schweigen seinerseits, nachdem ich ihm versichert hatte, mich so bald wie möglich um sein Projekt zu kümmern, ihm meine ungeteilte Aufmerksamkeit zu widmen, sobald ich aus dem Krankenstand zurück sei, mehr könne ich nicht versprechen, nur als ich auflegte, dachte ich,

mach dir nichts vor,

denn ich wusste ganz genau, dass Hanley jetzt als Erstes zum Hörer greifen würde, um einen seiner politischen Kontakte anzurufen und ihn nach dieser bescheuerten Sicherheitsvorschrift zu befragen, die öffentliche Bauprojekte und die Arbeit von zwanzig Familienvätern behindere, seine Art, den Abgeordneten wissen zu lassen, dass er

stinksauer war,

genau das Wort würde er benutzen,

stinksauer, im Ernst, denn

sollten ihm noch weitere dieser verdammten Vorschriften und Bedingungen in den Weg gelegt werden, werde er Mann und Maus von dieser verdammten Baustelle abziehen, das Tor verriegeln und die ganze verdammte Meute wegen Vertragsbruch vor Gericht zerren, während Gras und Binsen über die Baustelle wuchsen, die dann erst mal wieder entfernt werden mussten, ehe die Arbeit erneut aufgenommen werden könne, und zugleich würden die Kosten für Arbeit und Material derart in die Höhe schießen, dass man die ursprüngliche Berechnung, die dem Projekt zugrunde lag, vergessen könne, der Etat würde also gesprengt, weshalb es zu weiteren Verzögerungen käme, da man zusätzliche Gelder auftreiben müsse, Gelder, die sich nur aus anderen Projekten zusammenkratzen ließen, was bedeutete, dass man noch mehr Leuten auf die Füße treten müsse, ob er denn wirklich wolle, dass es unter seiner Obhut so weit komme,

das würde er den Abgeordneten fragen,

wollte er das wirklich,

wollte er, dass es kaum sieben Kilometer von seinem Wahlbüro entfernt dazu komme, wo die Leute sich doch tagtäglich mit diesem Schandfleck einer von Unkraut überwucherten Baustelle konfrontiert sahen, Leute, die sonntags auf dem Weg zur Messe daran vorbeimussten – wollte er wirklich, dass es mitten in seinem Wahlkreis so weit komme, kaum fünfzehn Monate, ehe die Leute anlässlich der nächsten Parlamentswahl wieder zur Urne gingen,

wollte er das,

genau das würde er fragen,

oder etwas in der Art, weil

Hanleys missmutige Laune in der Stille nach unserem Gespräch weitergären würde, und ich wusste genau, dass dies eine jener Auseinandersetzungen war, die ich verlieren würde, eines von jenen Beispielen, die deutlich machten, dass die Welt von Politikern und nicht von Ingenieuren regiert wird – das alte Klagelied der Ingenieure – eine Einsicht, die mich nicht weiter verwunderte, die mir auch keine schlaflosen Nächte mehr bereitete, waren die Zeiten doch längst vorbei, in denen ich mir Sorgen machte, weil ich als Ingenieur sowohl von Politikern als auch von Bauunternehmern in die Zange genommen wurde, die sich beide über ingenieurstechnische und umweltpolitische Erwägungen hinwegsetzen wollten, was, wie ich mir ausrechnen konnte, bereits geschehen sein dürfte, wenn ich, sobald es Mairead wieder besser ging, wie lange das auch immer dauern mochte, ins Büro zurückkehrte, eine Zeit, in der Mairead ihre Kraft

durch pulsierende Hitzewellen und Schweißausbrüche verlor, stets im Zentrum ihres eigenen fiebrigen Glorienscheins, während ich Wasser und Handtücher holte, als sei ich vom Fieber selbst aus dem einzigen Grund erwählt, Zeuge seiner kaltblütigen Wildheit und Erbarmungslosigkeit zu sein, während ich zugleich darüber staunte, dass etwas, das es inzwischen ins Fernsehen geschafft hatte, Leitartikel hervorbrachte, für Schlagzeilen sorgte,

Nachricht war,

auf eben jene Weise, der zufolge politische Phänomene für mich zu Nachrichten wurden, unter meinem Dach heimisch geworden war, und so

am Ende des Flurs im hinteren Schlafzimmer, Ingenieurskunst und Politik in der schmalen Gestalt meiner im Bett liegenden Frau zusammenfanden, ihr Körper und ihre Seele jetzt mit der politischen Arena verbunden, was Mairead, wäre es ihr bewusst gewesen, gewiss verblüfft hätte, gehörte sie doch zu jenen, die ihre Stimmabgabe bei einer Wahl und ähnliche Pflichten verantwortungsvoller Bürger für ein notwendiges Ärgernis hielten und die mit wenig oder keinerlei Interesse am Ergebnis die Wahlkabine betraten, eine Bande so übel wie die andere, ja, manchmal fragte Mairead mich vorher im Auto

wen soll ich wählen,

unterscheiden die sich überhaupt,

denn sie war davon überzeugt, dass alle Wahlen, regionale wie nationale, letztlich nur läppische Feineinstellungen an einem versteinerten, monolithischen System waren, das für richtige Reformen unzugänglich blieb, ein unwiderstehlicher, irreversibler Prozess, dieweil ich

mich in den folgenden Tagen in dieser Keim-Geschichte auf dem Laufenden hielt, die nach ersten Zeitungs- und Radiobeiträgen bald auch in allen überregionalen Nachrichtensendungen Schlagzeilen machte, ein Umweltproblem, kein Gesundheitsproblem, wie man vorsichtig andeutete, das seinen Platz in einer Welt behauptete, die von größeren und wichtigeren Problemen geplagt wurde, Problemen, die in jenen fünf, sechs Nachrichtensendungen detailliert dargelegt wurden, die ich mir im Laufe des Tages ansah oder anhörte, ganz Auge und Ohr für die geringsten Entwicklungen in dieser Geschichte, wusste ich doch,

ich gehörte zu jenen Menschen, die ihren Tag entsprechend der Radionachrichten einteilen, von dem Moment an, da ich morgens aus dem Bett stieg und mit einem Becher Tee in der Küche stand, um den Seewetterbericht zu hören, diese eintönige Litanei der Namen von Orten entlang der Küste,

Belmullet, ostdrehend, fünf, heiter, neun Meilen, 1018 Millibar, beständig

Roches Point-Leuchtturm, ost-südost-drehend, bewölkt, sieben Meilen, 1020 Millibar, langsam nachlassend

Valentia, ost-südost-drehend, elf, wolkig, sieben Meilen, 1020 Millibar, langsam nachlassend,

langsam nachlassend,

gefolgt vom Zeitton, der die Nachrichten einleitete, jener Ton, der mir stets versicherte, dass der Tag nun erst richtig anfing, die Welt wach war und ihren Geschäften nachging, dass sie mit den Meldungen über Konflikt und Aufruhr daheim und im Ausland langsam auf Touren kam, Meldungen über kommerzielle und politische Fortune schwappten über Grenzen und Zeitzonen mit auf- oder abgewerteten Währungen oder Regierungen hinweg, diese ganze globale Komödie, und zum Schluss der Wetterbericht, der unweigerlich Regen oder eine Kaltwetterfront ankündigte, während ich

meinen Becher ausspüle und ihn aufs Abtropfbrett stelle, dann zur Arbeit fahre, wo ich einige Stunden am Schreibtisch sitze, bis ich um elf die Schublade aufziehe und mein Transistorradio mit seiner silbernen Antenne hervorhole – ich fand es immer schon irgendwie traurig, wie dieser kleine Empfänger sich abmüht, im Herzen dieses Betonbunkers ein Signal zu empfangen –, um bei Kaffee und Sandwich den Schlagzeilen zu lauschen, wonach ich mich wieder an die Arbeit mache, nur um den Apparat um ein Uhr für die Hauptnachrichten erneut einzuschalten, die volle Mittagsdröhnung mit Interviews und Analysen, die mich bis zur Abendsendung um sechs hier am kleinen Fernseher in der Küche durchhalten lässt, die landesweiten Nachrichten hatten sich inzwischen zugespitzt und wurden breit analysiert, wonach die Nachrichten um neun gewöhnlich nur noch eine Zusammenfassung der Tagesereignisse bringen, unverzichtbar für den inneren Seelenfrieden am Ende eines Tages, aber eher altbacken hinsichtlich neuer nationaler Themen, die sich um diese Uhrzeit im Großen und Ganzen für die Nacht zur Ruhe begeben hatten, weshalb sich meine Aufmerksamkeit nun den globalen Dramen zuwendet, die sich in jenen Gegenden entfalten, in denen noch Tageslicht herrscht, bis ich schließlich, nach Mitternacht, Mairead liegt bereits im Bett, noch einige Minuten in der Küche stehe und mir auf Sky News die Zusammenfassung der wichtigsten Schlagzeilen des Tages ansehe, ehe ich zu Bett gehe, alles in allem,

von früh bis spät,

sechs, sieben Nachrichtensendungen also, die in regelmäßigen Abständen

meine Aufmerksamkeit verlangen, der Tag eingeteilt wie durch die klösterlichen Regeln eines wachsamen Ordens, der im Einklang mit dem Rhythmus der Welt und all jenen Unruhen lebt, die sich als der Geschichte ungeheurer Lauf entfalten, und zu meiner Verantwortung als Bürger gehört es, damit Schritt zu halten, mich einzustellen auf diese fernen Wallungen, auch wenn sie mich wohl kaum mit der unmittelbaren Wirkung von Bomben oder Kugeln treffen, aber wer will schon sagen, ob sie mich mit ihren elektrischen Fingern nicht auf eine Weise berühren, die mein Leben anders ausrichten oder in neue Bahnen lenken könnte, sodass

auf diese Weise die Nachrichten meinen Tag mit einem anderen Rhythmus unterlegen, ein steter Puls von früh bis spät, und erst als ich es so betrachtete, fiel mir noch etwas auf, es war

ein Erbe meines Vaters, der

auch ein treuer Nachrichtenhörer war, seine Tage demselben Rhythmus unterworfen, setzte er sich zu Frühstück und Abendbrot doch pünktlich zum Zeitton für die Nachrichten an den Tisch, nahm die Mütze ab und hängte sie an die Stuhllehne, während er dem alten Röhrenradio lauschte, das auf dem breiten Fensterbrett stand, und

bis zu jenen fiebrigen Tagen von Maireads Krankheit war mir nie aufgefallen, dass meine eigene Angewohnheit, Nachrichten zu hören, eben genau dies war – eine vom Vater übernommene Angewohnheit –, die mir durch die Umstände von Maireads Erkrankung aber ein geschärftes Gespür dafür eintrug, in einen größeren, nicht nur mich allein betreffenden Prozess verwickelt zu sein, was mich anfangs verblüffte, denn auch wenn ich mich im abstrakten Sinne als Bürger dieses Landes begriff – vollwertiges Mitglied einer Demokratie, seit Beginn der Volljährigkeit keine einzige Wahl versäumt -, hatte ich doch nie direkt gespürt, dass die Kraft der Geschichte mein alltägliches Leben unmittelbar beeinflusste, nicht einmal, wie ich zugeben muss, während jener Sitzungen, in deren Verlauf über große öffentliche Aufträge und Budgets entschieden wurde, Treffen, auf denen ich neben Politikern und Bauunternehmern saß, um über diesen oder jenen Punkt, diese oder jene Abänderung oder Entwicklung zu diskutieren, auch wenn ich die ganze Zeit wusste, dass ich als Ingenieur schlechte Karten hatte, weshalb ich aller Wahrscheinlichkeit nach in einigen ingenieurstechnischen Fragen zugunsten politischer Erwägungen nachgeben musste, etwa bei der Entscheidung, ein öffentliches Bauprojekt vom idealen Gelände in jenen Teil des Landes zu verlegen, der dem Politiker am anderen Tischende besser in den Kram passte, war ihm doch daran gelegen, das Band zu durchschneiden und den Fototermin wahrzunehmen, selbst da hatte ich mich nicht recht als engagierten Bürger mit einer politischen Agenda wahrgenommen, hatte so wenig daran gedacht, dass ich, hätte man mich nachdrücklich darauf hingewiesen, verblüfft oder gar peinlich berührt gewesen wäre bei dem Gedanken, der

mich in jenen Tagen belastete, während derer meine Frau zwei Bettbezüge und Pyjamas am Tag durchschwitzte und mir durch ihre Qual bewies, dass Geschichte und Politik jetzt etwas Persönliches geworden waren, nicht länger unbeschwerte Abstraktionen oder blasse Konzepte, sondern physisch im Fleisch und Blut von Mairead präsent, deren Los mich veranlasste, die Umstände in eine handhabbare Formel zu komprimieren –

Geschichte war persönlich, und Politik war persönlich oder,

anders ausgedrückt,

Geschichte und Politik waren nun eine ernsthafte Darmerkrankung, eingespleißt in den Körper meiner Frau, die am ganzen Leib schwitzte und dabei mit dem stilisierten, sanftmütigen Leuchten einer allegorischen Altarfigur vor sich hin glühte, während ich,

Tag für Tag, den Nachrichten lauschte und eine nervöse Ungeduld für jene anderen, die globalen Themen, entwickelte, die den Großteil der Nachrichten für sich beanspruchten, was deutlich machte, dass sich die Nachrichten erst, wenn die großen Themen abgehandelt und analysiert worden waren, dem Umweltproblem im Westen zuwenden würden, ein kurzatmiger Nachklapp, ans Ende der größeren Ereignisse getackert, folglich gab es nur einen flüchtigen Überblick, ein kurzes Update, aber das Warten zerrte an meiner Geduld, da ich es als ein sicheres Zeichen dafür deutete, dass diese Geschehnisse im Gewissen der Nation nur geringen Raum einnahmen, obwohl sich die Lage verschlimmerte und in den Krankenhäusern stetig neue Betten belegt wurden, Mitte der Woche hatte die Zahl der registrierten Fälle die dreihundert überschritten, weshalb ich

sehr unter dieser Kränkung litt und Ärger in mir aufflammte, als ich mich in meinem Sessel vorbeugte, um dem Reporter des *Western People* zuzuhören – einem alten Mann mit Ziegenbart, vom Aussehen eher Professor für Altphilologie als Spezialist für Umwelt- und Gesundheitsprobleme –, der die jüngste Aktualisierung vortrug, die graduelle Steigerung, die wachsende Zahl von Erkrankten, ein Bericht, der vom breiten Überblick zu den logistischen und ingenieurstechnischen Optionen überging, wie sie von den städtischen Behörden ausgelotet worden waren, und

während ich aus all diesen Ausführungen und auch den dazugehörigen Kommentaren etwas herauszuhören versuchte, das vollumfänglich die Realität dessen begriff, was jemand wie Mairead tatsächlich durchmachte, die Kranken, auf deren Schultern dieser Skandal ausgetragen wurde, all dieses Elend, dies Dahinsiechen, nur fand sich keine derartige Anerkennung in dem eintönigen Geleier der Grafschaftsräte und Ingenieure, die einer nach dem anderen vor Mikrofon und Kamera traten, um abzuwehren und zu versichern, wobei sie sich allzu sehr auf die Wiederholung vorgestanzter Mantras verließen, Worthülsen, die sorgsam daraufhin angepasst worden waren, bloß nichts auszusagen, für das man den Sprecher beim Wort nehmen könnte, Sprecher, die vor sich hin salbaderten, während die Tage vergingen und der Vorfall in irgendwelche blutleeren Gefilde abgeschoben wurde, dahin, wo das menschliche Maß des Ganzen kaum berührt und das menschliche Drama der Situation unerwähnt blieb, weshalb mein Ärger von Interview zu Interview wuchs, etwas Ungläubiges in mir gärte und bereits mächtig angeschwollen war, als

die Bewohner der Stadt zum ersten großen öffentlichen Protest auf dem Gelände der Stadtverwaltung aufriefen und rund zweihundert Leute sich in den Gartenanlagen und auf dem Parkplatz versammelten, einige von ihnen kletterten auf die Steinmauer, um zur Menge zu sprechen, die sich mit Mänteln, Mützen und Regenschirmen versammelt hatte, um dort im Regen zu stehen, der seit dem Vormittag ununterbrochen fiel, und ihrem Unglauben darüber Ausdruck zu verleihen, dass sich diese Wasserkrise in einem Küstenort mit einer der höchsten jährlichen Niederschlagsmengen des gesamten Kontinents ereignen konnte, ein Desaster, das die Bewohner der Stadt auf das Niveau von Bittstellern aus Dritte-Welt-Ländern reduzierte, sahen sie sich doch gezwungen, in den Vororten für Wasser an Verteilerstellen anzustehen, ein erbärmlicher Umstand, den sie, wie mehrere Sprecher freimütig zugaben, beschämend fanden,

wie lange sollte dies denn noch so weitergehen,

wollten sie wissen, und wann man die Quelle der Kontamination endlich ausfindig mache, wann die Stadt wieder ihren Geschäften nachgehen könne,

wie lange noch,

die Frage war an einen Sprecher des Rathauses gerichtet, der vorgetreten war, um sich an die versammelte Menge zu wenden und ihr zu versichern, dass die Untersuchung des städtischen

Wasserreservoirs fortgesetzt werde, mehrere an unterschiedlichen Stellen entnommene Proben wiesen darauf hin, dass die Kontamination für den gesamten Speichersee gelte, also von keiner bestimmten Stelle ausgehe, und deshalb werde die Air Force in den nächsten Tagen den See überfliegen, auch die Flüsse, die darin mündeten, und man hoffe, eine detaillierte Luftbildvermessung in und um den See sowie in der weiteren Umgebung werde Mülldeponien oder Abwassereinleitungen aufzeigen, jedenfalls wolle man damit fertig sein, ehe das neue Filtersystem installiert werde, das per Schiff aus Kanada unterwegs war und das gleich nach Eintreffen in die Abwasseranlage der Stadt eingebaut werde, vermutlich schon innerhalb des nächsten Monats, spätestens aber in sechs Wochen, ein Dreifachfiltersystem – Membran, chemische Filter sowie UV-Filter –, womit sämtliche Gesundheitsvorschriften der EU locker übertroffen werden, sodass die Anwohner versichert sein durften, dass, sobald die gegenwärtige Krise vorbei sei – sicherlich schon bald – dieser Wasservorrat den höchsten Reinheitsansprüchen genüge, bis dahin aber laufe die Untersuchung weiter, und mehr könne er im Moment auch nicht sagen, also nein, er könne auch keinen Zeitpunkt nennen, an dem von den Bewohnern der Stadt nicht länger erwartet werde, das Wasser abzukochen, es wäre unverantwortlich von ihm zu behaupten, dass es noch Tage oder Wochen oder Monate dauerte, das könne er nicht sagen, würde er jetzt einen Zeitpunkt nennen, wäre das nur geraten, Tage, Wochen, was auch immer, viel hinge schließlich von der Auswertung der Luftbilder im Laufe der nächsten Woche ab, mehr könne er jetzt aber wirklich nicht sagen, es bliebe ihm nur noch, den Bürgern für ihre Geduld und Nachsicht zu danken und dafür, angesichts widriger Umstände großen Gemeinschaftssinn bewiesen zu haben, ein Kompliment, das ein mürrisches Gemurmel in der Menge auslöste, die nun den gesamten Parkplatz einnahm und sich bis in die Gartenanlage und auf die Grünflächen dahinter ausbreitete, einige hatten sogar schon auf der Grenzmauer mit Plakaten und Fahnen Position bezogen, die sie ins schüttere Licht dieses nassen Frühlingstages reckten, ein Licht, das so ausgezeichnet zur frustrierten Stimmung der Versammlung passte, die der Sprecher jetzt aber anders zu deuten schien, fuhr er doch fort, ermutigt von der eigenen, über diesen weiten, öffentlichen Platz hinwegdröhnenden Stimme, ein letztes Mal zu versichern, dass alles nur Erdenkliche getan werde – Stadttechniker arbeiteten pausenlos, um das Problem in den Griff zu bekommen und – hier würde er gern eine persönliche Anmerkung einflechten – als waschechter Sohn dieser Stadt,

hier geboren und aufgewachsen,

bodenständig, alteingesessen, ortsverbunden,

könne er das Ungemach, das diese Gesundheitsgefährdung den Bürgern der Stadt bereite, nur allzu gut nachvollziehen, besonders bei Familien mit kleinen Kindern oder älteren Verwandten, des Schicksals dieser Leute sei er sich in besonderer Weise bewusst, doch könne er versichern, niemand wünsche sich eine schnelle Lösung dieser Krise so sehr wie er selbst, auf all dies nähmen die Behörden zudem bereits Rücksicht, schlicht ein genialer Zug, diese stille Art, wie der Sprecher so gefühlvoll auf eine gemeinsame Geschichte, ein gemeinsames Erbe anspielte und der Menge versicherte, er kenne ihren Schmerz und nehme Anteil an ihren Sorgen, ihrem Kummer, seine beschwichtigenden Worte verteilten den Charme so sanft und effektiv, dass er die ganze Menge einen Moment lang entwaffnete und zum Verstummen brachte, fast, als schämte man sich für den Protest und wusste nicht mehr, was als Nächstes tun, war vielleicht sogar auch entsetzt darüber, wie bereitwillig man sich besänftigen ließ, aber unfähig, sich dagegen zu wehren, bis zu eben dem Moment, da der gerechte Zorn der Menge sich ins Nichts aufzulösen drohte,

eine kleine Frau jedoch ihre Stimme erhob, um darauf hinzuweisen, was die Bevölkerung verärgere, sei nicht, dass diese Krise auf technisches oder umweltpolitisches Versagen zurückzuführen oder ein weiteres Beispiel für die Inkompetenz, gar die absichtliche Gleichgültigkeit seitens der Behörden sei – nein, deshalb sei man nicht wütend, derlei sei ja auch für keinen der hier Versammelten etwas Neues –, was sie so sauer mache, sei die

Tatsache, dass der zwischen Volk und Stadtverwaltung geschlossene Pakt gegenseitiger Fürsorge gebrochen und der Vorschuss öffentlichen Vertrauens und Wohlwollens endgültig aufgebraucht sei, weshalb die Wähler und Steuerzahler sich dumm vorkamen und missbraucht fühlten, hätten sie selbst diese Leute doch an die Macht gebracht und seien daher mitschuldig an der Katastrophe, und diese Frau – eine gut gekleidete Dame mittleren Alters, wie man sie angesichts des milden Wetters eher in einem vorstädtischen Garten beim Umtopfen der Sommerpflanzen vermutete – erzählte nun die Geschichte ihres siebzehnjährigen Sohnes, der in den letzten zehn Tagen wegen ständigen Erbrechens und Durchfalls so viel Unterricht in der Schule versäumt habe, dass er, wenn dies noch länger andauere, vermutlich so weit zurückfalle, dass es wohl sinnlos werde, die Abschlussprüfungen zu machen, was wiederum bedeutete, dass er aller Voraussicht nach das ganze Schuljahr wiederholen müsse, und in einem Anflug von kühnem Wagemut stellte die Frau die rhetorische Frage, ob die Stadt ihn für dieses vergeudete Jahr entschädige, das er wohl wiederholen müsse, während all seine Freunde mit ihrem Leben weitermachten, eine starke Geschichte, etwas dick aufgetragen, aber eine, die auf geschickte Weise die anklagende Energie der Menge im Bild des siebzehnjährigen Jungen bündelte, der in eben diesem Moment zweifellos daheim lag, sich übergab oder auch nicht, dem es jedenfalls ziemlich peinlich gewesen wäre, wüsste er, wie rasch sein qualvoller Zustand zum Brennpunkt für diesen öffentlichen Protest wurde, denn auch wenn er für die Menschenmenge in diesem spezifischen Moment kein Gesicht besaß, hinderte es sie nicht daran, sein Schicksal zum Beispiel dafür zu machen, wie die Trinkwasserverschmutzung ins Leben der Einzelnen eingriff, und ob diese Krise nun auf Inkompetenz oder auf, wie manch einer vermutete, eine Beschwichtigungspolitik seitens der Stadt zurückzuführen war, die es schon seit langem versäumte, jene Sonderinteressen – insbesondere von Bauern und Bauunternehmern – zu beschneiden, die für dies hier wohl direkt verantwortlich seien und die allzu großen Einfluss auf ihre gewählten Vertreter hatten, doch was auch immer der Grund für diese Krise sein mochte, letztlich lief es nur auf eines hinaus, dass nämlich eine wichtige Klausel im Vertrag zwischen den Bürgern und den örtlichen Behörden gebrochen worden war, und alle, die dort auf dem Parkplatz standen, spürten dies, alle empfanden ein je ureigenes Gefühl von Verrat, ganz zu schweigen von dem Gefühl, dass sie sich lächerlich gemacht hatten, weil ihr etwas naives Vertrauen in die Politik ausgenutzt worden war, gab man ihnen doch jetzt zu verstehen, dass dieses unangebracht gewesen war, dass man es missbrauchte oder dass derlei unweigerlich zu einem Fiasko führte, fast, als wollte jemand sagen,

was habt ihr denn erwartet,

wenn ihr solche Clowns in ein öffentliches Amt wählt

weshalb jetzt unter all denen, die auf dem Parkplatz standen, das Gefühl vorherrschte, sie als Wähler seien irgendwie mitschuldig an diesem Desaster, Wasser, der Quell des Lebens, kontaminiert durch welch dümmliches Wahlverhalten auch immer, auf das sie sich, ob nun wissentlich oder nicht, eingelassen hatten, eine Überlegung, die der von den eigenen Gefühlen und Verantwortungen verwirrten Menge jede Energie raubte, und sie ohne alle Dynamik und Vehemenz im Regen auf dem Parkplatz stehen ließ, bis sie und sich nach wenigen Momenten, als offensichtlich wurde, dass niemand sonst etwas hinzuzufügen hatte, aufzulösen und auseinanderzudriften begann, nicht aber, ohne dass zuvor einige Fotos gemacht wurden, die am nächsten Tag die Titelseiten der Zeitungen zierten, denn sämtliche lokalen Zeitungen berichteten über den Vorfall, Artikel illustriert mit Aufnahmen von

diesen Leuten mit Mützen, Mänteln und mit Handschuhen an den Händen, die Plakate hochhielten, dieses bürgerliche Drama, dessen Kern das nichtssagende Aggregat gewöhnlicher Menschen ausmachte, die sich wegen der Umstände und einer politischen Wahl, die sie selbst getroffen hatten, schämten und Sorgen machten, und

es war schwer, sich von diesem Drama wirklich berührt zu fühlen, wenn man es am Fernsehen verfolgte, Stimmen, die endlos redeten, während Maireads Krankheit wie ein böswilliger Geist durchs Haus waberte, ein psychischer Nebel, der in mein Innerstes vordrang und die Konturen meines Körpers verwischte, weshalb ich froh war, Darraghs Stimme zu hören, als wir am Abend skypten und er mich fragte

was ist mit dieser Wasserverseuchung, die Sache scheint sich in den letzten Tagen noch verschärft zu haben

ist noch nicht besser geworden, stimmt

Wasser wird mit Tankwagen in die Vororte gefahren, und die Leute stehen mit Plastikbehältern Schlange wie in einem Dritte-Welt-Land

es sieht nicht gut aus, also

gab ich ihm eine Zusammenfassung dessen, was ich wusste, erzählte von der Stadtpolitik und den militärischen Überflügen, die den Quell der Kontamination bislang nicht ausfindig machen konnten, auch vom neuen Filtersystem, das immer noch am Reißbrett irgendeiner Ingenieursfirma in Ottawa entwickelt wurde, außerdem die Proteste, eine

Stadt am Rande des zivilen Ungehorsams, das willst du doch sagen – Demonstrationen in den Straßen, die einen Machtwechsel fordern, Quarantäneflaggen vorm Rathaus, militärische Überflüge und

von dir nicht auch noch dieser Scheiß, Darragh, sagte ich verärgert, Agnes traktiert mich schon mit solchem Unsinn, und

Darragh hob eine Hand,

hey, hey, zugegeben, nichts ist so ermüdend wie die Apokalypse, aber glaube mir, da läuft was ziemlich Beunruhigendes ab

ach ja

ja

und das wäre

die Stadt ist schuld, nicht zuletzt, weil sie die Angst der Menschen missversteht – merk dir meine Worte, solange die Verwaltung das für eine bloße Unterbrechung der Wasserversorgung hält, wird sie nie kapieren, warum die Leute mit solcher Wut reagieren, denn ist ja kein großes Geheimnis, Darragh, die Leute haben einfach die Nase voll, für sie ist das nur ein weiteres Beispiel städtischer Inkompetenz, und

es ist mehr als das

ach

ja, dieser Stadt wird es nie an verwaltungstechnischer Inkompetenz mangeln, und im Lauf der Jahre haben die Leute viel Geduld bewiesen, aber das hier ist was anderes, das ist eine Störung von ganz anderem Kaliber

Darragh hatte sich vorgebeugt, eine Nahaufnahme seines Gesichts füllte den Bildschirm, und selbst hier auf der anderen Seite der Welt konnte ich die elektrische Energie seiner Gedanken spüren, sah sie in seinen Augen blitzen, als er sagte

diese Leute marschieren auf den Straßen und protestieren gegen das, was sie für eine Kontamination der Quelle des Lebens halten – sie sind sauer, weil der Ursprung des Seins selbst durch einen ontopolitischen Erreger vergiftet wurde, der sich übers Wasser verbreitet, weshalb

he, langsam – ich muss dich da unterbrechen, sauberes Wasser aus dem Hahn für Tee und Kaffee und zig Liter, die beim Zähneputzen durch den Abfluss rinnen – das verstehen die Leute, und das versteht auch die Stadtverwaltung, also

das weiß ich doch

solltest du es besser wissen, als im Gespräch mit einem Ingenieur ein Wort wie ontopolitisch zu benutzen – von einem Politiker kann man erst recht nicht erwarten, dass er es damit in einer dieser Debatten weit bringt, in deren Verlauf entschieden wird, wie sich das hier entwickelt, denn so sicher wie nur irgendwas

Darragh verzog das Gesicht zu einem breiten Grinsen, rückte vom Bildschirm ab, entspannte sich und sagte mit einem Kopfnicken

stimmt, da sind mir einen Moment lang die Pferde durchgegangen – diese These muss ich wohl noch überarbeiten, wenn ich damit im Rathaus ankommen will

tja, würde ich dir auch raten

trotzdem, ist spannend, diese Demonstrationen zu sehen, eine Stadt voller Studenten und Künstler, die sich nicht oft zu solchen Protesten motivieren lassen, dürfte interessant werden, wohin das noch führt

das dürfte es

Hauptsache, es läuft nicht wieder so wie mit dem Rauchverbot

wie meinst du das

ich weiß noch, wie man das Rauchen an öffentlichen Orten verboten hat und wie die Leute gemeckert und genörgelt haben – du allen voran – kein Mensch würde dir vorschreiben, wo du rauchen darfst, außerdem würdest du von einer langen Reihe Männer abstammen, die noch auf die alte Art und Weise rauchten, auf die heroische Art – am Tresen stehend mit einem Pint in der einen Hand und einer Fluppe in der anderen – so wie es deine Vorväter schon getan hatten, an dem Abend aber, als das Verbot in Kraft trat, sind alle eingeknickt, und ihr habt eure Fluppen draußen im Regen geraucht, also

willst du sagen, dies ist nur ein Sturm im Wasserglas

weiß nicht, ich würde ja gern glauben, dass es diesmal das Wahre ist, aber wir werden sehen, wie geht es übrigens Mam

ihr geht es gut, sie hat sich hingelegt

stimmt irgendwas nicht mit ihr

ach was, natürlich nicht

log ich, ohne auch nur eine Sekunde zu zögern, der Entschluss, ihn im Unklaren zu lassen, war offenbar ohne irgendwelche bewusste Überlegungen meinerseits gefällt worden, denn

ich frage ja nur, weil ich eine Weile nichts von ihr gehört habe, sieht ihr gar nicht ähnlich

sie hat im Moment schrecklich viel zu tun, die Probeklausuren und all das

grüß sie von mir, ich skype sie irgendwann die Woche an

okay, pass auf dich auf – und tu mir einen Gefallen

gern

geh nicht so online, wie du jetzt aussiehst, rasiere und wasch dich, sonst kriegt sie einen hysterischen Anfall mach ich – eines noch

was denn,

ein Witz

ein Witz

ja, ein toller Witz, der wird dir gefallen

Darragh, es ist zwei Uhr morgens

dauert keine Minute – vier Männer, ein Anwalt, ein Arzt, ein Ingenieur und ein Politiker, streiten sich darüber, welcher Beruf der älteste sei, und der Anwalt fängt an und sagt, zweifellos sei seiner der älteste, denn gleich zu Beginn der Menschheit habe Kain Abel umgebracht – der erste Mord –, und danach habe es gewiss ein juristisches Verfahren gegeben, zu dem man natürlich auch Anwälte hinzugezogen hat, also müsse Anwalt der älteste Beruf sein, der Arzt aber schüttelt den Kopf und sagt, vor Kain und Abel habe Gott Eva aus Adams Rippe geschaffen, eindeutig ein chirurgischer Eingriff, der zudem post-operative Pflege notwendig gemacht haben dürfte, was beweise, dass der Mediziner den ältesten Beruf ausübe, woraufhin ihn der Ingenieur mit der Bemerkung unterbricht, sie würden sich beide irren, denn gleich zu Beginn der Schöpfungsgeschichte habe nichts als Chaos geherrscht, bis Gott daraus Himmel und Erde erschuf, und dieser monumentale Schöpfungsakt sei das erste Beispiel für Ingenieurskunst, welchen Beweis bräuchten sie also noch, um zu begreifen, dass sein Beruf der älteste aller Berufe sei, doch der Politiker, der die ganze Zeit still zugehört hat, fragt, ob er das richtig verstanden habe – Himmel und Erde seien aus dem Chaos erschaffen worden –, was der Ingenieur bejaht, woraufhin der Politiker seinerseits sagt

was glaubst du denn, wer für das Chaos gesorgt hat

und Darragh grinste,

ich fand, der war gut, und dachte, er würde dir gefallen

er ist gut, werde ihn morgen gleich mal auf der Arbeit erzählen, aber ich sage jetzt gute Nacht, pass auf dich auf

bye

bye

und der Monitor verwölkte zu einem Rauschebild, um dann zu leerer Fläche zu verdunkeln, der Laptop abgeschaltet auf dem Tisch, das Zimmer still, und in meinen Augen dieses versengte Gefühl, das sich nur durch einige Stunden Schlaf lindern ließ, also schaute ich ein letztes Mal nach Mairead, ehe ich in unser Schlafzimmer ging und lange mit geschlossenen Augen unter der Decke lag, durch die schwarze See hinter meinen Augen trieb, die sich in die Dunkelheit um mich erstreckte, umgrenzt von Wänden, Boden, Decke, dem Haus selbst, von dem ich,

wie ein Kind,

stets glaubte, es triebe allerhand Schabernack, sobald ich schlief oder ihm den Rücken zukehrte, denn dann erwachte unter Putz und Armaturen das Geisterhaus, flackerte mit neurologischen Krämpfen und Zuckungen wie ein Röntgenbild, das eingebettet im Beton liegt, bebte im vertikalen und horizontalen Verlauf der Rohre und Stromleitungen, dieser Systeme, die ein Haus zu einem lebenden Wesen machen, von Öl und Wasser und Strom durchpulste Wände und Böden, all die Kräfte und Ungleichgewichte innerhalb dieser Systeme, die ihre Lasten ziehen und verschieben, bis hin zu jenem Gleichgewicht, welches das Gebäude in warmer Balance hält, dieses Netz von Hausanschlüssen, das seinerseits nur ein winziger Teil des größeren, erdumspannenden Rasters von Dienstleistungen ist, das unsere Welt zu einer Gemeinschaft verbindet und bis in die Dörfer vordringt, in die Städte und Metropolen, und deshalb

war ich überzeugt, dass das Haus, sobald ich die Augen schloss oder meine Aufmerksamkeit wandern ließ, jene Unterkonstruktion hervorkehrte, die das ganze Gebäude trägt, das Dach über den Außenmauern und allen tragenden Elementen, die das Gewicht bis aufs Fundament hinab verteilen, diese geisterhafte Neurologie, die es erhält und heimsucht und nur einen Hauch von der reinen Abstraktion entfernt flackert, jenen uranfänglichen Strichen auf der Architektenzeichnung, den weißen Blättern, auf denen es einst konzipiert wurde, weshalb es mir, wenn ich in jenem Zustand zwischen Schlaf und Wachen schwebe, leichtfällt zu glauben, ich hauste in einer monochromen Röntgenwelt, aus der ich offenbar verdampft bin, nun also ohne Haut und Knochen, die keineswegs von physischer Fäulnis oder Vergänglichkeit verzehrt wurden, sondern von einem metaphysischen Virus, der mich verschlang und nichts von mir zurückließ, meinen Herzschlag ausgenommen, der durch die Luft wummert, nichts als eine fette, systolische Kontraktion des Lichts, die auf die Morgendämmerung wartet, der Sonne, die darauf scheinen möge, auf dass ich mich ein weiteres Mal zusammenfüge zu Haut und Knochen,

wieder und wieder

entsteht meine Welt derart ein weiteres Mal, weshalb es,

als Agnes und Darragh aufs College gingen, eine Weile dauerte, bis Mairead und ich die Leere im Haus als etwas Positives wahrnahmen und nicht bloß als jenen verlassenen Raum, der uns unmittelbar nach ihrem Auszug so zusetzte, in jenen Tagen, in denen die Leere im Haus so laut widerhallte, dass wir fürchteten, nie mehr das Gefühl von Verlust loszuwerden, das damit einherging, ein Vakuum, das

Mairead anfangs deutlicher spürte als ich, die Einsamkeit ihrer leeren Schlafzimmer, noch vollgestopft mit Teenagerkram – Kleider, Bücher, Poster, CDs – Dinge, die sie in ihrem neuen Leben nicht länger brauchten, die vielen Kleinigkeiten, manche noch aus Kindertagen, alle ins Regal gestellt oder gestapelt, ordentlich wie nie zuvor, jetzt aber unveränderlich erstarrt, und es gab in jenen ersten Jahren nach ihrem Auszug so manchen Moment, in dem wir jenes Chaos begrüßt hätten, das Kinder ins Haus bringen, dieses frohe Tohuwabohu einer wachsenden Familie, und

ich wusste, Mairead hätte die Rückkehr dieses Chaos begrüßt – den Lärm, das Kommen und Gehen der Kinder, hinter Schlafzimmertüren dröhnende Musik, Darragh, der zu jeder beliebigen Nachtstunde mit einer Schale Müsli durchs Haus wanderte – vor allem zu Beginn, als ihre Abwesenheit im Haus noch so spürbar war, keine aufgedrehten Musikanlagen, Bücher und Kleider ordentlich fortgeräumt, eine lange Phase der Anpassung war nötig, ehe Mairead sich mit unserem aufgeräumten Haus abfinden konnte, vier Schlafzimmer, dessen kleinstes wir als unser Büro teilten, wo ich mir jenen Kram vornahm, den ich an manchen Abenden mit nach Hause brachte, und wo

Mairead ihren Unterricht vorbereitete, die anfallenden Korrekturen erledigte, Füße auf dem Tisch, während sie Blatt um Blatt um sich herum zu Boden segeln ließ, nie aufgeräumt, was mich jedes Mal ärgerte, denn in ein Zimmer zu gehen, in dem Mairead arbeitete, war wie in einen Blizzard vorzudringen, Tische und Boden mit einem Durcheinander aus Tassen, Stiften und Papieren der unterschiedlichsten Art bedeckt, der Boden trügerisch wegen der vielen losen Blätter und dieser Plastikhüllen, die man auf den lackierten Dielen kaum sieht, auf denen ich schon mehr als einmal fast ausgerutscht und der Länge nach hingefallen wäre, dieses ganze Durcheinander ging mir auf die Nerven, weshalb ich mich zusammenreißen und alles auf den Sessel räumen musste, damit sie es später durchsehen konnte, mir also Platz für mich schaffen musste, ehe ich selbst arbeiten konnte, und es war an einem dieser Tage, als ich aufblickte und

sah, dass Mairead den Weg unseres Sohnes quer durch die ehemalige Strafkolonie auf einer Karte an der Wand hinter der Tür festhielt, einer politischen Karte mit all den Siedlungen und Städten entlang der Ostküste von Sydney bis Brisbane, versehen mit einer Reihe bunter Stecknadeln – roter, blauer, gelber –, die Darraghs schnurgeraden Reiseverlauf bis nach Brisbane zeigten, wo er dann scharf nach links ins Innere von Queensland abgebogen war, Orte mit Namen wie Dalby und Toowoomba – vielleicht nichts weiter als eine Schafstation mitten im Nirgendwo –, völlig egal, denn es waren diese Orte, aus denen Mairead Nachricht von ihrem Sohn erhalten hatte, was für sie Grund genug gewesen war, der Karte eine der bunten Nadeln mitten durchs Herz zu stechen, eine Methode, die sie offenbar von einem der spätabendlichen Krimis übernommen hatte, die sie so gern sah, Krimis, in denen lebensüberdrüssige Detectives mit gescheiterten Ehen und Alkoholproblemen die Wege eines Serienmörders mit genau solchen farbigen Nadeln festhielten, Nadeln, die den Fundort von Leichen markierten und die in ihrer scheinbar zufälligen Anordnung ein Verhaltensmuster verraten würden, wenn der Cop nur lange genug daraufstarrte, eine seltsame Methode eins zu eins übernommen für die Streifzüge ihres Sohnes durchs Outback, von Jugendherbergen zu Lagerfeuern, Nächte unterm Kreuz des Südens, seine Zeit in der Wildnis, wie er sagte, seine Traumzeit, wie es Agnes nannte, und da,

an der Wand neben der Tür, eines von Agnes' Bildern, das kleine Gemälde, das sie mir vor einigen Jahren gegeben hatte, zwanzig mal fünfzehn Zentimeter, Öl auf Pappe, ein kleiner Junge in Shorts und Sweater, der neben einem Teerfass steht, auf dem Boden an seiner Seite ein Zinkeimer, ein Bild nach einem der Polaroidfotos meiner Schwester Eithne, hunderte davon hatte sie seit ihrer Kindheit in Schachteln aufbewahrt und die ganze Sammlung Agnes übergeben, als die aufs Kunstcollege kam, dieses Foto stammte ungefähr aus der Zeit, in der mein Vater im Heuschober den Traktor auseinandergenommen hatte, und darauf blicke ich mit der Neugier eines kleinen Bengels direkt in die Kamera, Agnes aber hat mit einem Pinselstrichgewitter in Blau und Grau aus der Tiefe des Hintergrunds ein Bild heraufbeschworen, das sich nicht auf die Augen des Kindes, sondern auf den schwarzen Schopf konzentriert, der wie ein Helm über dem fast ausdruckslosen Gesicht thront, so viel leerer Raum im Hintergrund und auch ums Teerfass, dass das Gemälde in seiner Wirkung einem der Luft entrissenen Lichtflecken gleichkommt, die Ränder scharfkantig, aber nicht gerahmt, einer Erinnerung so verdammt nah, dass ich es nicht ansehen kann, ohne daran zu denken, wie sich der Zinkeimer in meiner Hand anfühlte oder wie es sich anhörte, wenn er auf dem Boden abgestellt wurde, dieses Scheppern, wenn er auf den Beton krachte, der Henkel mit einem Rasseln an den Metallrand schlug, in

diesem Schlafzimmer, in dem einer von uns arbeitete,

während der andere den Küchentisch in Beschlag nahm, sodass sich das Haus um uns herum Zimmer für Zimmer ausdehnte, und wir mit der Zeit lernten, uns in dieser neuen Leere auszubreiten und sie wieder zu füllen, nach all den Jahren des Kinderaufziehens erneut unseren eigentlichen Raum einnahmen, auch ein klareres Bild voneinander gewannen, froh darüber, dass dieses Haus mit all den freigewordenen Ecken, Regalen und Schränken ein uns genehmer Ort war, an dem jetzt, da wir das Leben unserer Kinder nicht länger zu organisieren oder darauf Rücksicht zu nehmen brauchten, weit weniger besprochen werden musste, was nach und nach auch die Nähe zueinander auffrischte und ein wenig von jener zärtlichen Leichtigkeit unserer Anfangsjahre zurückbrachte, die unserer beider Gemüt erhellte und

einige Male sogar in der Küche zum Ausbruch kam – oft genug jedenfalls, um stolz darauf zu sein –, wir beide überwältigt von einer Leidenschaft, die uns quer durch den Raum trieb, bis wir atemlos aufeinander lagen, wonach wir uns schamrot vor Verlegenheit anschauten, froh, wenn auch unsicher, was das nun gerade gewesen war, keuchend über den Kleidern, die verstreut auf dem Küchenboden lagen, meine Beine noch zitternd von dieser plötzlichen, ungewohnten Anstrengung, wohingegen Mairead grinste, als sie das Muster der Tischdecke auf ihrem Bauch abgedruckt fand, etwas in uns aber wurde unterm Licht der Küchenlampe wiederbelebt, auch weil wir beide klug genug waren, das Klischeehafte des Augenblicks zu erkennen und darüber zu lachen, ein Moment erotischer Komödie, der den Beginn dessen markierte, was wir im Nachhinein den Anfang der zweiten Phase unserer Ehe nennen sollten, eine ruhige Auffrischung der Liebe füreinander, ein Aufschimmern unseres neuen gemeinsamen Lebens, in das

ein langes Stöhnen vom Ende des Flurs drang, mein Zeichen, also

eilte ich an ihre Seite, um sie an den Schultern überm Bettrand zu halten, als sich ein Schwall bitterer Galle in die Schüssel ergoss und ihre Hüften vor Anstrengung ruckten, während ich Worte des Trostes sprach,

alles gut, alles gut, nur raus damit,

während sie sich reinigte, halb aus dem Bett, der Kopf über der Schüssel, bis sie sich verausgabt hatte, spuckte, danach dann das delikate Manöver, ihr zurück ins Bett zu helfen, unter die Decke, unter der sie blass und schlaff lag und, alles ausgekotzt, im fiebrigen Reich jenseits der Worte trieb, der Welt nahezu abhandengekommen, um dann, ohne sich umzudrehen, eine Hand auf meine zu legen, womit sie mir signalisierte, dass sie meine Nähe spürte und meine Mühen schätzte, und dieserart, durch solch kleine Gesten, schufen wir uns rasch eine Sprache aus Andeutungen und Reaktionen, die uns zurechtzukommen half, und ich merkte, dass ich besser darauf reagierte, als ich vermutet hätte, auf diese neue Sprache oder Choreographie, die wir spontan erst entwickelten, die aber

bereits die Stimmung im ganzen Haus prägte, uns aneinanderband mit ihrer Intimität aus Hitze und Fieber, die so durchdringend war, dass sie die Luft mit einem stechenden, ammoniakhaltigen Geruch auflud, der wie ein Nebel im Flur und in den Zimmern hing, das ganze Haus gesättigt vom Krankengeruch, einer Säuerlichkeit, die sich in meinen Poren festsetzte und mich mehrmals am Tag mit einer rosafarbenen Sprühdose durchs Haus wandern ließ, eine Art Reinigungsritual, das die Räume für einen Moment mit dem süßlichen Mief von Rosen oder Maiglöckchen tränkte, ehe der Krankengeruch ihn wieder vertrieb, ausgehend von dieser kleinen Frau, die ihren eigenen Zustand so wenig fassen konnte, dass ihre Stimme zu wütendem Flüstern versiegte, wenn sie sich aufraffte, um zu protestieren

so habe ich mich noch nie gefühlt, wirklich noch nie,

wütend darüber, dass ihr Körper sie in diesem Stadium ihres Lebens derart im Stich lassen konnte, dass er sich nach vielen Jahren guter Dienste mit einer solchen Gemeinheit gegen sie richtete – das war es, was sie zutiefst verletzte und ihrem Leiden jenen scharfen Beigeschmack von Ungläubigkeit verlieh – endlich war eine Zeit in ihrem Leben angebrochen, in der sie sich nicht um Kinder kümmern musste, eine Zeit die ihr ganz allein gehörte – und die wurde nun derart verdorben – das ärgerte sie mehr als die Krankheit selbst und verlieh ihrer Stimme einen verbitterten Unterton, der mich davor warnte, an ihrem Frust herumzudoktern oder auch nur zu versuchen, sie irgendwie damit versöhnen zu wollen, folglich

war ich mir unsicher, was ich fühlte, schien ein Teil von mir doch davon überzeugt, dass die Krankheit uns auf eine entscheidende Weise näher zusammenbrachte, fast als wäre dies neue Leben mit all seiner Fürsorge, dem Saubermachen, Holen und Bringen, eine neue Art Balztanz, den wir voreinander aufführten, ein Tanz im Schmutz und im Fieber, der mich insofern überraschte, als dass ich überzeugt gewesen war, unser gemeinsames Leben hätte uns bereits so nahe zusammengeführt, wie wir nur sein konnten und dass eine solch neue Intimität in diesem Stadium unseres Lebens schlicht unmöglich sei – wir waren zu festgefahren, zu sehr in die Jahre gekommen –, eine solche Nähe, die so viele heikle Gesetze persönlicher Privatsphäre brach, etwas, bei dem keiner von uns hätte vorhersehen oder vorhersagen können, wie wir darauf reagierten, während

wir im Rhythmus ihres an- und abschwellenden Fiebers zueinander getragen wurden, in den für diese Krankheit so typischen Tiden, jeder Moment unserer Ehe trieb uns über die gewohnten, gesitteten Intimitäten hinaus zu einer neuen Vertrautheit, die über alle Peinlichkeit hinausging, und das war etwas, was kein Zeitungsbericht, keine Analyse einfangen konnte, diese Haut- und Schmutzintimität war genau, was in den Berichten über dieses Ereignis fehlte, wie sie via Nachrichten und Schlagzeilen

in dieses Haus schwemmten,

eben dieses Haus,

in dem ich fast drei Jahrzehnte gelebt und mir jene Angewohnheiten und Rituale zugelegt hatte, die meine Ehe und mein Familienleben bestimmten, und in dem mir der heutige

Tag aus irgendeinem Grund die Muße gewährte, über derlei Dinge nachzudenken,

hier am Küchentisch mit meinem Sandwich und der Zeitung,

die Erinnerungen an Mairead in ihrem puterroten, fiebrigen Siechtum ein rückwärts abgespieltes Echo

jener Zeit mit Agnes, Maireads erster Schwangerschaft, in der ich miterlebte, wie sie zur Fülle ihrer selbst heranreifte, ihr Bauch wuchs, und ihre Haut und ihr Haar jene Aura des Wohlergehens verströmte, die ich so unwiderstehlich fand, und zu der ich mich derart hingezogen fühlte, dass diese ersten Monate wie in einem Rausch des Verlangens vergingen, ich mich kopfüber in die neue Üppigkeit ihres Körpers versenkte, eine Intimität, die einen leicht abartigen Touch hätte haben können, als fügte, vom wachsenden Kind in ihr beobachtet zu werden, dem, was wir in jenen Tagen trieben, eine Aura des Verbotenen hinzu, damals, als Schwere und Üppigkeit ihrer Schwangerschaft so verführerisch wirkten, fast als würde das neue Wesen ihr einen Glanz verleihen, der tiefer reichte als Haut oder Haar und sie wie die personifizierte Güte und Tugend zum Leuchten brachte und ihr etwas wahrhaft Strahlendes verlieh, ein erregendes, erhebendes Element, das unser Liebesleben eine Weile befeuerte, unser Liebesspiel mit einer kühneren Sensibilität für gegenseitige Berührungen auflud, mit einem Gespür, das ich als den an mich gerichteten Appell verstand,

ich möge mit einer verbesserten Version meiner selbst gleichziehen oder mir doch zumindest Mühe geben, mich dieser neuen, makellosen Version meiner jungen Frau würdig zu erweisen, eine Forderung, die ich so ernst nahm, dass ich mich setzte und mit nüchterner Konzentration darüber nachdachte, meine Seele im Lichte von Maireads Schwangerschaft prüfte, die sich an ihr zeigte, als würde sie von innen erleuchtet, was ich mindestens als heilige Aufforderung verstand, meine eigene Seele von jenen Verschleifungen und Verletzungen zu reinigen, die sich im Laufe meines Lebens angesammelt hatten, all dies in Vorbereitung auf unser Kind, das Mairead so erstrahlen ließ, dass sich in mir etwas Kleinherziges zutiefst übergangen fühlte von ihrem erhabenen Zustand, der mir von Tag zu Tag mehr wie ein höher entwickelter, verbesserter evolutionärer Zustand vorkam, mich aber zu nichts weiter als dem Verlangen inspirierte, Einkehr zu halten und meine Seele zu prüfen, ein selbstzerstörerischer Instinkt, dessen letztendlicher Zweck mir nie klar geworden ist, ich wusste nur, dass er kostbare Zeit und Energie erforderte und kaum mehr als ein tiefes Gefühl der Unwürdigkeit weckte, nicht allein hinsichtlich Mairead, diesem numinosen Wesen, mit dem ich mein Leben teilte, sondern auch in Bezug auf mein Kind, das in ihr heranwuchs und schon einen so beherrschenden Einfluss auf uns ausübte,

all dies aber war eigentlich leicht zu verstehen und in der Theorie zu entschuldigen, nur stellte es im realen Leben ein weit verzwickteres Vorhaben dar, wurde mir doch klar, dass ich keineswegs so großzügig oder flexibel war, wie ich geglaubt hatte, weshalb es mir schwerfiel, jenen Freiraum in mir zu schaffen, der jenes neue Wesen gänzlich in unser Leben eingelassen hätte, und etwas, das noch schwerer zuzugeben war, die traurige Tatsache nämlich, dass dieser Mangel an Großmut meinerseits bis

zum Beginn unserer Ehe und Maireads Schwangerschaft zurückreichte, als ich offenbar noch Schwierigkeiten hatte, das Ganze ernst zu nehmen, weshalb ich bei der allerersten Gelegenheit katastrophal versagte, ein Vorfall nicht ohne einen gewissen Anteil an schwarzem Humor, was an jenem Tag aber kein bisschen half, Maireads Schmerz zu lindern, ihre Fassungslosigkeit, als sie hier stand,

mitten in dieser Küche, und vor sich hin flüsterte,

Brückenbau, diese scheißverdammte Brückenbauerei, die

Gesichtszüge zu jenem leeren Ausdruck erstarrt, wie man ihn von Schlaganfallpatienten kennt, während ich ihr gegenüberstand, fassungslos angesichts des vorgebrachten Beweismaterials – zugegeben, alles nur Indizienbeweise, die sich aber zu einer Überzeugung jenseits aller Zweifel festigten und keinerlei mildernde Umstände zuließen, auch keine eingeschränkte Zurechnungsfähigkeit – Namen und Daten ausnahmslos korrekt, die Zeugenberichte allein zu ihren Gunsten, die vielen Lücken und Widersprüche in meiner eigenen Version absolut vernichtend, nichts aber war so verräterisch wie – jener Teil, der so überwältigend glaubhaft klang – das völlige Fehlen eines deutlichen Motivs meinerseits, sah man von der günstigen Gelegenheit ab, die auszuschlagen ich weder klug noch mutig genug gewesen war, was dazu geführt hatte, dass Mairead jetzt vor mir stand, während ich nur zu gut wusste, dass jede Verteidigung, die ich vorbringen mochte, an meinem schafsdämlichen Gesichtsausdruck scheiterte, den ich in Momenten wie diesen annehme, als Mairead

hier in eben dieser Küche

stand und allein zu entscheiden hatte, ob unsere kurze Ehe ihr Ende bereits erreicht hatte oder ob sie etwas war, mit dem Mairead weitermachen wollte, und sobald sie sich wieder ein wenig gefangen hatte – will sagen, ihre Züge sich zu einer Miene des totalen Schocks lockerten –, begriff sie, dass es genau dies war, wofür sie mich wirklich hasste, nämlich dass ich ihr allein die Entscheidung aufgehalst hatte, ob die Ehe fortgeführt werden sollte oder nicht, eine Entscheidung, bei der sie anfänglich glaubte, eine Wahl zu haben, die aber, wie ihr nach einem Moment des Nachdenkens bewusst wurde, nichts dergleichen bot, da Mairead jetzt feststellte,

hier auf dem Boden dieser Küche,

dass sie – trotz all ihrer Intuition und regen Begeisterungsfähigkeit, trotz der Bücher und Reisen, ihrer klösterlichen Erziehung und der Fremdsprachen – als einziges Kind frommer Eltern zu einer Konservativen mit zutiefst verinnerlichten Überzeugungen erzogen worden war, die einfach nicht glauben konnte, ihre Ehe sei etwas, das sich so leicht abtun, das sich so leicht aufgeben lasse, weshalb ihr im Grunde nicht die geringste Wahl blieb, und genau dazu hatte mein hinterlistiges Manöver geführt – ich hatte sie auf jenes schmale Terrain gelockt, auf dem ihre Überzeugungen und Instinkte miteinander im Clinch lagen, weshalb sie, so fest und liberal ihre Einstellungen damals auch waren, dank derer allein sie ihre Ehe womöglich bereitwillig beendet hätte, sie die althergebrachten, ihrer Seele fest eingeschriebenen Prinzipien letztlich doch nicht überwinden konnte, sodass sie nun zutiefst verletzt dort stand,

hier in dieser Küche,

nur gut einen Meter von diesem Tisch entfernt,

und innerlich Anlauf nahm, mich aus tiefstem Herzen zu verfluchen

diese scheißverdammte Brückenbauerei, wiederholte sie – und das ausgerechnet in dem scheißverdammten Prag, und

da Mairead alle Beweise parat hatte – Namen, Daten und Zeiten –, nagelte sie mich fest, stand da mit ihrem Mittelscheitel im Haar, der, wie ich fand, sie immer so ernst aussehen ließ, als drohte er, ihren Kopf in zwei Hälften zu spalten, sodass ich, als sie eine halbe Stunde später das Haus verließ, die Taschen gepackt, das Haar offen und bis auf die Schultern fallend, ich ebenso verstört war, wenn auch von einem Schock ganz anderer Art, wie festgewurzelt in dieser Küche, ans Spülbecken gelehnt und entsetzt, weil mein Leben von eben jenem Menschen völlig zerstört worden war, dem ich es vor gar nicht langer Zeit zu Füßen gelegt hatte, und ich begriff, wie all dies durch eine Reihe halbherziger Dummheiten jenes Schlags beiseitegefegt worden war, von der vielleicht jeder hofft, man möge sie nie begehen, allerdings

blieb mir in den sieben Wochen, die sie mich allein im Haus zurückließ, Zeit genug, um zu begreifen, dass Mairead nur allzu Recht hatte und dass dies genau die Art dämlicher Dummheiten war, zu denen ich neigte, dass ich in der Tat zu jener Sorte Mann gehörte, die sich, weil es an dem Scharfsinn fehlt, der vorhergesehen hätte, dass die Ehe durch so etwas in die Brüche geht, allein daheim wiederfand, denn Mairead war mit steinerner Miene zurück ins Haus ihrer Eltern im Norden Mayos gezogen, wo ich sie mit Anrufen und Briefen bombardierte, in denen ich sie in allen Varianten anflehte, die mir zur Verfügung standen, Anrufe und Briefe, die ich nach einer Woche mit ebenso wenig Hoffnung auf eine Antwort abschickte, als rollte ich ein Blatt Papier zusammen und stopfte es in eine Flasche, die ich dann ins Meer schleuderte, um ihr nachzusehen, wie die ablandige Strömung sie davontrug – so wenig Hoffnung auf eine Antwort hegte ich in jener Zeit allein in diesem Haus, doch

nach sieben Wochen verlor ich die Nerven und stieg in den Wagen, um nach Norden zu fahren, durch Newport und Mulranny und weiter durch die Ödnis des nördlichen Mayo, quer durch die *terra incognita* von Ballycroy mit seinem weiten Moor, das sich ungebrochen bis hin zum Horizont erstreckt unter einem Himmel von solch klaffender Ferne, dass Agnes stets behauptete, die blaudiesigen Flächen, der Hintergrund so vieler ihrer Bilder, seien eine stete Erinnerung an das, was sie vom Rücksitz im Auto während jener Fahrten gesehen hatte, wenn wir sie im Sommer zu ihren Großeltern brachten und durch dieses Moorland fuhren, um uns nichts als wogende Heidehügel, die sich im Dunst der Ferne verloren, Land der Komantschen, so Darragh, der damals tief in seiner Cowboyphase steckte und sich durch die alten Taschenbücher ackerte, die mein Vater ihm gegeben hatte,

J. T. Edson, Louis L'Amour, Zane Grey,

weitab im Moor ein Schornstein auf nacktem Betongrund – die Steine der Hausmauern längst für andere Bauten weggekarrt –, ein einsamer Wächter, der über ein Meer blauer Heide mit Torfstapeln entlang der Straße schaut, dazu der eine oder andere Wagen im Straßengraben oder an einer Mauer, denn dies waren die Jahre, ehe Alkoholkontrollen dem trunkenen Fahren ein Ende setzten und eine Generation von Autoschlossern arbeitslos machten, zerbeulte Autos und Lieferwagen, die für Darragh auf dem Rücksitz wie das Werk von Komantschen auf dem Kriegspfad ausgesehen haben mussten, die über diese weiten Ebenen streiften, aus dem tiefen Süden der Mojave-Wüste entlang der Grenze zu Galway kamen und nach Nordwesten zum Erris Panhandle ritten, wilde Meuten, die bei Mondlicht weite Strecken dieses Moorlands durchzogen, das sich von ihren Lagern im Süden bis hin zu den Siedlungen der großen Stämme des Nordens erstreckte, den

Cheyenne, Sioux und Arapaho

oder, wie man sie in dieser Gegend auch nannte, den

Mitchells, Davitts und Stephenites,

zumindest erzählte uns Darragh das vom Rücksitz, doch damals,

als ich an jenem Tag nach Norden fuhr, um meine Frau zurückzugewinnen, trat ich vor ihre Tür, die tiefstehende Sonne im Rücken, und Maireads Vater öffnete, ein stiller Mann, frisch pensioniert nach einer langen Karriere bei der Bank sowie als Urkundsperson, der nun vor mir stand und genauso verletzt wirkte wie seine Tochter, sein Gesichtsausdruck unangenehm berührt, so als mochte er kaum glauben, jemand könne ihn daheim mit einem derart billigen Melodrama behelligen, mit all den dazugehörigen Possen und Taktlosigkeiten, ein Mann, der jetzt über meine Schulter blickte, die Straße auf und ab, als ob ich, der vor ihm stand, allein wohl kaum genügt hätte, an seine Tür zu klopfen und ihn aus den Tiefen des Hauses dorthin zu locken, wo er nun blinzelnd im Mittagslicht stand, schwer atmend von jenem Emphysem, an dem er drei Jahre später sterben sollte, und so heftig schnaufend, als hätte er einen weiten Weg durch gefährliches Gebiet zurückgelegt und nicht bloß die knapp zwanzig Meter aus dem hinteren Teil des Hauses dorthin, wo er jetzt stand, um sich mein Flehen mit einer Miene bekümmerter Ermattung anzuhören, ein Ausdruck, den er zweifellos in den vielen Jahren verfeinert hatte, in denen er es mit diversen Bitt- und Antragstellern zu tun gehabt hatte, die ein Darlehen, eine Überziehungsbewilligung oder eine Hypothek für das eine oder andere von ihm gewollt hatten, dieser routinierte Ausdruck des Bedauerns, in den sich jetzt zudem traurige Unvermeidlichkeit eingekerbt hatte, wohingegen ich, der sich nach sieben Wochen Trennung immer noch nicht an die Rolle des verlassenen Ehemannes gewöhnt hatte, vor diesem widerwilligen Inquisitor stand, trüben Blicks und unrasiert, bestrebt, ihm zu zeigen, wie erbärmlich ich mit diesen neuen Umständen zurande kam, da vor ihm stand und meinen Fall vortrug, ein hoffnungsloses Unterfangen, war ich doch allein dran schuld, was wir beide wussten, ich und dieser Mann, der mir in den Jahren, da ich um seine Tochter warb, so zugetan gewesen war und der jetzt auf seiner Türschwelle stand mit dieser bekümmerten Miene, die mir auf oft erprobte Weise zu verstehen gab, dass ich in diesem Haus keine Freunde mehr hatte und gut beraten sei, wenn ich mich umdrehte und den Weg zurückführe, den ich gekommen war, und dass ich ihr Zeit lassen müsse – so hat er sich ausgedrückt,

lass ihr Zeit,

als wäre es an mir, sie ihr zu geben, als hätte ich mir zu eben diesem Zweck ein Reservoir an Zeit angelegt und könnte jetzt darauf zugreifen, könnte ihr davon geben, damit sie sie nach Belieben nutzte, Zeit, um ihre Scham zu lindern, etwas, irgendwas, das sie zu mir zurückbrachte, diese Zeit, von der ihr Vater offenbar glaubte, dass ich sie verteilen könne, dabei blieben Mairead nur drei Monate bis zum Entbindungstermin, weshalb sie schon die Kurven und Konturen einer Schote annahm, dazu diese Blässe der Haut, fast durchscheinend, ihr Gesicht, auf das ich an jenem Tag einen Blick erhaschte, schimmernd im Flurschatten, treibend im Zwielicht, das Weiß der Augen wie zwei zittrige Monde in einem kleineren Sternbild, und ich hörte mich rufen

Mairead, Himmel nochmal,

während ihr Vater in die Türmitte rückte, und ich in seinem Gesicht meine eigene Angst gespiegelt fand, die Angst, dass ich ihn überrennen könnte, diesen Mann Ende sechzig, dass er der Länge nach in den Flur stürzte, doch da zogen sich die Schatten hinter ihm zu einem erstickten Schluchzen zusammen, und sie war fort, also trat ich zur Erleichterung ihres Vaters und meiner eigenen einen Schritt zurück, beide schwer atmend vor Furcht, bis er seine Hand erneut hob und sagte,

lass ihr Zeit,

um mir dann die Tür vor der Nase zu schließen, die Zurückweisung so sanft, wie man es sich nur wünschen konnte, fast tröstlich, sodass ich während der nächsten Minuten dort stehenblieb, den Blick auf den Türknauf gerichtet, der auf Augenhöhe vor mir schwebte, und ich wusste, ich würde ohne weiteres dort stehenbleiben können, vor Zurückweisung ganz verdorrt, solange ich brauchte, um zu Stein zu werden, vielleicht auch länger, bis es mir endlich gelang, mich loszureißen und zu gehen, mich in den Wagen zu setzen und

die sechzig Meilen oder so zu unserem Haus zurückzukehren, eine dieser nichtssagenden Fahrten, an die ich mich nicht im Mindesten erinnern kann, eine Fahrt, die durch mehrere Kleinstädte und Dörfer führte, auf schmalen Straßen, die weite Moorlandschaften durchschnitten, auf kurvigen Straßen, die an steil abfallenden Pässen über schmalen Buchten klebten, und als ich zwei Stunden später schließlich in dieser Küche stand, hätte ich ohne weiteres glauben können, ich sei auf Maireads Schwelle entmaterialisiert, um hier zu rematerialisieren, sechzig Meilen entfernt in der Küche meines eigenen Hauses, ohne mir die Mühe gemacht zu haben, die dazwischenliegende Distanz auch körperlich zurückzulegen, da nur eine solch komplette Auflösung meiner selbst das totale Fehlen jeglicher Erinnerung an diese gar nicht so einfache Fahrt erklären könnte, fast ein Wunder, dass ich heil und gesund angekommen bin, aber da

ich wusste, es passierte mir nicht zum ersten Mal, dass ich durchs Land fuhr und sicher ans Ziel kam, jede Meile aufgesogen vom Strudel meiner gedanklichen Abwesenheit, einer vollständigen Geistesleere, die mich so oft überkommt, dass ich mir keine Mühe mache, die Male zu zählen, da ich am Steuer plötzlich aufschrecke, ohne die geringste Ahnung zu haben, wo ich war, ehe ich schockartig begriff, dass ich zehn, fünfzehn Meilen auf einer befahrenen Straße mit viel Gegenverkehr unterwegs gewesen war, dass ich alle möglichen Kurven und Gefahren gemeistert und Städte und Dörfer hinter mir gelassen hatte, nur war das in irgendeiner angrenzenden Traumzeit geschehen und ich im Kopf anderswo gewesen, obwohl Hände und Füße mechanisch die Abfolgen von Bewegungen und Anpassungen absolvierten, die den Wagen auf der Straße hielten und ihn in die richtige Richtung lenkten, schalten, bremsen, Gas geben, Blinker links, rechts und

ohne Ruckeln, ohne Aussetzer war dieser geistlose Geist meiner selbst sechzig Meilen oder mehr gefahren, ein Schattenmann,

der jetzt in dieser Küche stand, die

während Maireads Abwesenheit dem Dreck und der Unordnung eines Singles anheimgefallen war, jener Art Unrat und Unordnung, die Scham und Selbstaufgabe mit sich bringen, jener Sorte Schmutz, die alles mit einem Fettfilm überzieht und Bücher und Papiere über den Boden auf einen Stapel in Ecken, auf Stühlen oder unter Kissen schleift, dieses zunehmende Durcheinander, das alles im Zimmer schief und abgerückt von seinem angestammten Platz liegen lässt, dieses minimale Maß an Ungenauigkeit, das den Eindruck weckt, die ganze Bleibe beginne sich aufzulösen, Stück für Stück, sich von mir zu entfernen, Papiere, Tassen, Messer und Gabeln rutschen über Tische und Regale, und auch die Bilder driften davon, alles wandert durchs Zimmer jenem Fluchtpunkt zu, an dem es verschwindet, solch sich mehrender Dreck und Schlendrian, dass jedes Zimmer bald der Höhle eines Unholds gleicht, übersät mit abgenagten Knochen und Fell mitten in diesem Müllhaufen, weshalb ich, als ich am Spülbecken stand, kaum glauben konnte, dass dies nicht auf das Treiben eines böswilligen Hausgeistes zurückging, der mitten in der Nacht sein arglistiges Werk vollbrachte, und es sagt allerhand über meinen Geisteszustand aus, dass ich

hier in dieser Küche

stand und diese Vorstellung noch einige Zeit ausfeilte und ausschmückte, statt Verantwortung für das zu übernehmen, was um mich herum geschah, denn eigentlich schmerzte mich insbesondere, dass Dreck und Unordnung das Strukturgespür des Ingenieurs in mir beleidigten, alles fehl am Platze und schief angeordnet, ein jedes in Bewegung hin zu einem Punkt im Chaos, von dem aus es unmöglich sein würde,

ursprüngliche Ordnung wiederherzustellen, und doch stand ich da und schaute zu, gefangen in einem stummen Kampf mit dem Haus selbst und diesen Dingen, die nach und nach ihren angestammten Platz räumten, überall Möbel, Geschirr, Besteck, schief hängende Gardinen, Tische und Stühle standen im Weg, während Bücher und Papiere über den Boden glitten, langsam durchs Haus trieben, als wären sie unterwegs zu einem Treffen an einem anderen Ort, womöglich in einem herrlicheren Reich, wo all dies Chaos sich zu veredelter Harmonie zusammenfand, welche weder meiner Hand noch meiner Einmischung bedurfte, weshalb ich

mich zurücklehnte und noch zwei weitere Wochen zuließ, dass alles um mich herum den Bach runterging, ehe

Mairead diese verfahrene Lage an jenem Tag beendete, da ich mich am Spülbecken umdrehte und sie mitten in der Küche stehen sah, zittrig und bleich wie eine jener Erscheinungen, die in Zeiten der Krise Gestalt annehmen, so stand sie da, ihre Taschen neben sich auf dem Boden, als hätte es die letzten neun Wochen nicht gegeben, so waren wir also an jene Kreuzung in unserem Leben gelangt, da wir herausfinden mussten, wie wir wieder gutmachen konnten, was uns an diesen Punkt geführt hatte, hierher in die Küche, wo wir uns anstarrten, zwischen uns ein Abgrund, wohl wissend, dass unsere nächsten Worte bestimmen würden, wie wir den Rest unserer Tage miteinander verbrachten, und während wir da standen, wurde es offenbar, dass wir, umflutet vom Herbstlicht, unsere Ehe nun abgeklärter sahen, die aus dem Ruder gelaufen war, der wir aber nicht den Rücken zukehren konnten, da das Kind, das Mairead in sich trug, die Lage verkomplizierte – daran musste ich denken, als ich vortrat, die rechte Hand erhoben, und schwor

nie wieder, Gott sei mein Zeuge,

diese Wochen der Trennung hatten Mairead eine Entschlossenheit verliehen, die sie nicht in Worte zu fassen brauchte, sodass

ihr Schweigen alles sagte, was sie zu sagen hatte, und

achtzehn Monate später, als mit Darraghs Ankunft unsere Familie vollzählig wurde, zehrten wir von der Kraft jenes Eids, damals über Maireads Bauch geschworen, und auch wenn ich die genauen Klauseln oder Bedingungen nicht benennen konnte, die ebenso bindend wie unbestimmt blieben, half er doch, den Fokus unseres Lebens von uns fort und auf unsere Kinder zu lenken, nicht unbedingt ideal, um ein gemeinsames Leben als Familie zu beginnen, doch ließe sich gewiss behaupten, dass viele gute Ehen auf weit weniger erbaut wurden, gründete unsere Liebe füreinander doch auf unserer Liebe für die Kinder, schenkte ihnen Sicherheit im Kokon eines liebevollen Familienlebens, und wir waren felsenfest entschlossen, dass es ihnen an nichts fehlen werde und dass sie, sollten sie manchmal doch jene Verzweiflung spüren, die zwischen Mairead und mir gelegentlich aufwallte, davon nichts weiter mitbekamen als ein fernes Knirschen an den Rändern ihres Lebens, eigentlich kaum wahrnehmbar, höchstens als allerleiseste Dissonanz, nichts, weshalb man sich sorgen musste oder das sie nachts wachhalten würde, wenn sie im Dunkeln auf unsere gedämpften Stimmen lauschten, auf die halb erstickten Vorwürfe, sodass sie höchstens auf diese Weise

unsere Liebe zu ihnen als verzweifelte Last empfunden haben konnten, Agnes insbesondere, ein aufgewecktes Kind, das empfindlich auf die kleinsten Regungen zwischen seinen Eltern reagierte und das, da war es noch sehr jung, rasch eine schützende Aura entrückter Distanz um sich schuf, die Mairead und mich manchmal verblüffte und verletzte, die Agnes aber, zumindest vermuteten wir das, auch als Mittel nutzte, um sich ein wenig aus der Umklammerung unserer Liebe zu befreien, der sie ansonsten gnadenlos ausgesetzt war und die sie so bedrückte und die so viele kindliche Ängste auslöste, dass es ihr, klein wie sie noch war, schwerfiel, sich in einer Welt zurechtzufinden, für deren Unzulänglichkeiten sie kein Verständnis aufbrachte, die Dinge nie perfekt, stets waren Korrekturen oder Verbesserungen der einen oder anderen Art nötig – die Mantelärmel zu lang, das Essen zu heiß, zu kalt, zu klumpig –, sodass sie sich vor Verzweiflung manchmal regelrecht zusammenrollte, wenn immer sie sich außerstande sah, das kleine bisschen Chaos und Unordnung zu akzeptieren, das nötig ist, damit die Erde sich dreht und die Welt menschlich bleibt, woraufhin sie als Kleinkind hin und wieder einen jener blasshäutigen, blaulippigen Koller bekam, an denen sie zu ersticken drohte und mit denen sie sich auf ihr Zimmer zurückzog, wo sie tobte, das Gesicht ins Kissen presste, regelrechte Anfälle, bis sie lernte, den Atem anzuhalten, die Augen geschlossen, Kehle verschnürt, ganz konzentrierte Wut, ihr Gesicht dunkelrot, dann blau, ehe sie bewusstlos auf dem Boden zusammensackte, Mairead panisch schluchzend über ihrem wie leblosen Leib, die ersten Male überzeugt, sie hätte ihre Tochter verloren, denn erst mit der Zeit begann sie dem Arzt zu glauben, der ihr versicherte, man könne den Atem nicht so lange anhalten, bis man ersticke, dies sei nichts weiter, Agnes werde dem entwachsen, was sie schließlich auch tat, und nach wenigen Jahren hatte sie diese dornige Wachstumsphase hinter sich, die

so ganz anders war als Darraghs Weg in die Welt, der als Kind einen weiten Bogen um uns machte, als habe er sein Leben mit einem klaren Gespür dafür begonnen, wie es zwischen Mairead und mir stand, und deshalb offenbar von Anfang an beschlossen, seinen eigenen Pfad einzuschlagen und möglichst wenig mit uns zu tun zu haben, um, falls er unsere ehrliche Liebe je spürte, sie auch in keiner Weise zu würdigen, sie gleichsam so behutsam wie möglich beiseitezulegen, als sei sie ihm nie angeboten worden, wodurch er zu einem Kind heranwuchs, das Distanz hielt, ewig mit unzähligen, im ganzen Haus verteilten Bauprojekten beschäftigt, mit Bauwerken, die er anscheinend eigens deshalb ersonnen hatte, weil zu ihrer Errichtung niemand anderes als er selbst benötigt wurde, ein kleiner Baumeister, der schon in jungen Jahren eine geistige Freiheit besaß, die man gern bewunderte, störrisch in seinem kindlichen Beharren, den eigenen Weg zu gehen, mit Steinen und Bauklötzen in den schattigen Winkeln des Hauses zu werkeln, wo er so viele belagerte Burgen, Forts und Städte schuf, Palisaden und attackierte Siedlungen, kleine Parabeln der Belagerung, wo immer wir auch hinkamen, Zimmer um Zimmer, das ganze Haus erweitert zu einer fragmentierten Vision der Gegnerschaft, die seine ganze Kindheit in Beschlag zu nehmen schien und ihn für so lange Zeiträume zu einem äußerlich ernsten Kind machten, dass wir uns damit abfanden, ihn immerzu beschäftigt zu erleben, ein wenig vorzeitig gealtert, bis er uns irgendwann in seinen frühen Teenagerjahren noch mehr verwirrte, als er gleichsam mit offenen Armen auf uns zukam, ein breites Lächeln im Gesicht und auf den Lippen eine klugscheißerische Bemerkung wie jemand, der eine weite Reise hinter sich hatte, uns bei seiner Rückkehr aber mit der entspannten Bereitwilligkeit dessen begrüßt, der am Familienleben teilnehmen will, plötzlich das umgänglichere Kind von beiden, denn Agnes hatte sich inzwischen völlig

auf ihr Zimmer zurückgezogen, das sie in ein Atelier verwandelt hatte, vollgestellt mit Bechern, Pinseln und Papierrollen entlang der Werkbank, die ich für sie an einer der Wände angebracht hatte, ihr Zimmer, in dem sie sich, wie Mairead fürchtete, bei all den Ölfarben- und Terpentindämpfen vergiften könne, diesem schwindelerregenden Dunst, der durchs Haus waberte, sobald sie ihre Tür öffnete, der aber, wie Agnes uns versicherte, nicht die geringste Wirkung auf sie habe und den sie oft mit lyrischen Bildern verklärte, wenn wir unsere Sorgen zum Ausdruck brachten, uns etwa sagte, keine Angst, das Fenster ist offen, das Zimmer gut gelüftet, und darüber hinaus sei Farbe ihr Element, falls sie also auf einer Wolke aus Farbdämpfen dahintriebe, sei das für sie in Ordnung, sie wäre dann mit ihrem Medium eins geworden, was der Erfüllung ihres größten Wunsches entspräche, eine dieser Reden, die Darragh später

die Ekstase der Agnes,

Agnes aus den Angeln

nannte, Beispiele für die vielen Namen, die er ihr gab, womit er stichelte, hänselte, in den Teenagerjahren seine Art, mit ihr umzugehen, damals, als Agnes für sich die Rolle der gelehrten Künstlerin einstudierte, während Darragh seinen schärferen Verstand außen vor ließ, um herumzualbern und sie auf den Arm zu nehmen, nicht unbedingt, weil er ihre Bemühungen torpedieren wollte, sondern weil ihn die eigenen Fähigkeiten kirre machten, die ebenso real wie eindrucksvoll, aber mit einem derart fatalen Maß an Faulheit durchsetzt waren, dass bis heute viele seiner Projekte daran scheitern – die Doktorarbeit etwa, für die er sich angemeldet hatte, von der meines Wissens aber nie auch nur eine einzige Zeile geschrieben wurde, oder das Jahr, in dem er mit irgendeiner NGO in Afrika arbeiten wollte, am Rande der Sahara Brunnen graben, worauf er sich zwei Monate lang vorbereitete, von der Polizei überprüft wurde, medizinische Unterlagen ausfüllen musste, Spritzen verabreicht bekam und Tabletten schluckte, sich Visa besorgte, Papiere und Anmeldeformulare, die sich um ihn herum stapelten, aber dann

nichts,

absolut nichts,

das ganze Projekt löste sich in Luft auf, und die vielen Formulare und Dokumente auf seinem Tisch wurden unter einer wachsenden Lawine von noch mehr Papier begraben, diesmal bedeckt mit Notizen zum 1981er Hungerstreik der IRA als strategischem Videospiel, eine Idee, die er einer dieser Spieleentwicklerfirmen vorlegen wollte, die sich in Galway in der Hoffnung gegründet hatten, den steten Strom von IT-Absolventen für sich nutzen zu können, die vielen Nächte, in denen er sich über Berichte vom Hungerstreik beugte, bis er sich ein so breites wie detailliertes Verständnis von den Hintergründen, aber auch von jenem politischen Kontext angeeignet hatte, in dem es zu diesem Streik gekommen war, all das Auf und Ab, die Bewegungen und Gegenbewegungen, bis die Idee einfach zu versanden schien, denn

nach und nach hörte er auf, darüber zu reden und wollte auch nicht dazu befragt oder daran erinnert werden, also schrieben wir es als ein weiteres jener Unterfangen ab, aus denen nichts wurde, weder Mairead noch ich sonderlich überrascht – besorgt ja, aber nicht überrascht –, denn dies schien die Zeit in seinem Leben zu sein, in der er aus jedem Projekt die Luft ablassen konnte, auch wenn es noch so vielversprechend war, er brauchte nur Hand anzulegen und schon verwelkte es und verkümmerte, das Verfallsdatum überschritten, noch bevor es realisiert wurde, Dinge halb angefangen, dann aufgegeben, sein Leben ein Schrottplatz halbfertiger Projekte, bis er eines Tages

aus seiner Jackentasche das Rund-um-die-Welt-Ticket zückte, hier in dieser Küche, es anstarrte, als habe es sich aus dem Nichts materialisiert, ein Ticket für eine Route einmal um den Globus über Thailand, Sydney, Perth, Hawaii, Boston und dann zurück nach Dublin, dieses Stück Papier, das ihn ans andere Ende der Erde bringen würde, wo er einige Monate durch die Wildnis streifen und suchen wollte, was immer er verloren hatte, Mairead aber sah ihn von dort an, wo ich jetzt sitze, mit sich uneins, was sie von der ganzen Sache halten sollte, froh, weil er etwas unternahm, irgendwas, aber traurig, weil dieses Irgendwas ihn ihr wegnahm, die ganze Welt zwischen sie rückte und

hast du denn Geld für eine solche Reise – platzte es unwillkürlich aus mir heraus

ja, habe ich

wie das

ich habe gearbeitet

was denn für Arbeit

mit medizinischen Komponenten

er sah vom Ticket in seiner Hand auf, im Gesicht noch der leicht amüsierte Blick

medizinische Komponenten, ich dachte, du hast studiert

tu ich, hab ich – es ist kompliziert

glaub ich dir gern, und was hast du mit den medizinischen Komponenten gemacht

diese Firma – AbMed –, die haben Aushilfskräfte gebraucht, um einen Sonderauftrag für die amerikanische Armee erfüllen zu können, für die Koalitionstruppen im Irak

ein Sonderauftrag, also hat man dich geholt

ja, Dad, andernorts weiß man meinen Wert durchaus zu schätzen, auch wenn meine Familie das nicht tut, egal, ich habe jedenfalls drei Monate lang Stents und Katheter mit UV-Licht auf Fehler untersucht und bin dafür gut bezahlt worden, daher das Geld, und hast du davon gewusst, fragte ich Mairead

ich finde es großartig, wischte sie die Frage beiseite, er hat ein Ticket für eine Weltreise und das nötige Geld, und

Herrgott

manchmal bin ich meinen Sohn leid,

er hat diese psychische Fähigkeit, mir selbst von der anderen Seite der Welt über alle Breitengrade und Zeitzonen hinweg die verpixelte Hand aufs Herz zu legen und zuzudrücken, sodass ich erneut Angst um ihn habe, allein an ihn zu denken genügt, jede gute Laune zu dämpfen, und

das Licht ändert sich gerade,

alles Leuchten daraus erloschen, fast wie ermattet, Restlicht, das weiterzog,

wie seltsam doch dieser Tag ist,

irgendwas stimmt nicht mit ihm, ich sitze hier, schaue in den hinteren Garten und könnte glauben, der beste Teil des Tages sei schon vorbei, denn nichts ist mehr übrig, das nicht fahl wäre, verblichen im Licht einer Sonne, die für diese Jahreszeit zu hell leuchtet, in einem zu hohen Winkel erstarrt über der Welt steht und aus allem die kräftigen Farbtöne herausbleicht, während

ich hier am Tisch sitze

und darauf warte, dass meine Frau und meine Kinder in diese Küche zurückkommen, wobei mich das beklommene Gefühl nicht loslässt, alles in meinem Umkreis liege an für mich ungewohntem Ort, in einer für mich ungewohnten Anordnung, Dinge, die an sich nicht ungewöhnlich oder rätselhaft sind, die aber wie um ein, zwei Grad verschoben wirken, jene leichte Ungenauigkeit um mich herum, als wären die Dinge gerade so weit verrückt, dass meine Hand kurz über ihnen schwebt, ehe ich sie aufhebe oder dorthin zurücklege, wohin sie gehören, auch wenn manches ganz und gar unerwartet ist, etwa dieses Tischtuch vor mir, ein weißes Tischtuch, wie es, wenn mich die Erinnerung nicht trügt, normalerweise nur zu Weihnachten aufgelegt wird, das sich aber heute, am zweiten November, vor mir ausbreitet wie ein Schneefeld, weit wie die Tundra, weiß, makellos, hingestreckt bis zum eisigen Horizont, meine Hände darüber erhoben, als erteilten sie von oben herab so etwas wie einen Segen oder versuchten, es trotz einer Instabilität im Tisch oder gar im Haus selbst straff zu halten, voller Panik bei dem Gedanken, dass

alles in diesem Raum plötzlich durch die Decke an irgendeinen rechten Platz im Himmel darüber aufsteigen könnte, Stühle, Tische, Schränke, Arbeitsplatte, alles erhebt sich in die Luft und zieht jene Zusammenhänge mit sich, die mich gerade so extrem empfindsam machen, mich an den Rand eines schwindelerregenden Anfalls von aufgebrachter Irrationalität treiben, wie ich hier sitze, vor Verzweiflung knirschend, etwas Mürrisches in mir empört, weil meine Erwartungen von diesem Tischtuch verwirrt werden, selbst von dem Stuhl am Tischende, Himmelherrgott, der mit der Lehne an der Wand steht, obwohl er normalerweise doch an den Tisch gerückt gehört, derlei treibt mich in eine solch plötzliche Wut, dass ich am liebsten vom Tisch aufstehen,

sehe mich aufstehen,

und zwei der Beine packen möchte, um den Stuhl gegen die Wand zu pfeffern, das Verlangen so stark, dass ich die Wucht schon spüre, unter der er zerbricht, die Beine, die nachgeben, der Rahmen, der Rückstoß des Aufpralls in den Armen, als er zersplittert, jeder Nerv, jede Sehne in mir angespannt, eine Beklemmung wie ein weitergeleiteter Schmerz, eine Interferenz, deren Quelle anderswo liegt, vermutlich auf Armeslänge außerhalb meiner selbst, aber nahe genug, um in meinem Umfeld zu sein, etwas, das mich im Hier und Jetzt nicht zur Ruhe kommen lässt,

an diesem Tag,

diesem verdammten Tag,

der bislang nichts weiter bewirkt hat, als dass er diese nervtötende Furcht mehrte, die ihre wahre Quelle so entschieden verheimlicht, was mich erst recht aufbringt, da nicht der geringste Zweifel daran besteht, dass sie real ist, vielleicht noch verstärkt von einer bevorstehenden Katastrophe,

für mich,
oder mit mir,
oder durch mich,
diese Angst, die

die Grundstimmung meiner Wacht an diesem Tisch ist seit dem Geläut der Angelusglocke, wie lang das auch her sein mag, selbst jetzt,

während ich hier mit meiner Milch und meinem Sandwich sitze, zuinnerst davon überzeugt, dass meine Frau und meine Kinder nie wiederkommen, nie mehr hierher zurückkehren, eine Angst, die sich sogar in mir regt, wenn ich die Schlagzeilen der Zeitungsseite mit den Auslandsnachrichten lese – heute kommen mir alle Nachrichten fremdländisch vor –, Nachrichten darüber, dass ein Choleraausbruch in Westafrika abertausend Leben gefährdet und droht, sich über einen Großteil der Westhälfte des schwarzafrikanischen Kontinents auszubreiten, gar bis in den Tschad und nach Kamerun vorzudringen, während irgendwo in Südkorea ein Ausbruch der Vogelgrippe die Artgrenze überwunden hat, diagnostiziert bei einem zweiundzwanzig Jahre alten Medizinstudenten, der zur Zeit in Quarantäne gehalten wird, Gottes Geschöpfe vereint im gemeinsamen Leid, unsere Schmerzen, unsere Qualen die gleichen wie die von Ente, Truthahn und Huhn

Schluss jetzt,
gütige Mutter Gottes, Schluss jetzt,
so löst sich mein Geist in Unsinn und Unfug auf,
lasse ich die Zügel schießen,

der Geist in Ruhe spult endlos etwas ab, erschlafft zu diesen lächerlichen Grübeleien, die zu leichthin als Gedanken durchgehen, aalglatte Assoziationen, mentale Echos, in denen unsere Sorge widerhallt, doch wach und weise gegenüber der Welt zu bleiben, zumindest aber auf so viele ihrer Gegebenheiten zu achten, wie wir nur erfassen können, was,

wenn ich es mir recht überlege,
es jetzt überlege,
reiflich überlege,

ein ähnliches Abspulen, gestärkt vom selben fatalen Hang zur Fantasie, gewesen sein muss, das meinen Vater verschliss, im letzten Jahr seines Lebens seinen Verstand auflöste, insbesondere in jenen letzten Monaten, in denen ihm die Welt vollends entglitt und er sich in das alte Haus zurückzog, in dem er ganz allein lebte, nur mit dem Hund zur Gesellschaft, in jenen Tagen nach Onnies Tod, in diesen langen Winternächten, als ihre Abwesenheit ihm vollends bewusst geworden sein muss, und er von solcher Angst, solcher Einsamkeit erfasst wurde, dass seine Trauer komplett von dem Unglauben überschattet wurde, sie, seine Frau seit über vierzig Jahren, könne ihn aus welchem Grund auch immer – Tod eingeschlossen – alleinlassen, ein Schicksal, mit dem er nie gerechnet und auf das er sich nie vorbereitet hatte, weshalb, als es dann über ihn hereinbrach, der heftige Schock sein Weltverständnis so gründlich verwirrte, als wäre etwas fürs Gleichgewicht der Welt Entscheidendes einfach mal beiseite gewischt und durch neue, aber schäbigere Sachverhalte ersetzt worden, die etwas Zartes in ihm derart verletzten, dass

im Handumdrehen all seine Kraft und Entschlossenheit schwand, er in sich zusammenfiel und jedes Interesse an der Welt verlor, um sich dann vollständig mit dem Hund ins Haus zurückzuziehen, wo sich im Dämmerlicht der kleinen Zimmer, hinter vorgezogenen Vorhängen, Verwirrung und Kummer zu jener fatalen Hilflosigkeit steigerten, gegen die kein Reden ankam, während er unvermittelt wütend wurde, verbittert, und sich mit mir und Eithne zerstritt, sich in jenen Wochen nach Onnies Beerdigung so vehement gegen uns wandte, dass uns gar keine Zeit blieb, den wahren Grund dafür herauszufinden, er uns aber auch keinen Zweifel an seiner Verärgerung ließ, an seinem Vorwurf von irgendwas schändlichem, das aus irgendeinem Grund uns beide betraf, denn als wir ihn besuchen wollten, kanzelte er uns hinter geschlossener Haustür ab, rief, wir sollten verschwinden und nie zurückkommen, schimpfte uns

einen Haufen Arschlöcher, nichts als

eine Verwünschung hatte er an jenem Tag für uns übrig, und wir standen da, sahen uns ungläubig an und wussten nicht, was tun, und als ich ums Haus ging, sah ich, dass jedes Fenster verhängt war und die Hintertür versperrt, es keinen Weg hinein gab und uns nichts weiter übrigblieb, als wieder zu gehen und in ein paar Tagen zurückzukommen und es noch einmal zu versuchen, doch da

hatte er bereits alles Vieh verkauft, auch sämtliche Hühner, sodass nur noch er und Rex übrig waren, allein im Haus, sogar die beiden Hoftore hatte er mit von Pfosten zu Pfosten festgezurrten Holzbalken verbarrikadiert, was den Postboten zwang, über den Erdwall zu klettern, den Weg zum Haus zu gehen und die Briefe und Trauerkarten unter der Tür durchzuschieben, die ebenfalls verriegelt war,

all dies noch vor Onnies Gedenkgottesdienst einen Monat nach ihrem Tod,

als meinem Vater auch schon die ersten Anzeichen von persönlichem Verfall anzumerken waren, borstige Barthaare, die am Kinn sprossen und den ganzen Kopf zu überwuchern drohten – ein wahrlich schockierender Anblick für einen Mann, der sich sein Leben lang stets rasiert hatte, jetzt aber keine Kritik hören wollte und sagte, sein Vater habe einen Bart getragen, auch dessen Vater vor ihm und selbst unser Herrgott habe einen gehabt – ein besserer Mensch als ein jeder von uns –, und wenn ein Bart gut genug für diese Männer gewesen sei, sei er auch gut genug für ihn, mehr gebe es dazu nicht zu sagen, jedenfalls war dies auch

der Zeitpunkt, von dem an er sich wirklich gehen ließ, nicht länger vernünftig aß, sich nicht mehr wusch oder rasierte, tagein, tagaus dieselben Sachen trug, während er in ihnen schrumpfte, das Hemd lose über der schmalen Brust, die Hose kaum noch auf den Hüften – Haupthaar und Bart aber wuchsen weiter, umwucherten seinen Kopf wie ein Ginsterbusch –, und im Kamin kein Feuer mehr, keine Heizung im Haus, sodass es feucht wurde, dreckig vom schwarzen Schimmel, der sich über die Wände zog, und überall der Geruch nach Pisse, der die wenigen Male schon an der Tür über mir zusammenschlug, da er mich hereinließ, um ihm dies oder das zu bringen, und ich ihn im Dunkeln antraf, allein im grellen Licht des Fernsehers, auf dem er sich *Bosco* anschaute oder sonst eine Kindersendung, auf dem Tisch eine Dose Fliegenspray, und

eines Abends schlief er vorm Feuer im Kamin ein, Torf loderte, glühende Stückchen fielen zu Boden, und als er aufwachte, waren die Gummistiefel angeschmort, in der Hitze um seine Knöchel geschmolzen, was hätte schlimm ausgehen können, hätte er nicht so gute Wollsocken angehabt, also humpelte er zum Küchentisch, holte das Brotmesser aus der Lade und schnitt sie ab, Socken, Hose und Stiefel auf einem Haufen mitten in der Küche, der Gestank nach verbranntem Gummi schwer in der Luft, während ich

entsetzt im dämmrigen Raum stand und sagte

so kannst du nicht leben

wie denn

so, sieh dir das doch mal an

und du weißt, wie ich leben sollte

ich weiß, dass es etwas Besseres als das hier geben muss

ein Ausdruck huschte über sein Gesicht, der mich verstummen ließ

ich habe sie letzte Nacht gesehen, sagte er

wen hast du gesehen

Onnie, ich sah Onnie

Himmelherrgott, Dad, Mam ist seit drei Monaten tot

letzte Nacht bin ich aufgewacht, und sie stand an meinem Bett und hat mich angesehen, zwei Einkaufstüten in der Hand, und weißt du, was sie gesagt hat

sie ist tot, Dad, ich weiß, wie schwer das ist

sie sagte, geh hin und sieh dir an, in was für einem Zustand das Grab ist, in dem ich liege

das habe ich dir doch schon gesagt, wir sind das durch – man kann noch keinen Grabstein aufstellen, die Erde muss sich erst setzen – elf Monate, ein Jahr vielleicht, ist die übliche Wartezeit, doch seine Augen schwammen in Tränen, als hätte sein gebrochenes Herz eine Quelle erschlossen, die nun in ihm sprudelte, wie er da allein im Dämmerlicht der Küche stand, der Hund draußen, um am Straßenrand Gras zu fressen,

manchmal konnte man ihn, kam man abends am Haus vorbei, vorm Giebel stehen sehen, rauchend und auf den Stock gestützt, wie er den in die Stadt fahrenden Autos nachsah, blieb man aber stehen, um überm Zaun mit ihm zu reden, huschte er davon wie ein verschrecktes Huhn, und man hörte noch auf dem Gehweg, wie er die Riegel vorschob, sodass man ihn sich vorstellen konnte, wie er allein im verblassenden Licht der Küche saß und fernsah, dahinschwand in Verwirrung und Vernachlässigung, während um ihn der Winter aufzog, und der Fernseher lief, in einem Zimmer nach dem anderen die Glühbirnen ausgingen, Türen ein letztes Mal geschlossen wurden, Zimmer voll mit Flaschen und ungelesenen Zeitungen, die sich auf Stühlen, der Kommode und auf dem Sofa unterm Fenster stapelten, während das Haus um ihn herum langsam verfiel, Farbe abblätterte, Vorhänge vermoderten und die Feuchtigkeit Türen im Rahmen anschwellen ließ

bis zu dem Tag,

an dem ich vor dem verrammelten Tor stand und ihn anflehte, einen Förderantrag zu unterschreiben, damit das Haus renoviert werden konnte, von oben bis unten isoliert und abgedichtet, Fenster, Türen, überhaupt alles gestrichen, er brauchte bloß seinen Namen unten aufs Blatt zu setzen, mehr musste er nicht tun, um den Rest würde ich mich kümmern, würde den Papierkram organisieren und die Aufträge an eingetragene Handwerker vergeben, er brauchte nur zu unterschreiben, aber hat er unterschrieben

einen Scheiß hat er,

einen Scheiß unterschreib ich, rief er von der anderen Seite des Tors,

ich unterschreib verdammt noch mal gar nichts, setz auch nirgendwo mein Kreuz drunter, schrie er, kommst hierher mit deinen Anträgen, willst meine Unterschrift – Jesus, du musst mich ja für verdammt blöd halten, wenn du glaubst, dass ich darauf reinfalle –, aber eines sag ich dir, nur eines –, ich weiß genau, was du für ein Spiel treibst –, unterschreibe ich den Antrag, dann, hast du nicht gesehen, sitze ich im Armenhaus, und dieses Haus wird mir unterm Hintern verkauft, und du und deine Schwester, ihr teilt euch den Reibach, darauf seid ihr doch aus, nur das wollt ihr

das will ich nicht und darauf bin ich auch nicht aus und

aber sicher doch – nimm dein Antragsformular, deine Förderung, deine Verträge und verpiss dich dahin, wo du hergekommen bist,

das ist also der Dank für meine Mühen, und

so stand ich da vorm Tor und winkte mit dem Antrag, bekniete meinen Vater, Vernunft anzunehmen, und sagte, es sei doch nur zu seinem Besten, ja Besseres könne er gar nicht tun, ich wolle schließlich nur, dass er ein Dach über dem Kopf und dass er es warm habe – ein bisschen Komfort, wenn er schon allein lebte, und ich schwor bei Gott, ich hätte keine Absicht, ihn ins Armenhaus zu stecken und auch sonst nirgendwohin, dies sei ja sein Zuhause, das wisse ich, niemand wolle ihm das nehmen,

mir blutete das Herz vor verzweifelter Liebe zu diesem Mann, dem Helden meines Lebens, jetzt so verwirrt, dass er nicht mehr verstand, wer oder was gut für ihn war, was mich mehr als alles andere bis ins Mark traf, dass nämlich ein Mann, der so sicheren Schrittes durch diese Welt gewandelt war, sie jetzt so völlig missverstand und in nichts mehr etwas Gutes sah, nicht mal in seinem eigenen Sohn, ich, der ich vorm Tor stand, die Fassung verlor, die Geduld verlor, ihn aber immer noch anflehte, er solle mir zuliebe

und um der Liebe Christi willen endlich diesen verdammten Antrag unterschreiben,

redete jetzt mit seinem Hinterkopf, da er zurück zum Haus humpelte, und ich sah ihm nach, wie er hineinging und die Tür hinter sich zuzog, hörte selbst aus dieser Entfernung, wie er den Riegel ins Schloss rammte, ein Laut, der in meinem Kopf widerhallte, während ich noch ein paar Augenblicke stehenblieb, vor Herzschmerz und Verzweiflung kaum fähig, mich zu bewegen, bis ich mich dann schließlich vom Tor abstieß und nach Hause fuhr, um an jenem Abend mit Eithne zu telefonieren und eine lange Auseinandersetzung mit ihr zu führen, in der ich die Beherrschung verlor, als ich sie davon überzeugen wollte, dass ich alles getan hatte, um ihm zu helfen, gefleht, gebettelt, ihm den Antrag unter die Nase gehalten hatte, aber gebracht habe es rein gar nichts, nichts sei für ihn gut genug, mit dem könne man nicht reden, und

was zum Teufel ich ihrer Meinung nach denn tun solle,

was ich noch tun könne,

ihn zu Boden ringen und zur Unterschrift zwingen, wollte sie, dass ich das tue, denn wenn sie glaube, sie könne es besser, solle sie es nur versuchen, ich sei bei dieser ganzen verdammten Sache mit meinem Latein am Ende und,

und,

ist alles Trauer, diese ganze Wut ist Trauer, sagte Eithne am anderen Ende,

Trauer, was meinst du damit, sich mit jedem überwerfen, Leute beschimpfen, das wäre ja wohl die verrückteste Form von Trauer, von der ich je gehört habe

Wut ist ein wohlbekanntes Stadium des Trauerprozesses, deshalb

ich spürte in mir einen Geysir der Verzweiflung aufschießen,

Herrje, Eithne, jetzt komm mir nicht mit dieser beknackten Küchenpsychologie – ich bin sein Sohn, und wenn er nicht in der Lage ist

wenn du so mit ihm geredet hast, wundert es mich nicht, dass er

ich knallte den Hörer auf die Gabel, oder sie knallte ihren auf die Gabel oder wir beide gleichzeitig, wie auch immer, der Anruf endete mit einem Knall, und ich kochte vor Wut, um dann zum Schrank zu gehen, eine Flasche Jameson aufzumachen und zu trinken, hier in dieser Küche, bis in die frühen Morgenstunden, das war das letzte Wort, das ich mit Eithne sprach, und es muss auch um diese Zeit gewesen sein, dass er losgezogen ist und

sich einen neuen Traktor gekauft hat,

ich schwör's bei Gott,

einen nigelnagelneuen John Deere, einen kleinen 5E, gut 60 PS und ohne Kabine, der mich an den alten Massey Ferguson 35 von früher erinnerte – stand da im Hof, die grüne Farbe glänzte, weiß der Himmel, was der gekostet hatte, ich wagte gar nicht, ihn danach zu fragen, denn er fing gleich von seinem Vorhaben an, ihn für die Silage, zum Torfabbau und dergleichen an Agrarunternehmer auszuleihen, er natürlich am Steuer – dieser Mann, der ohne Stock kaum laufen konnte, keine Kraft mehr in den Beinen, fast ein Krüppel wegen der klammen Knochen –, und so stellte er den Traktor in den alten Schuppen am Ende des Hofs und setzte ihm ein hübsches Zinkverdeck auf, aber mehr hat er auch nie damit gemacht, hat ihn danach noch fünf, sechs Mal angelassen, wenn überhaupt, aber nie irgendwelche Arbeit damit erledigt, jedenfalls nicht dass ich wüsste – wer wollte auch schon einen Mann einstellen, der kaum laufen konnte, Traktor hin oder her, der sich nur mit Mühe in den Sitz zu hieven vermochte –, also blieb der Traktor im Schuppen mit derselben Tankfüllung Diesel, mit der er geliefert worden war, und wenn mein Vater ihn nicht aus dem Küchenfenster bewunderte, war er draußen mit einem Tuch und putzte die Windschutzscheibe, oder er polierte die Scheinwerfer, wienerte sie, als sei der Traktor sein ganz besonderes Spielzeug, was er natürlich auch war, nun, in seiner zweiten Kindheit, und all die Pflege, all die Aufmerksamkeit für diesen verdammten Traktor, während sein Haus verfiel, in jedem Zimmer tropfte es von den Wänden, und im Bad wuchs der schwarze Schimmel inzwischen in dichten Soden, allerdings

stand der Traktor kaum einen Monat im Hof, als mein Vater sich reinsetzte, den Motor anstellte und rein gar nichts passierte, nicht das geringste, Licht und Tankanzeige funktionierten, aber kein Funke, kein Laut, wenn er die Zündung betätigte, kein Mucks, und wie es der Zufall wollte, kam ich an jenem Abend zu ihm, als er unter die Motorhaube stierte, dieses Gewirr von Kabeln und Elektrik, er konfus und ahnungslos, weshalb ich selbst einen Blick riskierte, ihn aber auch nicht zum Laufen bekam, woraufhin ich in der Werkstatt anrief, in der er gekauft worden war und einen Mann am Apparat hatte, der sich an den Verkauf erinnerte und den es überraschte, dass es Grund zur Klage gab, woraufhin er die üblichen Fragen stellte

nein, die Batterie ist geladen,

nein, soweit ich sehen kann, sind alle Kabel angeschlossen,

ja, das Licht brennt,

wonach er einen Moment innehielt, ehe er sagte,

geben Sie mir eine Minute, ich melde mich gleich wieder,

was er auch tat, das muss man ihm lassen, ich nahm den Anruf am anderen Ende des Hofs entgegen und blickte dabei zu meinem Vater hinüber, der neben dem toten Traktor stand und ganz aufgebracht und verwirrt aussah, bis ich ihm zurief

das glaubst du nicht

was denn

dein Trecker wurde offenbar durch einen Satelliten lahmgelegt

was

ja, von einem Satelliten, eine Diebstahlsicherung

die behaupten, ich bin ein Dieb

niemand behauptet das

ich bin auch kein Dieb

offenbar hat es eine Verzögerung bei der Zahlungserfassung gegeben, weshalb die Überweisung noch nicht registriert wurde, und solange gilt der Traktor für das Rechnungssystem als gestohlen

also halten die mich doch für einen Dieb

keiner hält dich dafür, so eine Sicherung wird in viele Landwirtschaftsmaschinen eingebaut, in einer Stunde wird der Trecker wieder freigeschaltet, und

da wir nichts weiter zu tun hatten, blickten wir zum Himmel auf, als könnten wir dort oben den Starterimpuls oder den

Funken sehen, hatten wir doch beide keine Ahnung, worauf wir eigentlich warteten, ob sich der Satellit in einer stationären Umlaufbahn direkt über uns befand oder ob wir warten mussten, bis er über dem Horizont auftauchte, ehe sein Signal vom Himmel niederfahren und die Traktorzündung freischalten konnte, weshalb

es wohl kaum verwundert, dass wir uns beide töricht vorkamen, wie wir da auf dem nassen Beton standen, in den grauen Himmel starrten und uns nichts zu sagen hatten und der Augenblick sich zu einem Gefühl hilfloser Blödheit vertiefte, da man nichts weiter tun konnte, ehe mein Vater schließlich mit den Achseln zuckte und sich wortlos dem Haus zuwandte mit seiner wilden Mähne und dem humpelnden Gang,

wo willst du hin

doch kein Wort von ihm, als er die Tür hinter sich zuzog, und es kann sein, dass mir das nur im Nachhinein so vorkommt, aber ich bleibe davon überzeugt, dass dies der Moment war, da er sich von der Welt verabschiedete, hatten sie sich doch beide nichts mehr zu sagen, weshalb sie einander den Rücken zukehrten, und

einige Wochen später wurde er auf dem Betonweg vorm Haus von einem Dorfnachbarn gefunden, Mattie Moran, der auf dem Weg in die Stadt war, um sich seine Stütze abzuholen, als er ihn von der Straße aus entdeckte, anhielt und über den Erdwall sprang, um sich neben ihn hinzuknien, das Ohr an seine Brust zu legen und zu hören, ob er noch atmete, ehe er ihn hochhob und auf den Rücksitz seines Autos legte, mitsamt dem Stock, und es war, wie er mir hinterher erzählte,

als hätte er ein Bündel Stecken getragen – am Knöchel eines Spatzen sei ja mehr Fleisch, und er

brachte ihn ins Krankenhaus, wo mein Vater die nächsten drei Wochen blieb, und sie wuschen ihn und fütterten ihn, während sie all die Tests mit ihm durchführten und schließlich auch den Bauchspeicheldrüsenkrebs fanden, an dem er wenige Wochen später starb, da wog er kaum noch 40 Kilo, und weil er immer noch sein wildes Haargestrüpp trug, war das Gesicht auf dem Kissen kaum zu erkennen, aber ich kämmte ihn und gab mir redlich Mühe, das Haar zu waschen, und dann zog ich ihm den Firmungsanzug seines Enkels an, war er inzwischen doch so geschrumpft, dass ihm die eigenen Sachen nicht mehr passten, und wir senkten ihn am 27. November neben Onnie ins Grab, ich an der Seite von Mairead und Agnes und Darragh, so standen wir vier bei eisigem Sonnenlicht aneinandergelehnt und beteten ein Gesätz des Rosenkranzes, das erste glorreiche Geheimnis, die Wiederauferstehung, unsere gemurmelten Gebete fortgerissen vom Wind, und wie wir so am Rand des Grabes standen, dachte ich, dies sei doch gewiss der richtige Tag für die großen Fragen nach

dem Leben, dem Universum, der ganzen verdammten Chose,

nichts passe besser zu diesem Augenblick, und ich ertappte mich tatsächlich dabei, wie ich in Gedanken den Kummer seines letztens Jahres durchging und mich fragte, wessen Idee von Gerechtigkeit mit seiner Geistesverwirrung und der Erniedrigung seiner letzten Tage Genüge getan worden war, ja, zu welchem Zweck oder Nutzen zugelassen worden war, dass er in solch wirrer, zerlumpter Schmach dahinsiechte, diese Fragen gingen mir während der dahingemurmelten Rosenkranzantworten durch den Kopf, aber

ich habe mich wohl geirrt,

es war weder die Zeit noch der Ort für solche Fragen, stand ich doch unter einem Novemberhimmel, der die Farbe von Beton angenommen hatte, und sah die Totengräber Sand auf den Sarg schaufeln, als ein Mann auf mich zukam und sagte,

mein Beileid, aber Ihr Vater würde mit Ihnen nicht tauschen wollen, er ist jetzt bei Onnie, und nichts weiter war ihm wichtig, und

er war kaum drei Monate unter der Erde, als ich zu Coffey's ging und einen schlichten Granitstein mit einem Rand aus schwarzweißem Quarzkies bestellte, der noch vor dem Monatsende aufgestellt werden sollte, was einen weiteren Anruf von Eithne zur Folge hatte, die mit mir schimpfte, weil ich mich nicht mit ihr abgesprochen hatte, außerdem sei es viel zu früh für einen Grabstein, und sie sagte noch jede Menge anderer Dinge, aber ich erklärte, sie brauche sich nicht ausgeschlossen zu fühlen, ich würde die Rechnung mit ihr teilen, da müsse sie sich keine Sorgen machen, und

du weißt ganz genau, dass ich es so nicht gemeint habe

stimmt, aber ich sage dir was – letzten Endes wird er wohl kaum bei dir am Bettrand sitzen, wenn er zurückkommt, um sich zu beschweren

Marcus, Herrgott nochmal, sagte sie,

also knallte ich wieder den Hörer auf die Gabel, und es sollten volle sechs Monate vergehen, ehe wir wieder miteinander redeten, denn dann kam sie vorbei und machte unter Tränen und mit vielen Umarmungen ein Friedensangebot, ihr Ärger längst verflogen, meiner auch schon lange verraucht, und sie sagte, sie sei auf dem Friedhof gewesen und finde, ich hätte das gut hingekriegt, wirklich ganz ordentlich, und dass er zu beiden passe, der Stein, kein bisschen protzig oder so, und danke für die Inschrift,

Von der Familie errichtet,

das sei nett, sie wisse es zu schätzen, und so dauerte es auch nicht lang, bis sie ihren Stift zückte und einen Scheck über die Hälfte der Kosten ausstellte, und es wurde kein Wort mehr darüber verloren, während wir da saßen und zum ersten Mal begriffen, dass wir nun ohne Vater und ohne Mutter waren, und Eithne fragte

macht uns das jetzt zu Waisen, während sie ins Taschentuch schniefte, was meinst du

dafür sind wir wohl ein bisschen zu alt, zwei Erwachsene mittleren Alters mit Familie, ich denke, das dürfte uns ausschließen, nur

war ich mir nicht sicher, ob es da ein Alterslimit gab, außerdem fühlte ich mich wie eine Waise, und

Trauer milderte ihre Miene, beide Eltern dahingegangen in kaum einem Jahr, das ist hart, sehr hart,

ist es, war es,

zwölf Monate, die uns eine geschwisterliche Vertrautheit aufgedrängt hatten, wie sie neu für uns war, der Wunsch, miteinander zu telefonieren und sich SMS zu schicken, nur um uns zu vergewissern, dass alles in Ordnung war, auch wenn wir einander eben dies nie fragten, blieben unsere Nachrichten doch auf trocknen Informationsaustausch beschränkt oder auf Tratsch und Klatsch, Scherze und Sticheleien, Nichtssagendes, das jene neue, verblüffende Sehnsucht nacheinander, die aus unserer gemeinsamen Trauer erwachsen war, zugleich nährte und verbarg, an sich nichts Merkwürdiges, ein Schicksal, das wir mit der halben Welt teilten, was es aber nicht weniger schwer machte, auch wenn wir das an dem Tag, an dem wir da im Wohnzimmer saßen, nicht hätten vorhersehen können, meine Schwester und ich, die wir aufeinander zugingen, und

dennoch,

dennoch ist an diesem Tag irgendwas kabbelig und undeutlich,

mittlerweile früher Nachmittag, zwanzig vor eins laut der Uhr an der Wand, und

dieses Radiobrummen klingt, als käme das Signal durch einen Interferenzsturm, eine Art körnigen Widerstand, der die Musik unterbricht, egal auf welchem Sender, national oder lokal, jede Stimme und Melodie nichts weiter als Statikgesurre, denn nichts kommt mehr durch, höchstens die Gewissheit, dass wir mit diesem Haus zu weitab sind, meinem Haus, und es bleibt das unheimliche Gefühl, das eigene Nachbild wie ein sporadisches Ich mit sich herumzuschleppen, stroboskopisch, flackernd, selbst während

ich hier sitze, die Hände vor mir flach auf den Tisch gelegt oder

durch die Zimmer oder den Flur auf und ab gehe, während ein Moment dem nächsten folgt, pulsierend, verebbend, jetzt im Licht gebadet, dann vom Schatten verschlungen, sichtbar wie eine Flamme im Sonnenlicht, sodass jeder, der mich anschauen wollte, den Blickwinkel ändern musste, um mich deutlich erkennen zu können, und

innerhalb von Tagen

entwickelte ich einen scharfen Blick für jede Veränderung in Maireads Zustand und dafür, was sie zu bedeuten hatte, all die Höhen und Tiefen in ihrer Stimmung, die für mich so deutlich waren, weshalb ich, wenn sie mit offenem Mund in ihren Kissen lag, auch wusste, sie genoss einen Moment Erholung während dieser oberflächlichen Ruhephasen, die ihre lang andauernden Magenkrämpfe unterbrachen, Mairead, wie sie nach einem weiteren Anfall fast durchsichtig schimmernd dalag und ihren Lungen ein paar flache, fiebrige Atemzüge abrang, die Arme seitlich angelegt, als läge sie im Tode aufgebahrt vor einer aufmerksamen Gemeinde aus Agnes' Puppen und Kuscheltieren, bis Mairead sich wieder rührte, die Beine aus dem Bett schwang und einen Moment auf dem Rand verharrte, sich mit beiden Händen aufstützte, ehe sie sich in Richtung Tür abstieß, in verzweifelter Hast über den Flur in Richtung Dusche eilte, in die ich ihr einen Plastikstuhl aus dem Garten gestellt hatte, damit sie da mit gesenktem Kopf sitzen und sich den Schoß und die Achselhöhlen einseifen konnte, zehn Minuten lang oder länger unter einer warmen Kaskade, das Wasser prasselte auf sie herab, während sie da saß wie eine gefallene Prinzessin, ehe sie erneut aufstand, schwankend im heißen Dampf, sich in das Handtuch wickelte, und ich sie so zurück ins Schlafzimmer trug, um sie abzutrocknen, in einen frischen Pyjama zu stecken und wieder unter die Decke zu betten, wo sie atemlos lag, wo jeder Pulsschlag durch ihren Leib hämmerte, bis er sich so weit beruhigt hatte, dass sie in den Schlaf hinüberdämmern konnte, all dies ohne ein Wort, etwas, das in aller Stille geschah, von nichts Gesprochenem befleckt, denn ich wusste, wie kostbar ihr diese wachen Momente waren, die sie nicht mit Gerede vergeuden wollte, und sobald sie wieder im Bett lag, legte ich mich neben sie, meine Hand in ihrer, spürte den Hüftknochen unter der Haut, als sich unsere Arme verschränkten, und wir beide lagen da, Arm in Arm im verdunkelten Zimmer, dämmernd in aufgeheizter Intimität, auch wenn ich ihr nichts weiter als die Versicherung zu geben wusste, dass ich bei ihr war, nichts weiter als meinen warmen Leib offerieren konnte und jene Stille, die wir nach und nach ausfüllten, sodass,

Scheiße auch,

gütige Mutter Gottes,

ein Foto starrte mich an,

die Aufnahme in der Lokalzeitung zeigte vier Männer im dunklen Anzug, die vor einer neuen Grundschule standen, alle lächelten sie in die Kamera und hielten ein Band, der in der Mitte traf Anstalten, es mit einer glänzenden neuen Schere durchzuschneiden, in den der Kamera zugewandten Gesichtern Mienen satter bürgerlicher Zufriedenheit, der Mann mit der Schere sah besonders glücklich aus, stand da mit gerecktem Kinn, Brust raus,

der Abgeordnete John Francis Moylette,

der Gesetzgeber, wie Halloran ihn auch nennt,

jetzt so präsent, dass sein Anblick auf diesem Foto

die Wände um mich zusammenrücken lässt, fast wie

damals an jenem Tag im Büro, als ich seine Stimme am Telefon hörte, die atemlos raue Stimme eines Mannes unter Druck, schnaufend, keuchend, während ich mich auf meinem Stuhl zurücklehnte, einen Blick auf die Armbanduhr warf – zehn nach zwölf – und mich wappnete, denn wenn ein Ingenieur am helllichten Tag von einem Politiker angerufen wird, bedeutet das nie was Gutes, weiß man doch, dass mit einiger Sicherheit zwei unterschiedliche Welten aufeinanderprallen, aber wie es auch anfängt, das Ende steht meist schon fest, und sein Ton verriet mir gleich, dass es heute nicht anders sein würde, schließlich war er mit seiner Geduld längst am Ende, ehe er auch nur ein Wort gesagt hatte, und auch weil er das Problem sofort bei den Hörnern packte, kein Hallo und kein Wiederhören, überhaupt kein Gruß, nur ein Sturzbach aus Worten, angefangen mit

Marcus, lesen Sie die Zeitung

ja, John, ich lese jeden Tag die *Irish Times*

ich meine nicht die *Irish Times*, ich rede von *The Mayo News* und von *Western People*, lesen Sie die

nicht immer, nicht jede Woche

das habe ich mir gedacht, also lassen Sie es mich Ihnen erklären, Ihnen sozusagen ein Bild malen – ein Bild sollte für einen Ingenieur viel klarer sein, klarer als Worte allemal

Moylette war aus demselben Holz geschnitzt wie Halloran, genauso schnell mit öffentlichkeitswirksamen Gesten zur Hand, mit dem, was bei der Masse gut ankam – wie er Mörtelbrett und Kelle in den Kofferraum packte, ehe er nach Dublin fuhr, um seinen Platz im Leinster House einzunehmen, dieses Foto ist oft wieder abgedruckt worden –, nur kämpferischer ist er, langatmiger, seine Anrufe beim Amt waren besonders gefürchtet, denn, immer überfrachtet mit anekdotengespickten Bitten und außergewöhnlichen Fällen, konnten sie eine Stunde und länger dauern, womit er seinen Zuhörer so mürbe machte, dass man sich zu allen möglichen Zugeständnissen bereit erklärte, nur damit er endlich aufhörte, weshalb man, wenn er dann schließlich auflegte, manchmal gar nicht mehr wusste, worin man eingewilligt hatte und worin nicht, und

hören Sie mir auch zu, Marcus

ich bin noch hier

gut, also, wie Sie vielleicht bemerkt haben, versuche ich mir seit nunmehr drei Jahren eine Stammwählerschaft im südwestlichen Zipfel dieser Grafschaft aufzubauen, dem größten, aber auch abgelegensten Wahlbezirk des ganzen Landes – Flugblätter, Sprechstunden, Sammlungen vor Kirchentüren – das volle Programm, alles, um eine ausreichende Menge an Erststimmen in einer Gegend ohne größeres städtisches Zentrum einzufahren, nichts als ein Haufen weit verstreuter Dörfer, eine Gegend mit einigen der großflächigsten Mooren und höchsten Bergen in der gesamten Provinz, eine Gegend hauptsächlich von schwarzköpfigen Schafen bevölkert, die meines Wissens aber über kein Stimmrecht verfügen, denn hätten sie das, brächte ich eine schöne fette Mehrheit zusammen, diese vielen Zibben, Böcke und Lämmer, die für mich abstimmten, aber dazu dürfte es weder heute noch morgen kommen, also werde ich weiter kreuz und quer durch die Grafschaft tingeln und zu Beerdigungen gehen, zu Festivals und Fußballspielen und weiß Gott was noch, damit mein Name und mein Gesicht so oft wie möglich in die Zeitung kommen und man sehen kann, wie ich meinen Job mache, und die Öffentlichkeit davon profitiert, denn wenn die nächste Wahl ansteht und die guten Leutchen dieses Wahlbezirks allein in der Ungestörtheit der Wahlkabine sind und den Namen John Francis Moylette auf dem Stimmzettel sehen, dann sollen sie sich daran erinnern, dass ich der Mann bin, dessen Gesicht sie bei irgendeiner Einweihung oder Eröffnung oder sonst einem gesellschaftlichen Ereignis gesehen haben, John Francis Moylette, der Mann, der in diesen entscheidenden Momenten dabei gewesen ist, daran sollen sie sich erinnern, denn das bringt sie hoffentlich dazu, ein Kreuz hinter meinem Namen zu machen, damit ich wiedergewählt werde und weiterhin Gutes für die Menschen dieser Grafschaft bewirken kann, verstehen wir uns so weit, Marcus

ich bin noch hier, John

erwiderte ich matt und hatte, zusammengesunken am Schreibtisch, diesen Sturzbach an Worten über mich ergehen lassen, wusste ich dank seines unerbittlichen Tons doch nur zu gut, was mich erwartete, und er wusste, dass ich es wusste, denn dies war ein alter Tanz, den wir aufführten, wir kannten die Schritte und verstanden beide, dass er nur innerlichen Anlauf nahm, um sich richtig in Rage zu reden, denn was er bislang geäußert hatte, war nur das Vorspiel gewesen, die Einleitung zum eigentlichen Thema, zu dem er jetzt kam, als er sagte

gut, es freut mich, dass Sie mir zuhören, denn jetzt wird es ein bisschen unangenehm – ich erhielt gestern einen Anruf von einem unserer gemeinsamen Freunde, von Shamie Curran, dem Bauunternehmer, ich denke, Sie kennen ihn

ich kenne Shamie

gut, nun, Shamie hat sich höchst unzufrieden über Sie geäußert anlässlich dessen, was er den ungerechtfertigten Unwillen eines Ingenieurs nennt, ein öffentliches Bauprojekt abzusegnen, dessen Hauptunternehmer er ist – wir reden über die neue Grundschule in Derragarramh –, hat er recht oder nimmt er mich auf den Arm, und

ich seufzte und bemühte mich, mit ruhiger Stimme zu antworten, denn obwohl ich schon seit Wochen auf diesen Anruf wartete, hatte mich während all der Warterei doch offenbar nichts auf diese Müdigkeit vorbereitet, die mich jetzt überkam, eine warme Flut der Hoffnungslosigkeit, die mich in Gänze erfasste, als ich mich auf meinem Stuhl zurücklehnte und sagte

Sie wissen genau, dass er recht hat, John – ich konnte die Arbeit am Fundament aus technischen Gründen nicht genehmigen, darüber gibt es auch einen Bericht, der eben diese Gründe anführt und der, da bin ich mir ziemlich sicher, Ihnen längst vorliegt

mag ja sein, aber mir fehlt die Zeit, jeden Bericht in diesem Stapel auf meinem Schreibtisch zu lesen – dann käme ich überhaupt nicht mehr raus aus diesem Büro –, langer Rede kurzer Sinn, ich entnehme dem, dass Ihnen das Fundament Sorgen macht

nein, streng genommen geht es nicht ums Fundament, sondern um den Beton, der dafür verwendet wurde

Beton ist Beton, wo liegt da das Problem – ist er nicht stark genug oder was

nein, mit dem Beton ist alles in Ordnung

er ist also stark genug

daran liegt es nicht, sondern

jetzt merkte ich, dass er mich dazu bringen wollte, etwas zu sagen, was meinen Standpunkt schwächen würde, dass ich zugeben sollte, mit dem Beton würde irgendwas nicht stimmen, während er mit messerscharfem Unterton fortfuhr

jetzt bin ich verwirrt, Marcus, entweder ist der Beton stark genug oder er ist nicht stark genug, was könnte auch sonst nicht damit stimmen, ich sehe da kein Problem

das Problem, wie ich es übrigens in meinem Bericht dargelegt habe, ist, dass das Fundament aus drei separaten, aber aneinander grenzenden Platten besteht, die starken unterschiedlichen Druck aufeinander ausüben, weshalb sie alle mit demselben Beton gegossen werden sollten, aber, und hier liegt das Problem, der vor Ort durchgeführte Setzversuch hat gezeigt, dass dies nicht der Fall ist – vielmehr wurden drei Platten mit drei verschiedenen Mischungen gegossen, also verschiedene Aggregatzustände, unterschiedliche Zement-Wasser-Werte und

wieso zum Teufel kann das wichtig sein, sobald sich der Beton gesetzt hat und stark genug ist – wissen Sie, Marcus, langsam habe ich das ungute Gefühl, hier Zeit zu verplempern, in der ich mich um sinnvollere Sachen kümmern könnte

inzwischen hatte ich den Plan der Schule vor mir auf dem Tisch ausgebreitet und sah anhand der Zeichnung die Größe und Ausrichtung des gesamten Schulgebäudes relativ zur Baustelle und der Straße, die vor dem Tor verlief, sah umsäumt von gestrichelten Wänden die Klassenzimmer und Toiletten, ausgerichtet auf den Hauptflur, der vom Eingang über die ganze Gebäudelänge vom Lehrerzimmer am einen zu den Notausgängen am anderen Ende führte, sodass es mir mit meiner gottgleichen Perspektive, das Dach gleichsam beiseite gerollt, leichtfiel, mir auszumalen, wie man Tische und Stühle auf eine Weise hinstellte, dass die Nachmittagssonne durch die breiten Fenster auf die gebeugten Köpfe der Schüler fiel, die rechneten oder buchstabierten, bis es um zwei Uhr läutete und sie ihre Mappen packten, ehe sie auf den Flur strömten, drei Klassenzimmer, die direkt auf den Flur gingen, weshalb man sich aus dieser Sicht, der Blick von oben herab, ohne weiteres ihre kleinen Köpfe vorstellen konnte, die auf und ab hüpften gleich einer Vielzahl Fußbälle in einem reißenden Fluss, alle strömten sie durch den Flur zum Ausgang und auf den Vorplatz, hinter dem auf abgegrenztem Platz die Busse sicher vor dem Tor parkten, alles in allem wahrhaft etwas, worüber man nur staunen konnte – wie sich dieser Plan auf weißem Papier mit den Vorstellungen eines Architekten und eines Ingenieurs in eine reibungslos funktionierende öffentliche Einrichtung verwandeln konnte – diese kleine, ländliche Grundschule, in der

Kinder aus vier Gemarkungen zusammenkommen würden und die, wie aus diesem DIN-A2-Plan zu ersehen war, allen daran Beteiligten in jeder Hinsicht zur Ehre gereichte, den Planern wie Architekten und wer auch immer im Kultusministerium die Richtlinien erlassen hatte, sogar Moylette selbst, der zweifellos hart gearbeitet hatte, um alle Seiten davon zu überzeugen, dass diese neue Schule in jedermanns bestem Interesse sei und dass sie, wenn sie die Bindung an die noch kleineren, zudem älteren und nicht so effizienten Schulen aufgaben, es ihren Kindern ermöglichten, einander in jenem offenen Geist moderner Gemeinschaft näherzukommen, den diese Schule verkörperte, aber dann

fiel mir das Betonfundament unter dem ganzen Bau wieder ein, und ohne dass ich es recht gemerkt hätte, sprach der Ingenieur in mir bereits und sagte

schuld an dem Problem ist die Tatsache, dass es drei verschiedene Fundamentplatten gibt, die ineinander verschränkt sind, aber aus drei verschiedenen Chargen gefertigt wurden, folglich besteht die Gefahr, dass sich die Platten beim nächsten heißen oder kalten Wetter ausdehnen oder zusammenziehen, was aufgrund der unterschiedlichen Zusammensetzung in unterschiedlichem Tempo und bei unterschiedlichem Druck passiert, und genau darin liegt das Problem, also

um Himmels willen, Marcus, fiel Moylette mir ins Wort, Sie sind ein gewissenhafter Mann, und das gereicht Ihnen zur Ehre, aber wir reden hier von einer Grundschule, nicht über einen verdammten Kernreaktor, was kann da schlimmstenfalls schon passieren – die Fundamente dehnen sich aus und ziehen sich wieder zusammen, einige Türen hängen schief in den Angeln, Risse im Pflaster, mehr wohl kaum –, Sie sollten nicht vergessen, dass Curran Maurer, Klempner und Elektriker vorm Tor stehen hat, die nur darauf warten, mit ihrer Arbeit anfangen zu können, also

meine Stimme unterbrach ihn, kam meinem eigenen Wunsch, vernünftig und moderat zu bleiben, blitzschnell zuvor und erklärte Moylette unverblümt wenn das Fundament bricht – und das wird es – sind Türen, die aus den Angeln hängen, Ihr geringstes Problem, denn jedes Gebäude, das man auf diesen Platten errichtet, wird bei einem plötzlichen Temperaturwechsel in drei verschiedene Richtungen auseinandergerissen, und was die Maurer und Verputzer angeht, hält sich mein Mitgefühl in Grenzen, denn

eine plötzliche, lang anhaltende Stille tat sich auf, in der sich das Telefon in meiner Hand erwärmte, schlüpfrig vom Schweiß, bis schließlich das Schweigen auf der anderen Seite gebrochen wurde und Moylette das Gespräch in einem Ton wieder aufnahm, der offenbar kaum von jenen Überlegungen beeinflusst worden war, die ich gerade angestellt hatte, sagte er doch

ich will Ihnen eine Geschichte erzählen, Marcus, und danach können Sie dann Ihre Bedenken als Ingenieur gegen das abwägen, womit ich mich herumzuschlagen und was ich alles zum Wohl der Öffentlichkeit zu tun habe – verstehen wir uns

wer sagt denn, dass wir uns nicht verstehen, John

Sie haben jedenfalls eine merkwürdige Art, mir das zu zeigen – egal, diese Geschichte begann vor zwei Jahren, als ich eine öffentliche Auseinandersetzung mit dem Kultusministerium verlor, bei der es darum ging, dass drei kleine Grundschulen im Herzen meines Wahlbezirks weitergeführt werden sollten, ein Thema, das einen Großteil meiner Kernwählerschaft betraf, Männer wie Frauen, vor die ich treten und denen ich sagen musste, dass man ihre Schulen schließen sowie den jeweiligen Vorstand auflösen würde und dass jene unter ihnen, die Kinder hatten, sie nun jeden Morgen vier, fünf Meilen weit zur Schule fahren mussten – das aber sei die Geschichte, die sie vergessen sollten, damit sie sich auf die Tatsache konzentrieren konnten, dass sie jetzt eine brandneue Schule im Zentrum ihrer Gemeinde mit drei neuen Lehrern bekamen, Aufenthaltsräumen, Basketballplätzen, Umkleiden, eine Schule mit allem Drum und Dran – so mein Versprechen, das ich ihnen im Austausch für die Schließung ihrer kleinen Schulen gab, und dann habe ich sie zu mehreren Mediationssitzungen zusammengeholt, in denen die

Mitglieder der aufgelösten Vorstände der alten Schulen einem neu zusammengesetzten Vorstand zustimmen mussten, bis ich schließlich alles unter Dach und Fach hatte – monatelange Arbeit, unzählige Sitzungen und Präsentationen und bei Hinz und Kunz eingeforderte Gefallen, als aber die ganze Chose startklar ist, was passiert – ich erhalte einen Anruf von Curran, der mir sagt, dass er nach zwei Monaten immer noch auf die Freigabe des fertiggestellten Fundaments wartet, dass Betonsteinpflasterer und Verputzer vor dem Tor bei Fuß stehen und mit ihrer Arbeit anfangen wollen, aber

ich habe den Setzversuch selbst durchgeführt und

wer zur Hölle macht denn noch Setzversuche, brüllte Moylette, der nun am Ende seiner Geduld angelangt war,

jeder Ingenieur, der zwei Betonlaster mit unterschiedlichen Betonchargen auf die Baustelle fahren sieht, ordnet einen Setzversuch an, damit

erzählen Sie mir nichts von Beton,

unterbrach mich Moylette,

wie Sie sehr wohl wissen, hatte ich lang genug mit Beton zu tun, und damit Ihnen auch keine Zweifel kommen, erkläre ich Ihnen hiermit, dass Kelle, Mörtelbrett und Senkblei immer noch in meinem Kofferraum liegen für den Fall, dass der Wahlleiter eines Tages aufs Podium geht und der Welt verkündet, die Bürger dieses Wahlkreises wollen mich nicht länger – falls dieser Tag also kommt, brauche ich nicht weit zu gehen, um mir mein Werkzeug zu schnappen und wieder anzufangen, also erzählen Sie mir nichts von Beton oder Mörtel oder

John, es ist leicht, zum Hörer zu greifen und mich

aber da irren Sie sich, Marcus, es ist nicht leicht, es ist kein bisschen leicht, ich weiß mit meiner Zeit Besseres anzufangen, als Ihnen auf die Pelle zu rücken, Ihnen oder sonst wem, aber wenn es getan werden muss, dann mache ich das, und da ich Sie schon mal am Apparat habe, werde ich Ihnen gleich noch ein Bild heraufbeschwören, eines, das auch ein Ingenieur wie Sie versteht, also ich sehe das so – in achtzehn Monaten von heute an werde ich meinen besten Anzug tragen, mein sonnigstes Lächeln im Gesicht, und ich stehe zwischen einigen lokalen Würdenträgern, halte eine große, blitzende Schere in der Hand und schneide das Band durch, womit diese herrliche neue Schule in meinem Rücken eröffnet wird, ich mit einem großen, breiten Grinsen im Gesicht für die Kamera, schüttle jedem die Hand und rede mit Vätern und mit Müttern, damit sie in Zukunft, jedes Mal wenn sie die kleine Chloe oder den kleinen Keelin abholen, einen Moment innehalten, sich an mich erinnern und sagen,

also das muss man dem Moylette lassen, das hat er hingekriegt, auf sein Wort kann man bauen, denn

merken Sie sich meine Worte, so und nicht anders wird es kommen, und je eher Sie Ihre Ingenieursskrupel vergessen und Ihren Namen unter die Freigabe setzen, desto eher können wir weitermachen, und

kein Ingenieur wird das unterschreiben

scheiß auf die Ingenieure, brüllte Moylette, der endgültig die Geduld verlor

Ingenieure regieren nicht die Welt, das sollten Sie besser als jeder andere wissen, die Welt wird von der Politik und den Politikern regiert, und ich sage Ihnen hier und heute, dass mir scheißegal ist, wessen Name auf der Freigabe steht, aber

genau das ist der Unterschied zwischen Ihnen und mir, John

was für ein Unterschied

der Unterschied zwischen einem Politiker und einem Ingenieur ist, dass Ihre Entscheidungen bloß vier, fünf Jahre zu überstehen brauchen – eine Wahlperiode lang, und man wird Sie als Helden feiern –, doch was ich entscheide, muss weit länger halten, sonst ist mein Ruf bald im Eimer,

jetzt war ich wirklich sauer und fürchtete, mir könnte der Kragen platzen und ich ihn am Telefon abkanzeln, also schloss ich die Augen und lehnte mich auf meinem Stuhl zurück, riss mich zusammen und senkte meine Stimme, um ihm für seinen Anruf zu danken, sagte, seine Bedenken seien zur Kenntnis genommen, auf Wiederhören, wir reden noch mal darüber, ehe ich den Hörer mit einem üblen, verbitterten Gefühl auflegte, das tief in meinem Bauch rumorte, denn ich wusste genau, was hier ablief, konnte es körperlich spüren, diesen Druck, der selbst die Luft schwerer machte, was immer passiert, wenn

diese Enge,

diese verdammte Enge,

wo sich alles um mich herum zusammenzog, Luft und Licht sich zwischen den Wänden ballten, nur meinte ich diesmal daran zu ersticken, wie um mich herum alles in diesem verdammten Bürobunker erstarrte, in dem ich es nie länger als einige Stunden am Stück aushielt, bis es mich hinaus auf den hellen Flur trieb, der sich durchs ganze Gebäude zieht, und so war es auch an diesem Tag, nachdem ich aufgelegt hatte, ich sprang vom Tisch auf, von meiner Wut getrieben und vom wachsenden Druck, der mich umklammerte, raus auf den Flur und die Treppe runter, dann durch die Drehtür ins graue Licht des Märztags, um mit einigen anderen Büromitarbeitern, die sich gerade mit dem Rücken zur Hauswand ihre Nachmittagszigarette gönnten, auf dem Gehweg zu stehen, wo ich, froh über die frische Luft, die mir kalt in die Lunge fuhr, regengetränkt, ein Geruch nach Feuchtigkeit, versuchte, mich zu beruhigen und etwas Ordnung in meine Gedanken zu bringen, und dass

kurz bevor Mairead krank wurde, ein Vorfall, von dem ich ihr erzählte, denn das alles machte mir ziemlich zu schaffen, also erklärte ich ihr in groben Zügen die Situation, in der Moylette und ich steckten, vor allem, dass mein Name auf der Freigabe uns beide aus der Bredouille erlösen könnte, nur hatte ich selbst, sollte ich unterzeichnen, auch ein klares Bild davon, wie sich das Ganze in vier, fünf Jahren anlassen würde, denn dann

hätte sich der Bau gesetzt, hätte eine Handvoll Sommer und Winter hinter sich und wäre den ersten radikalen Temperaturschwankungen ausgesetzt gewesen, die inzwischen dafür gesorgt haben dürften, dass die Fundamentplatten sich ausgedehnt und zusammengezogen und dabei über ihre ganze Breite jener Scherspannung ausgesetzt gewesen waren, die sie in drei verschiedene Himmelsrichtungen auseinanderzerrte, die Risse fingen im Boden an und wanderten Millimeter um Millimeter die Wände hoch, Tag um Tag, zogen sich um die Ecken zum Türsturz hinauf, über Schwellen und Bodenbalken und ließen die Fußbodenheizung platzen, sodass, wenn die Schule geschlossen wurde, weil Wasser aus dem Boden quoll und die Versicherung einen ihrer Gutachter schickte, dieser nur einen Blick auf die Risse zu werfen brauchte, die ebenerdig anfingen, um die Dielen aufnehmen zu lassen und festzustellen, dass sie eindeutig auf jene Stoßflächen zurückgingen, wo drei Fundamentplatten aus unterschiedlichen Betonchargen aufeinandertrafen, und er würde gleich verstehen, was passiert war und sich fragen,

wer zum Teufel das denn abgesegnet hatte,

und wer immer es auch war, er gehörte erschossen mit einer Kugel aus seiner eigenen Scheiße,

so habe ich es Mairead erklärt, während

wir an diesem Tisch saßen,

einige Tage nach Moylettes Anruf, als sich das Ganze für mich ein wenig geklärt hatte, trotzdem war ich, auch wenn ich im Augenblick keinen Ausweg aus dieser Sackgasse sah – das angespannte Verhältnis von Politik und Ingenieurswesen – dankbar dafür, dass sie mich so geduldig anhörte, dankbar auch für die Klarheit ihrer Konfusion, als sie fragte

das verstehe ich nicht, mir ist klar, dass ihr beide unter Druck steht, aber ich begreife nicht, was er gegen dich in der Hand hat, um dich zu dieser Unterschrift zu zwingen – du musst dich ihm gegenüber doch gar nicht verantworten, und es gibt, soweit ich sehe, in dieser Sache auch keine direkte Befehlskette

stimmt, aber letzten Endes setzt sich die Politik immer gegen uns Ingenieure durch – der Wählerdruck wird dafür sorgen, dass man die Schule früher oder später baut, ob mein Name nun auf dem Papier steht oder nicht

aber wie soll das gehen – wenn du nicht unterschreibst, wer soll dann unterschreiben

das Ganze wird verschleiert, die Freigabe könnte verlorengehen oder die Verwaltung nimmt mir die Sache aus der Hand, um sie einfach durchzuwinken

so läuft das also

ich behaupte nicht, dass es tatsächlich so läuft, aber Moylette kann nicht zulassen, dass das ewig auf meinem Tisch rumliegt, früher oder später muss es weitergeleitet werden, aber ich will auch nur sagen, dass es einen Weg geben wird, das Problem zu lösen, und

ich habe immer gedacht, das Bildungsministerium wäre für Schulen verantwortlich, nicht der Grafschaftsrat

ist es normalerweise auch, doch gibt es Joint Ventures, bei denen Straßen und Versorgungsunternehmen betroffen sind

Politik

genau

also brauchst du jetzt einen Plan

ja

hast du einen

ich habe keinen, ich werde die Freigabe so lange zurückhalten, bis die schriftliche Anweisung auf meinem Tisch landet, endlich zu unterschreiben, und dann werde ich noch ein paar Tage länger drüber nachdenken – was Besseres fällt mir im Moment nicht ein, aber all das

nahm man mir kurz darauf aus den Händen, weil es Mairead schlecht ging und ich mich krankmelden musste, als ich am Freitagabend ging, lag das Projekt jedenfalls noch auf meinem Tisch, nur habe ich in diesen Tagen, in denen ich mich um Mairead kümmern musste, nicht länger daran gedacht, andere Sorgen ließen in meinem Kopf dafür keinen Platz, weshalb ich erst als Mairead langsam kräftiger wurde und ich in die Stadt fuhr, um ihre Medizin zu holen, wieder am Bauplatz in der Westport Road vorbeikam, die Sicht darauf mit Platten aus blauem Sperrholz versperrt, an das man Schilder der Curran Construction genagelt hatte, so

erzähl mir, was an dem Tag passiert ist, als sie das Fundament verlegt haben, bat Mairead,

während sie zwei Becher Tee auf den Tisch stellte und mit dem alten Brotmesser ein großes Stück Kuchen abschnitt, das schöne Messer mit dem Eschenholzgriff, das uns irgendwer vor über zwanzig Jahren zur Hochzeit geschenkt hatte und das uns im Laufe der Zeit ein guter Freund geworden war, ja inzwischen eine fast totemistische Bedeutung für uns erlangt hatte – insbesondere für mich, denn einige Jahre nach unserer Hochzeit besah Mairead sich das Messer eines Tages genauer, hielt es ins Licht, um mir zu zeigen, wie abgegriffen und abgerundet die schrägen Kanten des vom häufigen Waschen leicht gebleichten Eschengriffs waren, und die Klinge selbst trug Spuren vom häufigen Schleifen am Wetzstahl, dünne Striche, winklig zur Schneide, der Moment ein Schimmern in jener Art Licht, das einen klaren Blick auf die Herkunft des Messers gestattete, von aus urgeschichtlichem Dunkel stammenden Versionen in Form eines schlichten Flusssteins oder einer Feuersteinscherbe, über all die brüchigen Varianten in Bronze und Eisen hinweg, Schritt für Schritt die kausale Kette der Herkunft entlang, bis es schließlich wohlbehalten in ihrer Hand lag, geschliffen und dank ausgewogener Legierungen perfektioniert, alles Unzweckmäßige beseitigt, gezeichnet von den Spuren häufigen Gebrauchs, was Mairead zu den Worten veranlasste

ich mag es, ein Leben zu führen, das Spuren an den Dingen um uns hinterlässt,

ihr Segen für unser gemeinsames Leben und für all das, was sich um uns angesammelt hatte, Messer, Möbel, Geräte und Gerätschaften, die vielen Dinge, die uns durch den Tag begleiteten und durch steten Gebrauch ein wenig von ihrem Glanz verloren hatten, dafür aber lagen ihre abgerundeten Kanten und Ecken nun besser in der Hand, dienten leichter und ausgewogener ihren Zwecken, und auch wenn ich all das liebte – was ich tat –, war ich doch insbesondere dafür dankbar, mein Leben mit jemandem zu teilen, der die Aufmerksamkeit auf diese Dinge lenken konnte und sie einer Bemerkung wert fand, und die Aussicht auf ein Leben mit Mairead, das sich vor mir erstreckte, schien mir in diesem Moment, du träumst ja mit offenen Augen

was

ich habe dich gebeten, mir von dem Tag zu erzählen, an dem das Fundament gelegt wurde

stimmt, habe ich, war in Gedanken woanders

genau wie an jenem Morgen, als ich vor der Baustelle hielt, und, es ging auf neun Uhr zu, noch im Wagen sitzen blieb, um die Radionachrichten zu hören, ehe ich ausstieg, ein trockener Märztag mit einem selbst zu so früher Stunde schon kalten blauen Himmel, der perfektes Wetter für den Betonguss versprach, auf

der Baustelle bereits fünf, sechs Mann, manche mit Warnwesten, einer saß hinten im Lieferwagen und zog sich die Stiefel an, zwei stapften durch den verschalten Bereich, gingen sorgsam die Stahlbewehrung ab, prüften die Drähte, hockten sich hin, um sich das eine oder andere genauer anzusehen, Männer, die für ein paar Minuten die Zeit totschlugen, da von den Betonlastern noch keine Spur zu sehen war, und ich zog gerade meine Signalweste an, als Curran, der Bauunternehmer, auf mich zukam, sein Handy in die Jacke steckte und mir so laut, als wäre ich viel weiter als gerade mal drei Meter von ihm entfernt, zuschrie

sind gleich hier, noch zwei Minuten,

und wir gaben uns über die Schalwand hinweg die Hand, wobei ich gleich sah, dass die Bewehrung auf der Radonsperre ein ordentliches Stück Arbeit war, alle überstehenden Enden sauber abgetrennt und der Draht an jedem Schnittpunkt korrekt verrödelt, folglich bestand keine Gefahr, dass die Bewehrung nachgab, wenn der Beton gegossen wurde oder wenn er aushärtete, jedenfalls wusste ich gleich, dass hier gute Arbeiter am Werk gewesen waren, und wie stets war es mir ein Vergnügen, solch sauberes Handwerk zu bewundern und die vielen kleinen Details zu bemerken, die mir verrieten, dass man die eigene Arbeit respektierte, auch wenn sie, wie diese sauber abgetrennten Drähte, für den Rest der Ewigkeit unter Beton begraben wurde, die aufgebrachte Sorgfalt und Gründlichkeit zu bewundern, fiel mir leicht, und Curran muss mir meine Zustimmung angemerkt haben, denn er setzte hinzu, die beiden Crayns setzen die Steine

Walter und Frank

Walter und Frank, die kommen in ein paar Wochen, und

man merkte ihm an, wie stolz er darauf war, diese beiden Brüder unter Vertrag zu haben, die gemeinhin als die besten Maurer der ganzen Gegend galten und von den nach ihnen kommenden Dachdeckern und Verputzern geliebt wurden, wussten die doch, dass die Mauern glatt und gerade sein würden, was ihre eigene Arbeit auch ordentlicher aussehen ließ, wobei die Dachdecker die beiden ganz besonders schätzten, denn sie wussten, die Mauern mussten nicht nachbearbeitet, die Krone nicht nivelliert werden, das Ganze würde manierlich und sauber sein, oder, wie ein Zimmermann mal über die Arbeit der beiden sagte,

da setzt man einfach nur noch das Dach auf die Mauern, als würde man eine Mütze aufsetzen, und

da tauchte auch schon der erste Betonlaster vor der Baustelle auf, der Fahrer schaltete runter, bremste, begrüßte Curran und beugte sich vor, um sich die Anfahrt beschreiben zu lassen, ehe er langsam wieder losrollte und den Laster den Weg hinunterfuhr, mit einer Hand am Steuer und aus dem Fenster gelehnt, um ein Gespür dafür zu kriegen, wie fest der provisorische Untergrund war, der unter den Reifen leicht nachgab, doch hielt er die Spur, während der Grund vom großen Gewicht verdichtet wurde und der Laster langsam weiterrollte, bis er neben der auf der Ladefläche eines LKWs montierten Betonpumpe hielt, die wie eine Gottesanbeterin über der Baustelle aufragte, mittlerweile hatten die beiden Männer den geschalten Bereich wieder verlassen und standen nun mit Schaufel und Glätter bereit, während der Fahrer aus seiner Kabine sprang, um ein paar Worte mit Curran zu wechseln, ehe er die Pumpe mit seinem Laster kuppelte, und

jeder Mann prüfend zum Himmel aufblickte, doch war man allgemein der Ansicht, das Wetter werde sich halten, später könne es ein paar leichte Schauer geben, aber das sei nicht weiter schlimm, so lange es nur kühl genug blieb, und der Fahrer meinte nachdenklich, ein idealer Tag, um Suppe abzukühlen oder ein Fundament zu gießen, was immer von beidem man auch gerade tun wolle, aber da

spritzte schon der Beton unter Druck aus dem Schlauch mitten in den Schalbereich, ergoss sich in einem dicken Brei über die Radonsperre, häufelte auf und breitete sich dann durch sein Eigengewicht aus, bis er über die Stahlbewehrung anstieg, während die Männer mit den Glättern vorrückten, um ihn gleichmäßig in alle Ecken zu verteilen, und ich meinen ersten Setzversuch machte, einen Metallkegel mit Beton füllte, auf die Unterlegplatte setzte und, nachdem ich den Kegel abgezogen hatte, das Setzmaß feststellte, welches mir verriet, dass der Beton innerhalb des Toleranzbereichs in sich zusammensank, alles also seine Ordnung hatte, und ich schob den Beton von der Unterlegplatte und trat zurück, um den Männern beim Abziehen zuzusehen, einer von denen trat mit dem Rüttler unterm Arm vor und tunkte ihn in den Beton, der gleich jeden Widerstand aufgab und sich verflüssigte, um innerhalb der Schalung auf seine natürliche Höhe abzusacken, sodass ihn die beiden dem Rüttler folgenden Männer mit dem Glättbrett bearbeiten konnten, es über die nasse Oberfläche zogen, wodurch die Oberfläche glatt und glänzend wurde, und auch wenn

ich das schon zigmal gesehen hatte, gibt es doch immer noch Anlass zu staunen, wenn ein Betonfundament gegossen wird, da in diesem Moment viel an Fähigkeit und Kompetenz zusammenkommt, das nötige Timing, die Kooperation, und allein wie die Betonflut ansteigt und sich dann verteilt, scheidet wie nichts sonst im Bauverlauf das Tatsächliche vom Theoretischen, macht das Ganze auf eine Weise real, wie es etwa der Baufeldräumung oder dem Ausheben des Fundaments nie gelänge, auch wenn dies eindeutige Stationen im Übergang eines jeden Gebäudes vom Abstrakten zum Realen sind, allerdings trennt keine das ideale Reich der Pläne und des Papierkrams so eindeutig von der physischen Welt wie das Betongießen, wenn sich das Gebäude endlich aus der Erde erhebt, und obwohl ich es schon so viele Male bei öffentlichen Gebäuden erlebt habe – Büchereien, Kläranlagen und was weiß ich –, packt mich auch nach zwanzig Jahren noch die Begeisterung, dieses Gefühl von Verblüffung, wenn ein Gebäude im blauen Licht der Welt Masse und Gestalt gewinnt, aber noch so manches zwischen diesem ersten Guss und jenem feierlichen Ereignis schiefgehen kann, mit dem

das Gebäude schließlich seinem Zweck übergeben wird im Rahmen einer offiziellen Eröffnungsfeier, zu der natürlich alle hohen Tiere aus dem Umkreis zusammenkommen – der Pfarrer, die Mitglieder des örtlichen Sportverbandes, die Grafschaftsräte –, Vertreter der vielen lokalen Institutionen, die das Leben einer jeden Kleinstadt und eines jeden Dorfes in diesem Teil der Welt organisieren, und da

ich an so vielen dieser Band-durchschneiden-Zeremonien teilgenommen habe, stets außerhalb des Schussfeldes der Fotografen, die Arme vor der Brust verschränkt, gestatte ich mir manchmal zu glauben, ich hätte mein Leben etwas gewidmet, das für die Verbesserung des menschlichen Daseins steht, ein Gedanke, der sich so nachhaltig in mir festgesetzt hat, dass jener Teil in mir, der auf den Glauben an die Dinge angewiesen ist, es für eine religiöse Berufung mit ihren ureigenen Ritualen und Glaubensartikeln hält, von jenem Tag des Jüngsten Gerichts in einem überwölbten, balkengestützten Jenseits ganz zu schweigen, wo die Seelen der Ingenieure nach lebenslangem Verschleiß im Getriebe der Welt gewogen und bewertet werden, wo man sich vor einem Tribunal verantwortet, auf die eigenen Werke deutet und sagt

das ist es, wofür ich mit meinem Namen bürge, dies sind die Bauten, denen ich all meine Energie, meine ganze Inspiration gewidmet habe

diese Krankenhäuser und Büchereien,
diese Wasseraufbereitungsanlagen,
diese Kläranlagen,
diese öffentlichen Beleuchtungsanlagen,
diese Landes- und Kreisstraßen,

diese öffentliche Wasserversorgung,

diese Trinkwasserbecken,

diese kilometerlangen Wander- und Radwege,

diese Brücken,

diese kreuz und quer übers Land verteilten Wohnhäuser,

die Arbeit eines Bauingenieurs,

Amen,

und ein Vierteljahrhundert Arbeit eines einzigen Mannes, alles, was ich getan habe, seit ich mit Mitte zwanzig diesen Job annahm und wofür ich Jahr um Jahr mit meinem Namen einstand, Projekte, die sich zusammengenommen zu einer vollständig erschlossenen Metropole mit angemessenem Wohnraum für circa hunderttausend Seelen addieren würden, inklusive aller Einrichtungen für Gesundheit, Bildung und Freizeit mit kompletter Infrastruktur, eine ansehnliche Stadt, ihre Ausmaße in so einer Zusammenstellung durchaus verblüffend, habe ich doch Jahr um Jahr kaum darüber nachgedacht, zu was sich meine Arbeit summieren würde, bin einfach nur Tag für Tag ins Büro gegangen, wo mein Tisch, mein Computer und die Zeichenutensilien auf mich warteten oder zur Baustelle, um mich zu vergewissern, dass alles nach Plan lief und dass es nicht allzu viele Unterschiede gab zwischen dem, was auf dem Papier stand, und dem, was in Holz, Beton und Stein daraus wurde, denn

dies ist meine Arbeit,

dies ist, woran ich geglaubt habe,

etwas, worauf Darragh herumritt, seit er von meiner Zeit im Priesterseminar gehört hatte, warf er mir doch vor, ich hätte den einen Glauben gegen einen anderen getauscht,

habe ich das,

scheint so, sagte er, hast dem Kreuz den Rücken zugekehrt, um den Theodoliten aufzunehmen,

lieber Himmel,

ist doch allgemein bekannt, dass Ingenieure dort weitermachen, wo Gott aufgehört hat,

muss an mir vorbeigegangen sein,

sechs Tage hat Gott gearbeitet, erschuf Himmel und Erde, trennte die Dunkelheit vom Licht, am siebten Tag aber trat er einen Schritt zurück und überließ dir und deinesgleichen Zirkel und Winkelmaß, und sagte, von hier an schafft ihr Jungs das auch allein, oder zumindest etwas in der Art,

darauf also geht unsere Autorität zurück,

ja, die alten Tage, auf den Knien am Himmelsrand, der Leere mit Winkelmaß und Zirkel zu Leibe gerückt, Haar und Bart flatternd im kosmischen Wind, der Schöpfer, nicht zu verwechseln oder gleichzusetzen mit jener schwächeren Version seiner selbst, die sich in eine ausweglose Lage manövriert hatte und einen Vertrag mit dem eigenen Sohn schließen musste,

ich dachte, die wären ein und derselbe,

würde dich überraschen, wie viele das glauben,

und das war zu jener Zeit, da er tief in seiner Schlafzimmerklugscheißerphase steckte, Tag und Nacht im Licht des Computerbildschirms verbrachte, völlig gefangen von einem strategischen Weltenbauspiel namens *Civilization*, in dessen Verlauf er innerhalb von zwei Monaten aus einer winzigen Siedlung am Fluss eine wehrhafte Stadt geschaffen hatte, eine Zitadelle, die, sobald er sie ausreichend gesichert und versorgt wusste, Sitz eines Despoten wurde, der seine Armeen nach und nach in stets weiterer Entfernung von den Stadtmauern einsetzte, um umliegende Gehöfte und Siedlungen zu verheeren, expansionistische Bestrebungen, die Darragh gern förderte – ein starker Führer, so drückte er sich aus –, woraufhin ich mich, nachdem er mir die Spielregeln erklärt hatte, in seinem verdunkelten Zimmer an den Schirm setzte, um mein Glück zu versuchen, während ich in Gedanken schon deutlich vor mir sah, wie die neoklassische Stadt aufblühte, ein Ort mit sonnenhellen Plätzen und öffentlichen Brunnen, Büchereien, städtischen Bädern und Kinderkrippen, dazu breite Straßen, die ein gutes Verhältnis von Einkaufsmöglichkeiten und Wohngegenden erlaubten, die vielen widersprüchlichen Anforderungen von Arbeit und Wohnen in einem urbanen Raum gegeneinander abgewogen, all dies rund um einen großen, zentralen Park, in dem sich während der Sommermonate picknickende Familien drängten, die mit Touristen umsonst Konzerten lauschten oder sich auf einer Freilichtbühne Theaterstücke anschauten – eine Vision urbaner Planung im Dienste einer glücklichen Bevölkerung,

ein massiver evolutionärer Sprung angesichts des Urwalds und der öden Marschlande, in denen ich mich zu Beginn des Spiels befand, und mein Avatar – ein missmutiger, muskelbepackter, fellbehängter Protz mit gehörntem Helm, der aussah, als wäre er genau der Richtige für Viehdiebstahl und Plünderungen, als Gründer von Stadtstaaten aber nicht sonderlich vertrauenserweckend wirkte – stand da im sumpfigen Land, kein Pferd oder Werkzeug zur Hand, aber in diesem simplen Point-and-Click-Spiel konnte ich ihn nicht dazu bringen, einen Brunnen zu graben oder sich im Gebüsch einen einfachen Unterschlupf zu bauen, weshalb er den brutalen Nachttemperaturen ungeschützt ausgesetzt war, was ihm in meinen ersten Versuchen das Leben kostete und dem Mann zudem eine lange Todesqual bescherte, wenn das Rudel Wildhunde ihn zerriss oder er unter klarem Himmel in einem Sumpfloch versank, die Hilferufe ungehört verhallten, all diese vielen Arten und Weisen, auf denen Zivilisationen misslangen und scheiterten, das Bild erstarrt, wenn mein Avatar ertrank, erfror oder zerrissen wurde, der Monitor schwarz, dazu das endgültige Aus,

Game over,

in Schwarzweiß als wäre es das Ende der Welt,

Game over,

und hinter mir Darragh, der laut lachte und krähte,

typisch Ingenieur, zu stolz, sich die Hände schmutzig zu machen,

ich protestierte, ich

würde sie mir schon schmutzig machen, wenn es denn etwas gäbe, womit ich arbeiten könnte,

Darragh kicherte wieder vor sich hin und freute sich darüber, wie ich es immer wieder verbockte, nur gut, dass du nicht für den Bau der ersten Siedlung verantwortlich warst, sonst würden wir am Rande der Geschichte noch immer Flintsteine behauen – schätze, deshalb gibt es auch keinen Beleg dafür, dass Adam Ingenieur war, und

du bist ja schon wieder eingeschlafen

was

gerade hast du erzählt, was passierte, als die zweite Ladung Beton gegossen wurde – Himmel, träumst du oft so vor dich hin tut mir leid, musste gerade an was anderes denken,

genau wie damals, als der zweite Betonlaster auf die Baustelle fuhr und ich gleich sah, dass damit irgendwas nicht stimmte, denn der erste kam von Corcoran – gelbrote Markierungen an der Seite – dieser aber war blau und von Ward, ziemlich eigenartig – zwei verschiedene Betonlieferanten für dieselbe Baustelle, was aber eigentlich nicht weiter wichtig war, solange die Zusammensetzung beider Chargen übereinstimmte, was natürlich

nicht zutraf,

so ein Scheiß auch,

und ich musste mir nur die Ergebnisse vom Setzversuch ansehen, um festzustellen, wie verschieden sie waren, unterschiedliche Betonzuschläge, unterschiedliche Mischungsverhältnisse, an den beiden Betonkegeln deutlich zu erkennen, ihr unterschiedliches Setzmaß und die unterschiedliche Verdichtung, ehe ich die Hand hob und zu Curran hinüberbrüllte,

aufhören, schrie ich gegen den Motorenlärm des Lasters an, aufhören, und

er kam auf mich zu, sein breites Gesicht ausdruckslos, dabei wusste er nur zu gut, was passieren würde, ich sah es seinem verfluchten Gang an, die Schultern bis zu den Ohren hochgezogen, die Kiefer zusammengepresst,

was ist, fragte er, was,

Sie wissen verdammt genau, was los ist, Sie können diesen Beton nicht ins Fundament gießen

was meinen Sie mit *diesem* Beton,

Sie können diesen Beton nicht gießen, weil das eine andere Charge ist, die sich von der gerade gegossenen absetzen wird – das muss ich Ihnen doch nicht erklären, Sie sind schließlich lang genug im Geschäft

und was soll ich Ihrer Meinung nach jetzt damit anfangen

mir völlig egal, was Sie damit anfangen, solange Sie ihn nicht ins Fundament gießen

Curran zeigte mit ausgestrecktem Arm auf den Laster,

da sind neun Kubikmeter Beton drin, und wenn Sie glauben, ich schicke die zurück ins Werk, dann haben Sie sich geirrt, und

er sah mich dabei mit einiger Mordlust an und hatte sich so breitbeinig vor mir aufgepflanzt, als fordere er mich zum Duell, so stand ich ziemlich ungeschützt in der Kälte ihm und den fünf Männern gegenüber, die hinter ihm mit Schaufeln und Schiebern warteten, Männer, die mit ihrer Arbeit weitermachen wollten und in mir nur ein Hindernis sahen, einen verfluchten Bürohengst mit technischen Einwänden oder irgendwelchem Papierkram, der eine neue EU-Vorschrift zitierte, typischer Behördenmist, der echte Arbeit erschwert,

dann sagen Sie mir, was ich verdammt noch mal in die Verschalung gießen soll

ich kann Ihnen nicht sagen, was Sie da reingießen sollen, aber ich kann Ihnen sagen, wenn Sie diese Charge ausgießen, verweigere ich meine Unterschrift, und Sie können lange warten, bis der erste Stein auf diese Platte gesetzt wird, so viel kann ich Ihnen versprechen,

Curran hielt so abrupt inne, als wäre er gegen eine Glaswand gelaufen, und ich bekam es wahrhaft mit der Angst zu tun, denn wir hatten das Ende unserer Auseinandersetzung erreicht, kurz wie sie gewesen war, von hier aus konnten wir nirgendwo mehr hin, wir hatten die Karten auf den Tisch gelegt und waren an einem toten Punkt angelangt, auf beiden Seiten keine Fluchtmöglichkeit, so starrten wir uns über drei Meter Schotter hinweg an, zu aufgebracht und verängstigt, um vor den Augen der Männer einen Rückzieher machen zu können, und der Moment zog sich derart schmerzlich in die Länge, dass Curran schließlich einer Eingebung folgte, in den Anorak griff, sein Handy herausholte, mit dem Daumen darauf herumhackte, ohne mich aus den Augen zu lassen, und sagte

ich mache diesem verdammten Drama ein Ende,

dann senkte er den Kopf zum Handy und schrie,

hallo, hallo,

während ich zuhörte, denn auch wenn ich die Chance nutzen und von der Baustelle hätte verschwinden sollen, solange er telefonierte, wollte ich doch hören, wie es weiterging, also blieb ich stehen und starrte diesen breiten Rücken an, konnte beim Lärm des Lasters aber kein Wort verstehen, sah nur, dass sein Mund am Handy klebte und er jetzt im Mittelpunkt der Aufmerksamkeit stand, um ihn herum seine Männer, nervös angesichts der Wendung, die die Dinge genommen hatten, der Fahrer an der Pumpe, die Hand auf dem Druckhebel, bereit, ihn im Nullkommanichts zu bedienen, aber noch blickte er diesen großen Mann im Anorak unverwandt an, der im grauen Licht auf und ab lief und auf den Boden starrte, den Schotter, über den er mit seinen Sicherheitsstiefeln trampelte, ehe er sich schließlich umdrehte und seine Stimme bis zu mir vordrang,

bestens, so kann es gehen,

dann schnappte er das Telefon zu und winkte mit dem Arm im grauen Licht,

lasst den Scheiß laufen, brüllte er, gießen wir, und

stiefelte zum Betonlaster, ehe er innehielt, weil ihm einfiel, dass ich auch noch da war, also drehte er sich um und brüllte mir immer noch aus vollem Hals zu,

Sie können da stehen, so lange sie wollen, aber der Beton wird heute gegossen, und Sie können einen Scheiß dagegen tun, überhaupt weiß ich nicht, was so ein Grafschaftsingenieur auf meiner Baustelle zu suchen hat

der Bau untersteht der Grafschaft, Curran, fällt in unsere Verantwortung, deshalb bin ich hier, aber noch während ich das sagte, zog die Hand des Fahrers am Druckhebel, und der Motorenlärm wurde lauter, als der Beton durch den Schlauch strömte und auf die Bewehrung schwappte, drei Männer mit Schaufeln standen vornübergebeugt und warteten darauf, dass der Beton um ihre Stiefel herum anstieg, das war jedenfalls das Letzte, was ich sah, ehe ich zur Straße ging, mich in meinen Wagen setzte und davonfuhr,

willst du damit sagen, Curran hatte eine einflussreiche Person am Telefon

ich sage nur, meist merkt man es sofort, wenn politischer Druck ausgeübt wird, dafür entwickelt man eine Art Antenne, lernt die Stimme desjenigen zu erkennen, der hinter dem steht, mit dem man gerade spricht – und man begreift, dass X den Kopf für Y hinhält, nicht aber für Z und so weiter, ist eine Art verdecktes Bezugssystem, nach einer Weile kennt man das genau

meine Güte, klingt ja wie Freimaurerei, ein Abnicken und Durchwinken und

an der großen Mehrzahl der Entscheidungen gibt es nichts zu beanstanden, sie gehen problemlos durch, hin und wieder aber gibt es Überlegungen, die mit Ingenieurbelangen nichts zu tun haben, und da hat man dann schon das Gefühl, unter Druck zu stehen

nur warum sollten zwei verschiedene Werke Beton für ein und dieselbe Baustelle liefern

genau das ist die Frage, ich vermute, dass man den Auftrag an zwei Lieferfirmen vergeben hat, weil die Schule das letzte öffentliche Bauprojekt dieser Größenordnung für die nächsten zwei Jahre sein wird, und im Baugewerbe gilt es als offenes Geheimnis, dass die öffentliche Hand in absehbarer Zukunft kein Geld mehr rausrückt, also hat man sich zusammengesetzt und sich auf denselben Preis geeinigt, woraufhin es politischen Druck gab, den Auftrag zu splitten

klingt nach geheimer Absprache

war es auch – es gibt nur eine Handvoll Betonwerke in diesem Kreis, vier, fünf, und alle sind auf dieselben öffentlichen

Verträge angewiesen, die aber stetig weniger werden, weshalb man sich höchstwahrscheinlich untereinander abgesprochen hat, wobei drei von denen vermutlich gesagt haben, sie hätten für die nächsten achtzehn Monate Arbeit genug, zwei aber meinten, ihre Aufträge seien abgearbeitet, deshalb bräuchten sie unbedingt einen neuen, und kaum stand das fest, haben sich die beiden auf einen Preis geeinigt, mit dem sie sich bewerben wollten, damit keiner den anderen überbot oder erst gar kein Angebot abgab

aber auch wenn zwei Anbieter denselben Preis nennen, könnte man doch eine Münze werfen und den Auftrag an nur einen von ihnen vergeben

könnte man, aber ehe der Antrag ins reguläre Ausschreibeverfahren geht, wendet man sich an seinen Lokalpolitiker und lässt einige Andeutungen hinsichtlich der dreißig, vierzig Arbeitsstellen fallen, die von diesem Auftrag abhängen, die dreißig, vierzig Haushalte, die es so schwer treffen dürfte, dass bei der nächsten Wahl

ein Freund in der Kommission

gut möglich, also setzen sich die Ratsherren an einen Tisch und stellen fest, dass es in ihrer aller Interesse ist, den Auftrag unter den zwei Firmen in ihrem jeweiligen Landstrich aufzuteilen

aber es geht doch nur um ein paar Lieferungen Beton

es geht um weit mehr – dazu gehört die Verschalung, die Betonzusätze und Instandhaltung, die Betonsteine, Türstürze, Randsteine, Schotterung und Oberflächenbearbeitung – der Auftrag dürfte die beiden Firmen die nächsten zwölf Monate über die Runden bringen – und wer weiß, was bis dahin alles geschieht, also

Mairead schüttelte verblüfft den Kopf, öffnete ihr Gesicht zu einem Lächeln, und ich war froh darüber, dass sie es so leichtnahm, es befreite mich von einer Last und tat mir gut,

ihr Gesicht jetzt vor mir,

Mairead mir gegenüber am Tisch,

so klar und deutlich, als säße sie wirklich vor mir, ihr Gesicht wie in den Tagen, ehe sie krank wurde, die Winterblässe dank der frischen Frühlingstage verflogen, gut gelaunt, weil sie gerade die ersten Pflanzen in ihr Beet vorm Haus gesetzt hatte, eine Arbeit, die, wie sie jedes Jahr sagte, etwas in ihrer Seele anrühre und die für mich ein sicheres Anzeichen dafür war, dass es mit dem Winter ein Ende hatte, ganz unabhängig davon, was der Kalender behauptete, weshalb sie, als ich an jenem Tag um die Hausecke kam, auch

im Garten saß,

in Steppjacke und Trainingshose, beide Hände um eine Tasse Kaffee gelegt, und einfach aussah wie die Frau, die sie war, eine attraktive Schullehrerin mittleren Alters, die sich nach einigen Stunden Arbeit im Garten eine Pause gönnte, und der man, selbst in diesen entspannten, sorglosen Momenten, jene schulmeisterliche Strenge ansehen konnte, die sie aus dem Klassenzimmer mitbrachte und die wir, in den frühen Jahren unserer Ehe, weidlich zu nutzen wussten, wenn Mairead sich in der Rolle der gestrengen Schullehrerin, die sich von dem ungehobelten, aber sensiblen Lümmel aus der letzten Bank nehmen ließ, über den Tisch gebeugt, im Flur, wo auch immer – wir hätten beide nicht behauptet, diese Fantasie sei besonders originell, spielten unsere Rollen aber mit solchem Elan, dass die Begeisterung uns zu jenem Moment trug, da wir von einem gierigen, manchmal derart intensiven Verlangen nacheinander überwältigt wurden, dass Mairead sagte, sie finde, es habe etwas Kosmisches und sie fühle sich fähig, die Welt zur Erlösung zu vögeln,

ihre Worte,

beim Vögeln alle Engstirnigkeit und Verzweiflung hinter uns zu lassen, die uns im alltäglichen Leben manchmal zusetzten, im Liebesakt umschlungen fanden wir den Weg zu jenem Schmelzpunkt, in dem nur das, was wahrhaft und unbefleckt in uns war, überdauerte, alles andere wurde fortgebrannt und ließ uns nackt zurück, die Sinne offen, um einander und der Welt das Beste zu geben, das wir um uns herum geschaffen hatten, etwas, das damals zum Glück oft genug geschah und es uns heute, im mittleren Alter, erlaubte, am Tisch einander gegenüberzusitzen und daran zu denken, dass wir unseren Teil an Leidenschaft erlebt hatten, wir waren, was das anging, nicht zu kurz gekommen, und

all dies stürzt in einer unaufhaltbaren Sturzflut auf mich ein,

während ich hier am Tisch sitze,

Gesichter, Wörter, allerhand Bruchstücke, die durch mich hindurch in eine schwindelerregende, vielschichtige Tiefe fallen, dahinter nichts als ein dunkles Vergessen, das mich aufzusaugen droht, eine schwarze Schwerkraft, die mich anzieht, an meinen Fingerspitzen zerrt, sodass ich mich, würde ich noch einen Moment länger dort verweilen, vielleicht gänzlich verlieren würde, weil mir etwas Solides fehlt, an dem ich mich festhalten konnte, etwa

die Frühlingsröte, die in jenen Tagen auf Maireads Wangen prangte, ehe sie krank wurde,

dieser Schimmer, für mich stets ein weiteres Zeichen dafür, dass der Winter vergangen war, brachte er doch die frohe Nachricht, dass unsere Welt zu einem wärmeren, helleren Ort wurde, an dem es uns an Haut und Knochen besser ging, keine Winterkälte mehr, die uns lähmte, und Mairead hatte tatsächlich, wie immer nach dem ersten März, bereits die Gartenmöbel aus dem Schuppen in den hinteren Garten gestellt, weshalb es mich nicht überraschte, sie da sitzen zu sehen, als ich an jenem Tag um den Giebel bog, Mairead in ihrer Steppjacke mit einem Becher Kaffee und einem Buch, der Tag mit dem steingrauen Himmel längst nicht warm genug, doch fand Mairead seit jeher, man müsse die Sonne an den Himmel locken, und dass es ihre Aufgabe sei, der Sonne den Weg zu weisen, indem sie sich an einem grauen Märznachmittag mit kaltem Rosenrot im Gesicht an den Gartentisch setzte, die

Gebieterin in ihrem Reich,

eben dies genau der Grund, weshalb sich Mairead für unser Haus entschieden hatte, damals, vor all den Jahren, als sie es zum ersten Mal sah, das Haus selbst eher gewöhnlich, ungewöhnlich aber der große Garten, der Sonnenlicht versprach, sodass Mairead, als wir in jenen Sommerwochen nach einer Bleibe suchten, dieses Haus zu drei verschiedenen Gelegenheiten aufsuchte und jedes Mal eine Stunde später wiederkam, um mitten im Garten zu stehen, das Gesicht nach oben gewandt wie eine fahle Sonnenblume, bis sie am dritten Abend gegen neun Uhr, der Hausschatten schon halb hinab bis zum Erdwall, der die Grundstücksgrenze markierte, den Kopf senkte und sagte,

ja, das ist, wonach wir suchen,

und erst da ging mir auf, dass sie geprüft hatte, wie im Hochsommer die Sonne auf dem Haus stand, und sich freute, dass der Großteil des Gartens erst ab halb zehn abends im Schatten lag, so also

sah ich sie an jenem Frühlingsnachmittag, Sonnenlicht in schrägem Winkel, ein Hauch Frost in der Luft, mitten auf dem Rasen am Tisch sitzen, eingemummelt in ihre Steppjacke, einen Becher Kaffee in der Hand, die Kopfhörer ihres iPod im Ohr, in ihr Buch vertieft, und dann

etwas Seltsames,

wirklich Seltsames,

denn als ich mich ihr näherte, ohne dass sie es merkte, dieser Frau, mit der ich seit fünfundzwanzig Jahren verheiratet war, ihr Profil sah, das über die Schultern fallende Haar, dazu ihre Art, den Kopf schief zu legen, wenn sie aufmerksam zuhörte oder sich konzentrierte, da sah ich, dass

ein Mensch und sein ganzes Leben

von diesen wenigen Details so klar bestimmt wurden, dass man, sollte irgendwer diese Frau je wiedererschaffen wollen, mit dem Licht und den Konturen dieser Haltung beginnen könnte, die so charakteristisch für sie waren, um dem Äther ihre Bauform zu entlocken, ihre Struktur und Linienführung, all die Striche und Umrisse, die sie zu der Frau machten, die sie an jenem Tag war, gesund, bei wachem Verstand und zufrieden, dieser Moment, in dem sie sich ganz ihren Büchern widmete, ihrer Musik, auf eine Weise weltvergessen, die es erlaubte, deutlich etwas Wahres, Ungeschütztes von ihr zu zeigen, sodass ich an der Hausecke verharrte, sie aus diesem Abstand musterte und kaum glauben konnte, dass ich bereits ein Vierteljahrhundert lang mit dieser Frau zusammenlebte, die in wenigen Tagen

an einer Infektion erkranken sollte, die sich nicht nur stadtweit ausbreiten, sondern auch als dermaßen virulent erweisen würde, dass sie sich in jenen schmalen Spalt des gewöhnlichen Lebens dieser Frau vordrängte, aus dem sich das boshafte Zeug so schwer wieder vertreiben ließ, eine Zeit,

in der Agnes mich mit Nachrichten aus dem Katastrophengebiet

auf dem Laufenden hielt, ihre Anrufe kamen jeden Abend gegen sieben Uhr, wenn ich am Küchentisch saß und über den Garten hinweg auf die Berge in der Ferne schaute, die im grauen Frühlingsdämmer aufragten, ihre Stimme am andere Ende, die mir im Ton verhaltener Aufregung sagte, dass sich die Kunde von ihrer Installation in der Stadt verbreite und für einen steten Besucherstrom in der Galerie sorge,

nicht nur die üblichen Gratulanten, auch Leute, die sich tatsächlich auf ihr Werk einließen, und dann die Aufsicht oder der Galeriebesitzer, die ihr das Gästebuch zeigten, in dem sich stets neue, begeisterte Kommentare und Anmerkungen fanden, Besucher, die in der Ausstellung überwiegend eine begrüßenswerte künstlerische Auseinandersetzung mit einigen der heikleren gesellschaftlichen Problemen sahen, zu lange von der bildenden Kunst ignoriert, die sich nur allzu willig auf eine Privatrhetorik zurückzuziehen schien in einer Zeit, in der man eigentlich erwartete, dass sie sich mit dem weiteren sozialen Umfeld befasste, zudem hatte es eine wohlwollende Besprechung in einer Sonntagszeitung gegeben – was an sich schon ziemlich ungewöhnlich war, wie Agnes mir versicherte –, einen Artikel, der ihr Thema des menschlichen Körpers als eines rhetorischen Feldes aufgegriffen hatte, was gut zu einer Zeit passe, in der die Stadt selbst aus Gründen in den landesweiten Nachrichten Thema sei, die mit der Souveränität und Integrität des Körpers innerhalb einer Demokratie zu tun hatten, eine positive Besprechung, sagte Agnes, welche die Bedeutung ihres Werks über den engen Kreis dieser Stadt hinaus betonte, ein so kluger Beitrag, dass sie hoffe, diese beiden Druckseiten mit ihren Farbillustrationen könnten die Aufmerksamkeit eines Kurators einer der etwas risikofreudigeren Galerien in Dublin auf sich ziehen – es bestehe die Chance, auch wenn sie nicht damit rechne, sie wisse, wie schwierig es sei, aus der provinziellen Kunstszene auszubrechen, für den Augenblick aber

genieße sie das warme, wohlige Gefühl, das einen nach langer, konzentrierter, jetzt beendeter Arbeit überkomme, sie sei sehr müde und müsse noch viel Schlaf nachholen, aber sie fühle sich gut, und heute sei sie tatsächlich wieder zurück ins Atelier gegangen, zum ersten Mal seit Beginn der Ausstellung, hätte den Vormittag damit verbracht, all ihren Kram durchzusehen, Notizen und Zeitungsausschnitte, aber auch die Skizzen und Vorlagen, nach denen sie gearbeitet hatte, und es gebe viel mehr aufzuräumen, als sie geglaubt habe, sie würde also wohl noch mindestens einen weiteren Tag brauchen, bevor sie damit fertig sei, aber egal, es sei ein gutes Gefühl, die Spuren alter Arbeit aus dem Atelier zu beseitigen und freien Raum zu schaffen, der sich ihr jetzt eröffne, Raum für neue Experimente, sie freue sich schon darauf, ihn zu erkunden, aber nein, sie sei sich nicht sicher, was sie als Nächstes anfange, allerdings habe sie so ein Gefühl, dass sie

sich wieder Ölgemälden zuwenden wolle, sie fühle sich aufs Neue davon angezogen und sie vermisse das langsame Aufbringen, die Art, wie sich erst über Wochen die endgültige Farbsättigung zeigte, bis das Bild dann schließlich fixiert wurde, sie vermisse, wie sich die Zeit verlangsame, wenn sie mit Öl arbeite, es würde sie entspannen, wieder diesen Geruch wahrzunehmen, Ölfarbe gemischt mit Leinöl, eine willkommene Abwechslung nach der intimen Beziehung, die sie in letzter Zeit zu ihrem eigenen Blut entwickelt hatte – und wo wir gerade dabei sind,

etwas Seltsames,

sie gewöhne sich mittlerweile daran, auf der Straße von jenen Randmitgliedern der Gemeinschaft bildender Künstler angesprochen zu werden, die ihr unbedingt ihre Bewunderung für die mutige – deren Wort – Arbeit aussprechen mussten, Künstler in ihrem Alter mit Tattoos und Piercings, zu viel Mascara,

ist doch verrückt, Dad, sagte sie, all die Jahre male ich Ölbilder und konnte unbehelligt durch die Straßen laufen, aber in dem Moment, in dem ich den Pinsel beiseitelege und zur Nadel greife, wollen die Leute in mir unbedingt eine Art Johanna von Orleans oder was weiß ich sehen, jemanden, der sich selbst opfert, eine beispielhaft Leidende, die gegen ich weiß nicht was aufbegehrt, und

ich war froh, Agnes eine Weile auf diese Weise reden zu hören, denn es beruhigte mich zu wissen, dass wenigstens sie dort draußen eine gute Zeit hatte und sich auf eine Weise mit der Welt auseinandersetzte, die sie weder anwiderte noch verängstigte, jedenfalls tat es als Vater gut, ihrer Stimme anzuhören, wie sie zu sich selbst fand, meine Tochter, die einen entscheidenden Schritt zur Selbstverwirklichung machte, ein merkwürdiges und für mich zwiespältiges Gefühl, als würde ich sie im selben Moment willkommen heißen und verabschieden, all die besorgten Empfindungen, die ein Vater für seine Tochter hegt, während

sie erzählte, die vielen Details angemessen herausstrich, aber auch darauf achtete, sich nicht zu lange damit aufzuhalten, ihre Geschichte nicht zu sehr damit zu belasten, weshalb sie gleichzeitig versuchte, ihre Begeisterung zu zügeln, denn ihrer Stimme war das Beben der Aufregung so deutlich anzumerken wie die Anstrengung, die es sie kostete, sich zu zügeln, eine junge Frau, die noch nicht so lange erwachsen war, dass ein plötzlicher Ausbruch von Begeisterung sie nicht mitreißen könnte, und zum ersten Mal – wie aus dem Nichts – kam mir die Frage, wieso sie eigentlich nie einen Freund oder irgendeinen Verehrer zu haben schien, hatte noch niemand ihre kühle Distanziertheit überwunden, mit der sie sich die Welt vom Leibe hielt, oder war das nur die polierte Hülle, hinter der sich eine einsame, unsichere junge Frau im besten Alter verbarg, und trotz meines beruflichen Ärgers gab es, wie ich da am Tisch saß, in mir genügend Raum für eine anbrandende Sorge, die mich schon allein bei dem Gedanken überflutete, dass meine Tochter auf eine ihr selbst uneinsichtige Weise einsam sein könnte, dass sie so früh im Leben das eigene Alleinsein als eine Art Gleichmut missverstanden haben könnte, ein Schicksal eigener Wahl, das sie sich erfolgreich als heldische Isolation vorgaukelte, auch wenn sie sich

zugleich bewusst war, dass all diese Ausführungen zu ihrer Ausstellung für mich bloßes Hintergrundrauschen waren, ein Vorspiel zum Hauptthema, und das war natürlich der aktuelle Status der rätselhaften Erkrankung, die jüngsten Informationen, die mich trotz all meiner väterlichen Fürsorglichkeit in erster Linie interessierten, denen ich meine volle Aufmerksamkeit schenkte, und selbst wenn Agnes im Verlauf der Tage nichts wesentlich Neues zu berichten wusste, verlangte mein Wissensdrang nach täglichen Updates, die bestätigten, dass

die Techniker den Quell der Kontamination immer noch nicht ausfindig machen konnten, weshalb die Warnung, Wasser abzukochen, für die ganze Stadt vorläufig in Kraft bleibe, die Stadt verwies zudem auf die neue Kläranlage, die man bauen lassen wolle, eine ultramoderne Einrichtung gleich neben der jetzigen Anlage, die über ein UV-Filtersystem verfügen werde, das die bisherige Barrieremembran ergänze, indem es alle biologischen Partikel und organischen Substanzen eliminiere, was darauf hinauslaufen dürfte, dass die städtische Wasserversorgung über Jahre alle heutigen Standards der Wasserreinhaltung übererfülle, erst auf Nachfragen aber bekannte der Sprecher der Stadt, bis zur Auftragsvergabe und zum Bau einer solchen Anlage seien ernsthafte technische Schwierigkeiten zu bewältigen, weshalb die geplante Fertigstellung sich noch um mindestens einige Monate verzögern werde, ein Manko, das der Neuigkeit einiges von ihrem Glanz nahm, sodass die Bürger genervt die Hände wrangen, ungläubig den Kopf schüttelten, und einmal mehr aus dem bereits vielfach erweiterten Lexikon der Verzweiflung schöpften, während man im Fremdenverkehrssektor mit den Zähnen knirschte und ungeahnten Schaden für die städtische Wirtschaft vorhersagte, vom dauerhaften Schaden für den weltweiten Ruf der Stadt als einem kulturellen Reiseziel gar nicht erst zu reden

die Inkompetenz der Stadtverwaltung scheint kein Ende zu kennen

bestätigte Agnes mit einem müden Sarkasmus, der für sie neu war und mir unangenehm in den Ohren klang, da sie bislang, soweit ich mich erinnerte, nie irgendwelche politischen Ansichten vertreten und auf jede Nachrichtensendung, ob im Radio oder im Fernsehen, mit Gleichmut reagiert hatte, als gingen die Unruhen dieser Welt sie nicht das Geringste an, was für sie vielleicht sogar zutreffen mochte, da sie zu einer Generation gehörte, die in eine Welt der Fülle hineingeboren worden war und nie gelernt hatte, mit Entbehrung zurechtzukommen oder mit Armut, und folglich auch keinerlei Fähigkeiten entwickelt hatte, mit Rückschlägen irgendwelcher Art fertigzuwerden, ob ökonomischer Natur, politischer oder mit einem Schicksalsschlag wie diesem, der sie verblüfft haben wird, ein Schock, dieses dramatische Beispiel gesellschaftlicher Inkompetenz, die dafür verantwortlich war, dass so viele Leute krank wurden, und während ich ihr zuhörte, fiel es mir schwer, mich einerseits nicht zu freuen, dass sie endlich aufgewacht war und die Welt in einem ihrer unfähigeren Augenblicke kennenlernte, während es mich andererseits aufbrachte, dass sie damit überhaupt in irgendeiner Weise behelligt wurde – ein Vater, der sein Kind vor allem zu schützen versucht, selbst vor der eigenen Arglosigkeit, was

letztlich darauf hinauslief, dass

die Aufforderung, das Trinkwasser abzukochen, noch mindestens einen weiteren Monat bestehen bleiben würde, zumindest so lange, wie die Zahl der Fälle, die stationär behandelt werden mussten, weiter anstieg, wenn auch nicht mehr so rasant, trotzdem waren es inzwischen fast vierhundert, gleichmäßig auf alle Stadtbezirke verteilt, Erkrankte aus der Arbeiterklassensiedlung nördlich vom Fluss oder der Mittelklassenenklave im Süden, die sich die Küstenstraße langzog, der Erreger kannte keine demografischen Vorlieben, keine bevorzugten Gebiete, und jedermann war inzwischen der Anblick der sperrigen Wasserfahrzeuge vertraut, die in Wohngebiete einbogen, in Sackgassen, wo Mütter und Kinder anstanden, um ihre Plastikbehälter zu füllen, ein für alle Printmedien und fürs Fernsehen längst typisches Bild der Krise, und

das war's, das waren die Fakten, soweit sie die Krise betrafen, und Agnes zählte sie rasch auf, bemühte sich mit kindlichem Eifer, einen möglichst umfassenden Überblick zu geben, als könnte ein kompletter, mit allen Feinheiten abschließend und erschöpfend garnierter Vortrag eine Art Verschwindezauber bewirken, der den Erreger jeder nennenswerten Kraft beraubte und ihn in eine angrenzende Welt verschob, wo er harmlos sein würde, sich gegen sich selbst richtete und ins Vergessen hinein ausbreitete, doch

während ich ihr noch zuhörte, öffnete sich etwas in mir, und auf jene peinliche, zögerliche Weise, die Männern mittleren Alters mit reifen Töchtern eigen ist, hörte ich, wie ich ihr versicherte, alles werde gut, dies sei nur eines jener Ereignisse, die sich im Laufe der Zeit als harmlos erwiesen, denn schon bald sei Mairead wieder auf den Beinen und gehe mit einem Lächeln im Gesicht und einem Lied auf den Lippen erneut ihrer Arbeit nach, ihr in so beschwichtigendem Ton wie nur möglich versicherte,

deiner Mutter geht es gut, mach dir keine Sorgen, ja, es geht definitiv bergauf, und sie fiebert nicht mehr so stark wie gestern – heute hat sie Suppe gegessen, eine kleine Schüssel –, das Erste seit drei Tagen, was sie bei sich behalten konnte, ist also ein gutes Zeichen, und sie schläft auch nicht mehr so unruhig, schlägt unter ihrer Decke nicht mehr so wild um sich wie noch in den ersten Tagen, alles Anzeichen, die darauf hindeuten, dass es ihr besser geht, dass sie kräftiger wird, aber natürlich wäre es verfrüht zu sagen, dass sie bald wieder ganz bei Kräften ist, das wird noch eine Weile dauern, doch

dieses Gefühl, dass die Worte ins Leere fielen, sobald sie mir über die Lippen kamen, ließ mich verzweifeln, denn sie klangen so seltsam schwach, dass man eigentlich nicht glauben konnte, sie würden irgendwen trösten, folglich machten sie uns beide auch nur verlegen, waren sie doch nichts weiter als ein peinlicher

Versuch, die Tochter zu beruhigen, und so verstummte unser Gespräch zu bedeutungsschwangerer Stille, die Agnes plötzlich dazu inspirierte, uns beide aus unserem Elend zu erlösen, mit einem fröhlichen Bericht darüber, was sie fürs nächste Wochenende plante, eine weitere ihrer merkwürdigen Fahrten, jener Ausflüge, die sie stets allein zu einer kleinen Stadt oder einem Dorf mitten auf dem Land unternahm, Ausflüge, zu denen Busverbindungen gehörten und einsames Warten an Haltestellen im Regen, Feldforschung nannte sie das manchmal, auch wenn keine dieser Unternehmungen, wie mir jetzt auffiel, sich je so anhörte, als erhoffte Agnes sich wirklich etwas davon oder als würden sie ihr Spaß machen, umgab diese Fahrten doch immer eine Aura der Buße, der Pilgerreise, was mich auf eine schwer fassliche Weise bestürzte, wie Rauch über meine Seele zog, mich bekümmerte und mir Sorgen machte, dennoch wünschte ich Agnes eine tolle Zeit, und ich konnte hören, wie sie sich der Erleichterung überließ, endlich war dieser Anruf vorbei, ein weiteres Mal hatte sie ihre Aufgabe erfolgreich absolviert, die Rolle der pflichtbewussten Tochter erfüllt, sodass sie sich jetzt mit den Worten verabschieden konnte

ach, was ich fast vergessen hätte

ja

zwei Sachen, ich habe Darragh von Mam erzählt, ist mir gestern Abend einfach rausgerutscht, als wir miteinander geredet haben – ich weiß, du wolltest, dass er nichts davon erfährt, aber

es bringt ja nichts, wenn er sich Sorgen macht

ich weiß, er macht sich auch keine Sorgen, ist eher sauer und wütend, merkst du sicher gleich, wenn du mit ihm skypst, tut mir leid, mein vorlautes Mundwerk

ist schon in Ordnung, früher oder später musste er es ja erfahren, und dann lieber von dir als von mir – aber da war noch was

ja, für nächste Woche ist eine große Demonstration geplant, die Künstlerszene kommt zusammen, um gegen diese ganze Kontaminierungssache zu protestieren, und man hat mich gebeten, bei so einem Straßenumzug mitzumachen warum du

keine Ahnung, muss wohl was mit meiner neuen Berühmtheit zu tun haben

und was für einen Umzug

weiß ich noch nicht, ist mit verkleiden und so, denke ich, jedenfalls freue ich mich drauf, und ich erzähl dir dann, wie's gelaufen ist

okay, pass auf dich auf

mach ich, hab dich lieb, Mam auch

okay

bye

bye

womit der Anruf zu Ende ging, sich das Telefon in meiner Hand ganz behutsam in den Ruhemodus schaltete – aus dem Monitor sickerndes Licht -, und ich es so sanft auf den Tisch legte, als könnte jede plötzliche Bewegung ein nachhallendes Element von Agnes' Liebe stören, ihren Abschied, das Telefon auf dem Tisch nun hoffnungslos inaktiv in

dieser rauen Stille, die mich nach solchen Anrufen stets überkam und in der ich mich oft leichter fühlte, nicht in dem Sinne, dass mir eine Last genommen worden wäre, eher als hätte ich mich einer Prüfung unterzogen und sie nicht gänzlich unbeschadet überstanden, als wäre ich auf eine Weise angeschlagen, die mich zaghafter und besorgter machte, als durch den Anruf gerechtfertigt wäre, weshalb ich den Rest des Abends damit zubrachte, mit dem Staubsauger durchs Haus zu ziehen und dann das Bad zu putzen, um mich von dem abzulenken, was immer es war, das mich jetzt verstimmte und wurmte und Darraghs Anruf später am Abend mit Unwohlsein entgegensehen ließ, dessen Gesicht

mich aus dem Monitor ansprang, das Haar länger, die Glut seines Ärgers immer aufs Neue angefacht von dem, was Agnes ihm erzählt hatte, ein diffuses Mitgefühl mit Maireads Leid offenkundig durch den hoffnungslosen Frust verstärkt, nichts weiter dagegen tun zu können als wütende Reden zu schwingen und Flüche gegen jene Ingenieure und Politiker loszulassen, die er sich jetzt wieder vorknöpfte, eine bissige Tirade, die ich mir mehrere Minuten lang anhörte, eine giftige Tirade, immer wieder Scheiße verflucht, was mir bestätigte, dass hinter seinem steten Gackern und Krähen schon seit jeher diese plötzliche Wut gelauert hatte, und ich war froh, dass Mairead keine Zeugin seiner Wut wurde, in deren Zentrum sie stand, denn auch wenn sich leicht hatte vorhersehen lassen, dass Darragh von dem, was seine Mutter durchmachte, zutiefst betroffen sein würde und es für ihn nur wenig brauchte, sich zu ihrem Verteidiger aufzuschwingen, war ich mir doch keineswegs sicher, dass sie diese Mixtur aus fauchender Empörung und Verzweiflung, die sich jetzt aus ihm ergoss, wirklich gutgeheißen hätte, dieses sich in die dunklen Schatten der Wangen zurückziehende Gesicht, das Haar auf eine Art wild um den Kopf, bei der mir unweigerlich sein Großvater in den letzten wirren Monaten seines Lebens in den Sinn kam, eine Erinnerung, die mir Angst machte und mich meinem Sohn in die Parade fahren ließ, indem ich ihn anbellte

ich habe Besseres zu tun, Darragh, als mir so spät abends noch solchen Stuss anzuhören

du hättest es mir sagen sollen

und was hättest du tun können

ich hätte es wissen sollen

deine Mutter und ich haben uns entschieden, dir nichts davon zu sagen, weil wir nicht wollten, dass du dir Sorgen machst

na klar

und weil wir wussten, dass du genauso reagieren würdest

und das wäre wie

dieses hirnlose Geschimpfe

wie sollte ich denn sonst reagieren

jedenfalls mit ein bisschen mehr Vernunft als dieses ewige Poltern und Fluchen, denn wenn du glaubst, das würde es ihr irgendwie leichter machen, solltest du vielleicht noch mal in dich gehen

und was kann ich tun

nichts Darragh, weil es nichts zu tun gibt, deine Mutter ist über den Berg, die Ärztin war bei ihr, sie fühlt sich noch schwach, aber mehr ist auch nicht, sie ist bald wieder auf den Beinen – Worte, die seinen Ärger lindern und ihn beruhigen sollten, was letztlich auch gelang

nachdem er noch einige Minuten seinem Ärger Luft gemacht und weitere Flüche auf Ingenieur und Politiker gleichermaßen losgelassen hatte, um dann das Thema zu wechseln, wobei seine Entrüstung dem sonst üblichen Herumkaspern einen sarkastischen Unterton verlieh, als er sagte

ich glaube, Agnes schart ihre Gemeinde um sich – nicht mehr lang, und sie gründet noch ihre eigene Kirche

was soll das denn nun heißen

ich rede von Agnus Dei, sie hat mir erzählt, sie würde zur Totemfigur einer sensiblen Emo-Meute

du redest wieder in fremden Zungen, Darragh – das ist mir zu hoch, Emo was

zu deiner Zeit hätte man die sicher Gruftis genannt, Dad – Emo ist eine ansteckendere Variante dieser alten Malaise, eine Weltsicht, laut der Schwarz das neue Weiß ist und das Leben der neue Tod

geht's nicht ein bisschen klarer

nein

und was hat das mit Agnes zu tun

sie hat mir erzählt, dass sie auf der Straße von diesen Emo-Girls angehalten wird, die den Saum ihres Gewandes berühren möchten, hat natürlich bloß mit ihrer Kunst zu tun, man hält sie für eine verwandte Leidensseele, und ehrlich gesagt, ich kann mir gut vorstellen, dass ihre Installation zu einem Wallfahrtsort für eine kleine Kirche von Selbstverstümmlern wird, eine ausgewählte Gemeinde von Ritzern, Magersüchtigen und Missgestalteten, alle mit ihren ureigenen tätowierten und gepiercten Stigmata

ich kann dir wieder nicht folgen, Darragh

dies sind die Letzten Tage, Dad, die Zeichen finden sich überall, die Schrift an der Wand, das Volk erhebt sich, der Pesthauch in den Straßen – merk dir meine Worte, nicht mehr lang und über dem Rathaus wird die gelbe Fahne aufgezogen und die gesamte Stadt unter Quarantäne gestellt, mit Panzerdraht gesichert – so sieht das Chaos aus, in dem eine weltliche Heilige wie Agnes gedeiht

dieser Blödsinn macht mich müde, Darragh

ach, keine Sorge, Dad, du hast in diesem Theater auch noch eine Rolle zu spielen, denn schon bald werden wir vier in einer Runde zusammensitzen, die Heilige Familie, und jeder sucht sich eine Vene, um das Neue Testament umzuschreiben, schließlich gibt es einen guten Grund, warum jedermann so was gerade toll findet

und du glaubst, wir tragen eine Mitschuld an all dem

ehrlich gesagt, ihr habt es euch selbst zuzuschreiben, Dad, du und Mam – was habt ihr euch nur dabei gedacht, sie Agnes zu nennen, habt ihr nicht gewusst, dass Namen unser Schicksal prägen, ihr hättet nur irgendwann mal nachschlagen müssen, was Agnes bedeutet, und ihr hättet gewusst, was sie erwartet

ich finde das alles schrecklich ermüdend, Darragh

bist kein einfaches Publikum, Dad, das muss ich dir lassen

ich bin nur müde, das ist alles

tja, ich schätze, wir werden heute Nacht nicht alle Probleme lösen

wohl kaum

okay, schau regelmäßig in deine Emails, ich gebe dir Bescheid, wann ich vermutlich wieder online bin, richte Mam aus, dass ich sie liebhabe, und lass mich wissen, wann sie einen Anruf von mir entgegennehmen kann

mach ich, okay

bye

bye

und dann schien er mit ausgestreckten Fingern nach mir zu greifen, seine Hand füllte einen verdunkelnden Moment lang den Bildschirm, ehe er abschaltete und unsere Verbindung über die halbe Welt hinweg sich zum schwarzen Portal auflöste, während ich einen Moment lang haltlos dahintrieb, in Gedanken noch bei dem Gespräch, das wir gerade gehabt hatten, ehe ich schließlich den Laptop zuklappte, ein Geräusch, bei dem sich im Dunkeln die Wände mit ihren Bildern enger um mich herum zusammenzuziehen schienen, und

Mairead den Flur runter in Agnes' Zimmer mitten zwischen Teddys und Kuscheltieren lag, ihr Schlaf jetzt leichter, das Gesicht ins Kissen gedrückt, der Atem gleichmäßig und sanft, ihr Leib vom Keim fast gereinigt, die aufreibenden Tage des Schwitzens und Sich-Übergebens genau in dem Moment überwunden, in dem es

die Kontamination, über die Schlagzeilen der übrigen Storys hinweg, auf den ersten Platz in den Nachrichten schaffte und selbst an jenen bedeutsameren Themen vorbeizog, die am Horizont wie ein katastrophales Hochdruckgebiet dräuten, den Himmel verdüsterten und Verheerung in jeglicher Form versprachen – Beiträge über Lohnabkommen, die Arbeitslosenkrise und so weiter, allesamt im höchst abstrakten Reich der Zahlen und der Geopolitik beheimatet, von denen aber keine bislang jenes unmittelbare Gewicht einer körperlichen wie zivilen Katastrophe erreicht hatte, das der Kontaminationsgeschichte zu ihrem wachsenden Reiz verhalf, zeigte die doch keinerlei Anzeichen dafür, bald wieder in der Versenkung zu verschwinden, wenn überhaupt, dann schienen die anhaltende Ermahnung, Wasser abzukochen, sowie die weiterhin wachsende Zahl von Patienten diese Geschichte unverwüstlich zu machen, eine Widerspenstigkeit, wie man sie ohne weiteres mit einem infektiösen Geschehen in Verbindung bringen könnte, die ihr zu dieser Dauerhaftigkeit verhalf, gewürzt mit einem Beigeschmack von Ironie, die jeden Bericht färbte, etwa die Erinnerung daran, dass

dies die regenreichste Stadt Irlands war, eine Küstenstadt mit einer durchschnittlichen Niederschlagsmenge, die zwanzig Prozent über dem landesweiten Durchschnitt lag, und

während ich all dies in den Neun-Uhr-Nachrichten hörte, fand ich es absolut unfassbar, dass nach all der Zeit niemand und nichts als Ursache dieser Krise identifiziert worden war, keiner, auf den man zeigen und sagen konnte,

diese Person und ihr Handeln

sind der Grund dafür, warum meine Frau im Bett liegt und ihr die Kraft aus jeder Pore ihres Körpers rinnt, woraufhin mir üble Racheträume kamen, was ich nachvollziehbar und gerechtfertigt fand, auch wenn mein Zorn ohne konkretes Ziel nur klägliche Rachephantasien gebar und mein Groll sich schließlich dagegen richtete,

an diesem Tisch zu sitzen und

diese Gedanken zu denken oder

von ihnen gedacht zu werden,

dieses Gefühl,

selbst den Raum ihres Seins auszufüllen, von der Idee vereinnahmt zu werden, oder

diese Idee zu sein, dass

meine gesamte Existenz aus eben solchen Überlegungen besteht, dass jede aufkommende Idee, wie sie sich mir jetzt darbietet, verantwortlich ist für mein

Hiersein,

als

hätte ich mich verirrt, ein Wiedergänger, der zu dieser grauen Stunde in sein Haus zurückkehrt, um es verbarrikadiert und verlassen vorzufinden, gestrandet in einem Meer aus Unkraut und Pusteblumen, eine Reihe grauer Krähen auf dem First, der Bau das Konstrukt eines Kindes, um den die Zeit selbst einen Bogen macht und ihn dem Wetter und dem Verfall auf eine andere als die übliche Weise überantwortet, sodass ich mir jetzt, während ich mich durchs Haus treiben lasse und

hier am Tisch sitze

bewusst bin, dass dem Haus selbst etwas Stagnierendes anhaftet, als wäre ihm der Puls, der Rhythmus abhandengekommen, weshalb sogar die Zeit ins Schlingern gerät, wie auch alles andere hier, mich eingeschlossen, verharrend in einer Art erstarrter Dauer, einem unendlich ausgedehnten Moment, der leerläuft, als wäre kein Gang eingelegt, eine Stille, in der kein Messer stumpf wird, kein Spiegel anläuft, keine Farbe abblättert, mein Bauch nie Hunger fühlt und ich mich nie rasieren muss, ja,

die Zeit selbst könnte hier vermodern, könnte derart verfallen, dass dieser Ort wie irgendein zum Stillstand gekommenes, inverses Reich zurückbliebe, das Gegengewicht zur ganzen Welt,

der Quell aller Gegensätze,

wo ein jegliches auf dem Kopf steht, ein Reich, in dem Brot gegossen wird, Wasser geschnitten, unsere Schatten uns leid sind und aufspringen, um mit ihren Strichmännchenkameraden über Felder und Gemeindeland davonzustaksen, über Stacheldrahtzäune und Bruchsteinmauern, in den Gleichschritt verfallen und sich in jenem stetigen Tempo bewegen, das es ihnen erlaubt, diese Welt gänzlich hinter sich zu lassen und andere Zuständigkeitsbereiche jenseits des Horizonts aufzusuchen, wo sie und ihresgleichen gedeihen und weiß Gott wem gegenüber verpflichtet sind, sodass

stopp,

um Himmels willen,

hör auf zu reden,

sich derart zu vergessen, wie

von einer Unsinnsflut fortgetragen, so weit von mir selbst fortgerissen, dass es leichtfällt, das schmerzliche Sehnen hin zu meinem eigenen Ende zu vergessen, das mich im Leben zu diesem Moment zog, hier an diesen Tisch, so unwahrscheinlich, die

kosmische Chance, so gut wie nicht vorhanden,

hier zu sein, in Gestalt

dieses elektrischen Intervalls, gehalten von einem Futteral aus Knochen und Haut, mich selbst als eine Art beschränkter Harmonie verstehend, ein Bukett aus Rhythmen, die mit der vorherrschenden Melodie verschmelzen und mich in den ausgreifenderen Rhythmen der Welt beheimaten, der horizontalen Melodie des Kosmos, den himmlischen Harmonien, die mich in die größten Größen des Universums betten, seinem äußersten Rand, und

stopp,
Himmel,
weil
eins zwei – Polizei
drei vier – Offizier
fünf sechs – alte Hex
sieben acht
sieben acht
sieben,

und die Krise hielt an, die Zahl der Patienten stieg auf über vierhundert, eine ernsthafte Belastung für die städtischen Gesundheitseinrichtungen und eine Zahl, die, wie viele Beobachter meinten, nur die Spitze des Eisbergs bedeutete, und die vielen Erkrankten unberücksichtigt ließ, die von den Hospitälern nicht erfasst wurden, in wachsendem Umfang der Fehlzeiten aber eine negative Präsenz im öffentlichen wie privaten Bereich sämtlicher Industriebereiche darstellten, insbesondere im Hotel- und Gaststättengewerbe sowie in der Beamtenschaft, ein Maß an Fehlzeiten, das eher auf dreitausend Kranke hindeutete, von Hörensagen belegte Zahlen, die von der Stadt nicht bestätigt wurden und die sie nur erwähnte, um sie als grobe Übertreibung abzutun und bei Nachfragen auf die Zahl der Krankenhausbetten zu verweisen, die mit registrierten Leidenden belegt waren, dem einzigen wahren und verlässlichen Maß für die Epidemie, da selbst noch so viele von Hörensagen bestätigte Beispiele nicht als akkurate Belege für die Krise gelten konnten, und auch wenn

diese verhaltene Reaktion verständlich sein mochte, weil die Stadt dem Rest der Welt versichern wollte, man tue alles Nötige und habe die Infektion im Griff, verärgerte diese verhaltene Reaktion die Bevölkerung, deren sardonischer Skeptizismus der ersten Tage einer Art Unachtsamkeit gewichen war, die sie taub und blind gegenüber all den Mitteilungsblättern und Ratgebern werden ließ, die weiterhin an öffentlichen Orten wie den Wartezimmern der Ärzte auslagen oder an den Schwarzen Brettern der Supermärkte auftauchten, so unachtsam, dass die ganze landesweit über den Äther ausgestrahlte Geschichte eine Wolke der Müdigkeit umhüllte, jede Berichterstattung unterlegt mit einem schadenfrohen Ton angesichts dessen, dass diese Stadt, die sich dank ihres übers ganze Jahr mit Festivals und Festen gefüllten Kalenders einen lukrativen Ruf als kulturelles Mekka erworben hatte, derart von einer biblischen Pestilenz befallen worden war – nicht gerade der Lohn der Sünde, doch gewiss ein Ausgleich für jene Art Nichtsnutzigkeit, die diesen so völlig dem Karneval ergebenen Ort heimzusuchen schien, wofür man wirklich kein Mitgefühl aufbrachte,

eine Geschichte, die sich zu halten schien, sodass die Stadt selbst wirkte, als sei sie in der eigenen Dreckbrühe zur Ruhe, zum Stillstand gekommen, während die Algenwolke, die bei den steigenden Temperaturen jener Tage stetig wuchs, eine toxische Blütenpracht unter der Sonne, sich durchs Nervensystem der Stadt schlängelte, durch den Verdauungstrakt ihrer Bewohner, was die Verantwortung für diese Krise auf die Stadt selbst verlagerte, genauer gesagt auf die

schnelle Ausdehnung der Stadt im letzten Jahrzehnt entlang der Küstenstraße, riesige Siedlungen, dank derer die Wasserentnahme aus dem Speichersee der Stadt drastisch anstieg und der Pegel sich derart senkte, dass die Wasserreinheit durch die gestiegene Menge an Jauchedünger beeinträchtigt wurde, den steter Regen im Laufe der Frühlingswochen in den See gespült hatte, eine Schwemme, die in die Rohre drang, das Filtersystem überflutete und die Kryptosporidien ins Wassersystem gelangen ließ, wodurch sie sich in eben jene Stadtviertel verteilten, die während der letzten Dekade so ungehemmt angewachsen waren, weshalb

die städtischen Behörden, als sie den genauen Ursprung des Desasters zu lokalisieren versuchten, nur herausfanden, dass ein spezifischer Grund, sei er menschlichen oder ökologischen Ursprungs, nicht auszumachen war, denn die Hauptursache lag im Zusammentreffen vieler widriger Umstände – veraltete Technologie, sintflutartiger Regen, Überbebauung und Jauche –, was das Verschulden dieser Krise zugleich so verwischte und ausdehnte, dass von der Idee einer Verantwortung bloß ein trüber Sumpf übrigblieb, der auf Seiten der Behörden nur wenig Bereitschaft weckte, mit dem Finger auf Bauern, Techniker oder jene Planer und Entwickler zu zeigen, die eine so rasche Ausdehnung der Stadt zugelassen hatten, dass man nicht länger in der Lage war, sie mit trinkbarem Wasser zu versorgen, weshalb sich

nirgendwo Schuld oder Verantwortung häufte,

und die Geschichte sich im Milieu der Stadt wie ein aufwallender Nebel ausbreitete, der sich mit jedem weiteren Tag zu einer dicken Brühe über dieser Krise verdichtete, in der sich jeder reinwusch, und die deutlich machte, dass man keinen Vorwurf erheben und niemanden verantwortlich machen würde, die Stadt in trübem Gewässer so versunken,

dass man in einer Art Traumzeit zu leben begann, in der sich Vergangenheit und Zukunft zeitgleich offenbarten, eine ganze Stadt, die sich selbst mit all ihren Gebäuden träumte, jung wie alt, mit den vielen Asphalt- und Kopfsteinpflasterstraßen, den Uhren und Türmen, Schildern, Denkmälern und Statuen, den Versorgungsdiensten wie Wasser und Strom, jedes Viertel flackernd zwischen realer Existenz und eigenem Traumleben, in welchem sie sich durch all ihre Veränderungen wandelte, ihre Geschichte sich in einem dauerhaften Delirium entfaltete, mit nächtlichem Höhepunkt,

diese Stadt der Festumzüge und Festivals,

die Geduld dahin, die Stimme heiser,

politisch am Ende ihrer Weisheit,

eine Stadt, die ihre Garderoben und Schränke mit Faschingskostümen plünderte, nach Masken und Schminke suchte, um sich in den grausigsten Farben anzumalen und hinaus auf die Kopfsteinpflasterstraßen zu torkeln,

eine Meute von Zombies, die, zielstrebiger als man vermuten möchte, mit wehenden Leichentüchern durch die engen Gassen des Latin Quarter zog, wo ihnen ein auf Stelzen laufendes, drei Meter hohes Porzellinchen mit Sechs-Tage-Bart unter platinblonder Schreckgespenstperücke begegnete, das gerade eine kleine Herde Schafe vor fliegenden Spinnen rettete, welche den Tieren von oben herab zusetzten, weshalb sie erbärmlich blökten und im Kreis liefen, einander anrempelten und übereinander stolperten, während sich eine Clique goldener und mit Federn geschmückter Samba-Queens aus einem nahen Pub ergoss und in Zweierreihe die Schafe zur Melodie von ›The Girl from Ipanema‹ durch die Fußgängerzone trieb und Straßenmusiker sich ihrem Beat anschlossen, Jongleure und zwei Feuerschlucker, die von der Taille aufwärts nackt waren, nach Petroleum stanken und sich zu den Zombies gesellten, die mit den Spinnen gemeinsame Sache machten und sich auf dem Weg durch die Fußgängerzone einen Hieb von Porzellinchens Schäferstock einfingen, in den großen Schaufenstern ihre Spiegelbilder, die sie Schritt für Schritt begleiteten und aus einer Nebenstraße eine Clownsfamilie anlockten, Mammy, Daddy und zwei Kids mit breitem roten Grinsen, das sich übers ganze Gesicht auszubreiten drohte, dazu Elvis und Charlie Chaplin, beide mit den Händen in den Taschen, ins Gespräch vertieft, offenbar ohne sonderlich darauf zu achten, wohin sie gingen, im Bann einer horizontalen Schwerkraft, die aus einer anderen Nebenstraße die vollzählige Besetzung des Vereins für mittelalterliche Musik in seiner ganzen Kostümpracht herbeiköderte, Mönche und Ablasshändler, Kaufleute und Bettler, Jungfern und alte Vetteln, ihnen voran ein Ritter mit Holzschwert und geflochtenem Kettenhemd, sie alle mit Lauten, Blockflöten, Tamburins und bemüht, ein Madrigal zum Sambatakt zu singen, während die Prozession weiter bis ans Ende der Straße zog, wo sich jenseits der Flaggen der Stadtgründungsväter ein Park auftat, Flaggen, die jetzt über einer Versammlung flatterten, zusammengeströmt aus einer Welt, in der die Lebenden und die Toten wohl Schulter an Schulter standen, sich Witze erzählten und eine Zigarette teilten, eine Welt, aus der eine Abschiedsparty von als Meerjungfrauen verkleideten Junggesellinnen mit Teufelshörnern auftauchte, ein L auf die Brust eines der Mädchen gestickt, das Wodkafläschchen verteilte und darauf beharrte, mit einer Familie von Firbolgs anzustoßen, schwankenden Knollenriesen, deren

Größe und nutzlosen Arme das Vorhaben der Kleinen nahezu unmöglich machte, weshalb einen Moment lang die Gefahr drohte, sie könnte den Spaß daran verlieren, doch schon verschwand sie im Schlund eines vielfarbigen Drachen, der um die Ecke der Öffentlichen Toiletten bog, die Kiefer um sie schloss und sie unter lautem, kreischendem Gelächter anhob, die sonnengebräunten Beine zappelnd im Maul des Ungeheuers, das sich jetzt abwandte, um in die Mitte des Parks zu ziehen, wo die fünfzehn Meter hohe Gestalt von Lemuel Gulliver offenkundiger Sammelpunkt für all jene Gestalten war, die aus der Nacht hervorströmten, zwei mit Leichenfarbe angemalte Kinder hielten Morticia Addams' Hand, ein Kind mit eckigem Kopf, einen Bolzen durch den Hals, bleichgesichtige kleine Wesen mit Capes und Fangzähnen – manche mit Kapuze, Sense, Sanduhr –, dazu die vielen kleinen Mädchen in Irish-Dancing-Kostümen, die mit fluoreszierenden Lockenwicklern auf dem Kopf wie kleine Medusen aussahen, an ihrer Seite Kinder im Cowboyanzug oder mit Indianerfedern – Kinder an einem Schultag, lange nach der Schlafenszeit, aber überglücklich, alte Freunde wiederzusehen – Schneewittchen mit ihren sieben Kumpeln, Seppel, Hatschi, die ganze Bande, alle mit Hacke und Schaufel ausstaffiert, so marschierten sie zum Takt von

hey ho, hey ho,
die Arbeit macht uns froh,

pfiffen ihre kleine Melodie, schulterten im Sambarhythmus ihre Picken und zogen über den Rasen zur Ecke des Platzes, um sich hinter einem kleinen Pritschenwagen einzureihen, auf dem ein Trio angekokelter Dämonen stand, Sänger, Gitarre, Schlagzeug, die einen Bassrhythmus raushämmerten, der gegen die Brust wummerte und den Zug der Nachtkreaturen antrieb, Gulliver vorweg, so strömten sie mit ihren lauten Pfeifen und Tamburinen in eine enge Gasse, schufen Platz zum Springen und Tanzen, Ghule, Trolle, Zombies, die hüpfend in eine Art Twostepp verfielen und an der Magdalene-Statue vorbeitanzten, über die Kreuzung, wo der Verkehr zum Erliegen gekommen war, die Anhöhe an der Busstation und am Studentenhostel hinauf, jeder hatte inzwischen seinen Platz in der Prozession gefunden, der Dämonenwagen mit seinem hämmernden Rhythmus stets voran, während Schneewittchens Zwerge den militärischen Ton vorgaben und unter der hohen Figur marschierten, die, von zahlreichen Monstern mit Seilen und Streben aufrecht gehalten, sorgsam zum Parkplatz gelenkt wurde, dann auf den Weg zum Rathaus, als sollte sie an dessen winzige Tür klopfen und zu dieser späten Stunde noch um Einlass bitten, doch als sie näherkam,

verschwand die ganze Fassade wie aufs Stichwort hinter einem riesigen weißen Laken, das in einer Kaskade vom Dach des Gebäudes herabfiel, sich mit leisem Bauschen entfaltete und sanft die letzten Meter bis zum Boden segelte, all dies vor dem toten Blick des Riesen Gulliver, der jetzt auf eine leere Wand aus fahlem Stoff starrte, über die jene vom Licht des Parkplatzes im Rücken der versammelten Gemeinde geworfenen Schatten huschten, Schatten von Ghulen und Geistern und maskierten Gestalten, die sich auf dem offenen Platz bis zurück zum Parkplatz drängten, manche standen sogar oben auf der Grenzmauer zur Straße, jedes hohle Auge auf den städtischen Bau gerichtet, dessen Vorderseite hinter einem weißen Vorhang verschwunden war, sodass er nichts weiter als die leere Fläche eines Mausoleums darbot, und bereitwillig gab sich das Gebäude dieser Illusion hin, fünf Stockwerke, die kantig wie ein leerer Abgrund aufragten, so als hätte das Haus seit seiner Einweihung nur auf die eigene Auslöschung gewartet, erblindet durch dieses Laken, auf das nun naiv gemalte blaue Wellen projiziert wurden, in denen sich allerhand Meereskreaturen tummelten, das ganze Gebäude wie unter Wasser, und oben drauf

stand jetzt Agnes,

trat an den Rand des Wasserabgrundes, und diesmal war sie tatsächlich nackt, schockierend nackt der weiße Leib, auf den das Licht vom Parkplatz fiel und einen Schattenstreifen über ihre Brüste warf, sodass es aussah, als würde die Dunkelheit eine Hälfte von ihr abschneiden, ihr Körper jetzt wie einer, der als ein Wappenpfeiler diente, eine Karyatide,

all das

sah ich vor mir, als ich am nächsten Morgen den Bericht in der Zeitung las, die

nackte Frau am Rand des Unterwassermausoleums, als wäre sie eine eigens zu diesem Zweck gemeißelte Statue, von unten gleißendes Licht, das die Gabelung zwischen ihren Beinen erhellte, als sie, die Herrscherin dieses Augenblicks, vortrat, gehalten vom Blick der versammelten Ghule, sie alle taumelnd am Rand einer dramatischen Geste, die das Spektakel in einen schlüssigen Akt des politischen Protestes zusammenfassen würde, etwas das, wenn schon nicht der Verwirrung der Stadt angemessen, wenigstens theatralisch und verblüffend genug sein würde, um zu verdeutlichen, dass man den kollektiven Verstand besaß, sich zu sammeln für diesen Moment, in dem sie entweder stürzen oder fliegen würde, die einzigen Möglichkeiten, wenn man so nahe am Rand stand, das

Bild auf der Titelseite zeigte sie mit ausgebreiteten Armen, wie sie vom Rand des Gebäudes kippte, das Foto fing sie in genau jenem Moment ein, da sich ihre Füße von der Dachbrüstung lösten, die Schwerkraft sie erfasste, und sie durch die Nachtluft stürzte, der Ausdruck in den Gesichtern der Zuschauer noch ungerührt, da sie mit ihren Reaktionen eine volle Sekunde hinterherhinkten, Agnes aber schon fiel,

mein Herz setzte aus, als ich sie einen Moment lang mitten in der Luft sah, ehe sie durch die Schwärze hinab auf das verborgene Luftkissen stürzte, das aus dem Boden hervorknospte und sie zu verschlucken schien, als sie mittendrin landete, das sich um sie erhob, sie vor dem Gebäude in seinen weichen, tumorhaften Wuchs aufnahm, das Keuchen der Menge zeitgleich mit den runden Wogen, die sich um sie aufblähten, als verliehe der Schock der Menge dem Kissen die nötige Substanz, sich meiner blauhäutigen Tochter entgegenzuwölben, ehe es langsam wieder in sich zusammensank und Agnes in der ersterbenden Blüte auf einen schmalen Sockel gehoben wurde wie eine Art Venus aus der Muschel unter den blauen, aufs Tuch projizierten Wellen des Sees, die über ihren Leib kräuselten, in seiner Ausführung wirkte das Ganze unbeholfen, improvisiert, aber die Botschaft war klar und deutlich – das Rathaus und alle, die darin segelten, Politiker wie Techniker, tot, ertrunken in den Wogen dieses politischen Protests, und

hast du gesehen, was unsere Tochter gestern Abend getrieben hat, wollte Mairead am nächsten Tag wissen, ohne einen Faden am Leib, uns so vor dem ganzen Land zu beschämen

ja, sage ich

und warst du diesmal schockiert

ich bin nicht mehr so leicht zu schockieren

gut, erwiderte sie und ließ sich wieder in die Kissen sinken, mit einem müden Lächeln, das ihr Gesicht weit öffnete,

allerdings, sagte ich, bin ich ein wenig verwirrt, die Sache mit dem Wasser ist leicht zu verstehen, aber das mit dem vom Dach springen, was sollte das wohl bedeuten

das habe ich auch noch nicht so recht verstanden – hoffentlich ruft sie heute an, sie könnte es erklären, vielleicht hofft sie ja, es sei die Art inspirierendes Bild oder Ereignis, das die Stadt zu nachdrücklicherem Protest anspornt

wollen sie das denn

vielleicht, die Leute dazu bringen aufzubegehren und eine politische, gesellschaftliche Erneuerung in Gang zu setzen, die Leute aus ihrem Trott aufzuschrecken

du klingst wie Darragh,

tja, der Apfel fällt nicht weit vom Stamm

und jetzt kommt es mir wieder, der Apfel, und

wie ich an jenem Tag in die Stadt gefahren bin,

die Fahrt zur Stadt, während

Mairead aufrecht im Bett saß, der erste Tag nach der Wende zum Besseren, und

der Schmerz,

dieser verdammte Schmerz, als

ich in die Stadt fuhr, um das Rezept für sie einzulösen, irgendein Tonikum, das Dr. Cosgrave aufgeschrieben hatte, um sie nun am Ende ihrer Krankheit wieder aufzupäppeln, sie hatte stark abgenommen und war ziemlich schwach, ihr Tiefpunkt, aber eben auch der, ab dem es ihr wieder besser ging, wie eine Nippflut versiegte die Krankheit, ließ sie jetzt im Bett sitzen, im Rücken ein Berg Kissen, so kämpfte sie blass und außer Atem darum, aufrecht zu bleiben, das Schlimmste eindeutig vorbei, Mairead aber schwach wie ein Schluck Wasser, weshalb Dr. Cosgrave ihr dieses Tonikum verschrieb, nachdem Mairead ein letztes Mal untersucht worden war und Dr. Cosgrave sich zufrieden zeigte, sagte, sie sei tatsächlich auf dem Weg der Besserung, alle Anzeichen seien gut, auch ihr Appetit kehrte zurück, sie verlangte eine Tasse Suppe mit Toast, nachdem sie so lange nichts als lauwarmes Wasser getrunken hatte, um den Keim aus sich herauszuspülen, jedes Erbrechen reinigte sie, kostete sie aber auch ein wenig Farbe, weshalb sie jetzt fast durchsichtig wirkte von all dem Gewicht, das sie verloren hatte, aber

kein Grund zur Panik,

versicherte Dr. Cosgrave und lächelte uns beide im Dämmerlicht des Zimmers an,

sie hat Gewicht verloren, aber jetzt beginnen die Sommermonate, in denen sie rasch kräftiger werden wird und sich wieder aufbauen kann, das hier sollte ihr dabei helfen,

sagte sie, riss einen Zettel vom Rezeptblock, gab ihn mir, und ich begriff, dass es sich offenbar um ein Tonikum in Kapseln handelte, die dreimal am Tag nach den Mahlzeiten eingenommen werden mussten, also würde ich rüber nach Westport fahren, um sie für Mairead zu holen,

sie sah mich stirnrunzelnd an und fragte mit krächzender Stimme,

ein Tonikum – klingt so altmodisch, nimmt man so was denn heutzutage noch

schätze schon, steht zumindest so auf dem Rezept

klingt wie irgendwas aus der Zeit, als es noch Wickel und Blutegel gab

ich finde, von Egeln oder sonstigem Geschmeiß hattest

du mehr als genug, kommst du zurecht, wenn ich für ein, zwei Stunden unterwegs bin, um dir das hier zu besorgen

ja, na klar

brauchst du sonst noch was

bring mir bitte Apfelsaft mit

okay

und könntest du meinen Wagen nehmen, der ist lange nicht mehr bewegt worden, also tut ihm ein kurzer Ausflug sicher gut

klar, jetzt ist es halb zwölf, gegen eins bin ich zurück, wenn das für dich in Ordnung ist

natürlich, mir geht es gut

sie lächelte mich an, ihr mageres Gesicht zeigte schärfere Falten als gewohnt, war aber noch immer unverkennbar ihr Gesicht

wird dir auch guttun, mal für ein paar Stunden aus dem Haus zu kommen

du willst mich loswerden

ja, ich warte auf meinen Galan, der zu mir kommt, sobald du durch die Tür bist

tja, dann will ich euch nicht länger im Weg sein, hier ist Wasser, ein Handtuch und

mehr brauche ich nicht, und jetzt geh, ehe ich meine Meinung ändere, aber eins noch

ja

hast gute Arbeit geleistet

was denn für Arbeit

na, dass du dich um mich gekümmert hast, danke dafür

nichts zu danken

und ich schnappte mir den Schlüssel aus der Schale auf dem Flurschrank, zog die Tür hinter mir zu und ging zum Wagen, ihrem alten Corolla, der vorm Hausgiebel in Schatten und Stille stand, an den Scheibenwischern Blätter und Zweige, eine Schicht Staub auf der Windschutzscheibe, die Anzeichen der vergehenden Zeit hier vereint, Wind und Regen bereits geduldig am Werk, um ihn zu zersetzen, diesen Wagen, der so lange hier gestanden hatte, dass ich ihn einen Moment anschaute und mich fragte, ob er wohl anspringt,

möchte wetten, die Batterie ist tot,

und während ich den Sitz zurückschob, um mir mehr Beinfreiheit zu verschaffen, damit die Knie nicht ans Steuer stießen, und dann die Lehne verstellte, da ich nie bequem im Auto saß, wenn Mairead zuletzt damit gefahren war, deren Beine viel kürzer waren als meine, und die immer gern aufrecht saß, ich hingegen lieber zurückgelehnt, während ich es mir also bequem machte und mich fragte,

ob er wohl anspringt,

ob die Batterie tot ist,

doch als ich den Schlüssel im Zündschloss drehte, gingen die Lichter am Armaturenbrett an, ein paar träge, schwerfällige Umdrehungen und schon sprang der Motor an, absolvierte die Kausalkette vom Zündungsfunken zur Umdrehung, erwachte mit einem kräftigen Grummeln, das sich über den Fußraum und den Sitz übertrug, weshalb ich die Vibrationen am unteren Ende meines Rückgrats spürte, während ich einige Male aufs Gaspedal drückte, um den Motor warm werden zu lassen, dessen Lärm anschwoll, am Giebel aufstieg und wieder abschwoll, ein Grollen, vergessen alle Vernachlässigung, der Stillstand, und der Motor sang auf seine irgendwie rätselhafte Weise, die mich begeisterte und mir zugleich peinlich war, da mir Tränen in die Augen stiegen, während ich dasaß, aufs Gaspedal drückte und am Armaturenbrett sämtliche Anzeigen so ausschlugen, wie sie es sollten,

Temperatur, Öl, Umdrehungen, Tank,

Letzterer halb voll, also mehr als genug Benzin für die anstehende Fahrt, und so blieb ich noch einen Augenblick sitzen, gab immer wieder Gas, fühlte mich über die Maßen glücklich und war beeindruckt, dass dieser Wagen so leicht ansprang, nachdem er so lang im Regen und in der Kälte gestanden hatte, ein fünfzehn Jahre altes Auto, einmal hatte die Anzeige für den Kilometerstand die Uhr bereits umrundet, das meiste davon in den Teenagerjahren der Kinder zurückgelegt, die vielen Fahrten zu

Discos, Kinos, Sommerlager, Fußballspielen,

die Ereignisse in Kindheit und Jugend, zu denen, wie ich gestehen muss, Mairead die Kinder und ihre Freunde weit öfter gefahren hat als ich, so oft, dass sie besonders gern daran zurückdachte und ein sentimentales Gefühl für diesen besonderen Teil unseres Familienlebens hegte, das Auto ein Archiv unserer gemeinsamen Zeiten, das für immer fort wäre, würde der Wagen verschrottet, wozu es zurzeit allerdings nicht den geringsten Grund gab, da der Wagen den TÜV Mal um Mal mit fliegenden Fahnen bestand, immer ohne eine jener größeren Reparaturen, die für ihn den Schrottplatz bedeutet hätte, kam er doch jedes Mal nur mit einer Mängelliste kleiner Fehler aus der Werkstatt,

Spiegel, Nummernschild, Stoßdämpfer, Scheinwerfer, Spureinstellung, Lenkrad, nie

aber musste irgendein größeres Teil ausgetauscht werden, keinerlei mechanisches Versagen, und das, obwohl er seit fünfzehn Jahren über die Straßen von West Mayo hoppelte, weshalb sich langsam abzeichnete, dass dieses Auto bestimmt bis in alle Ewigkeit weiterfahren würde, als wäre es eine makellose, in einer reibungsfreien Welt erschaffene Maschine, gegen Verfall oder Veraltern gefeit, solange die Karosse hielt, was, ehrlich gesagt, wohl nicht mehr allzu viele Jahre der Fall sein dürfte, da unten an der Tür und am Rand der Motorhaube der Rost fraß, aber das war nur zu erwarten, solange jedoch das Bodenblech hielt und unter unserem Arsch die Straße nicht zu sehen war, brauchte ich keine Stahlplatten ans Chassis zu schweißen, und

ich saß da, genoss den Sound des Motors, der vor sich hinschnurrte, als brächte er eine Melodie aus einer besseren Welt vor, in der die Dinge einfach funktionierten – eine Welt, in der alles so lief, wie es sollte –, ehe ich Wasser auf die Windschutzscheibe schoss und vorübergehend erblindete, da der Schmutz unter den Wischern versuppte und in einem schlierigen Brei übers Glas gezogen wurde, ehe sich allmählich ein breiter Streifen klärte, der mir freie Sicht gab, das Geräusch des Motors war mir inzwischen in Haut und Knochen übergegangen und hatte sich auf so herrliche Weise mit meinen eigenen, kürzeren Rhythmen synchronisiert, dass ich, als ich

den ersten Gang einlegte,

auf die Straße fuhr, Gas gab und hochschaltete, in meinem Herzen eine schamlose Freude aufsteigen spürte, als würde ich endlich, zum ersten Mal nach langer Zeit, etwas Gutes hören, etwas, das nicht aus dem lärmenden Tumult dieser Welt stammte, sondern von jener harmonischen Ordnung kündete, die jedem und allem zugrunde liegt, dieses sanfte Vibrieren, das mir durchs Rückgrat bis in die Arme hinauffuhr, sodass ich mich nach wenigen Meilen entspannt wie schon seit Wochen nicht mehr zurücklehnte, Radio an,

was für ein herrlicher Tag,

die Sonne hoch am Himmel, und die Straße pflügte durch die blaue Luft, verschwand in des Tages Weiten entlang der sanften Hänge des Croagh Patrick zur Rechten und dem grünen Meer links, der Berg von solch hellen Lichtschwaden überzogen, dass ich gleich wusste, dies ist einer jener erstaunlichen Tage, an denen sich die Schönheit des Landes wie neu geschaffen zeigt, diese Harmonie, das Zusammenspiel aller Schatten, der Farben, die sich bis hinab zum Meer ziehen, das wie ein Spiegel dalag in der gesamten Bucht bis hin zu Achill Island und Mulranny, einer dieser Tage, bei denen man sich fragt, wie man sie nur unbeachtet lassen konnte, denn genau das passiert, wenn man so oft von Louisburgh nach Westport fährt, meine morgendliche Strecke zur Arbeit, auf der die Berge sich durchs ganze Farbspektrum von Blau nach Grün hinab zum flachen, von Gletschern geformten Meeresarm von Clew Bay senkten, eine Straße, deren Verlauf sich mir tief eingeprägt hat, so sehr ein Teil von mir, dass ich mich manchmal bewusst ermahnen musste, sie wirklich wahrzunehmen, was ich auch an diesem Tag versuchte, mich so zu konzentrieren, dass ich alle Einzelheiten erfasste, an denen ich während so vieler Fahrten einfach vorbeigebraust war, aber

kaum hatte ich es beschlossen und den Kopf von allem befreit, was mich ablenken könnte, bereit, die Welt um mich herum aufzusaugen, da war es auch schon wieder komplett vergessen, mein Entschluss so spurlos untergegangen, dass ich nur noch wusste, wie ich als Nächstes mitten in Westport ankam und am Bürgersteig vor dem Einkaufszentrum hielt, unten auf der Hauptstraße – zehn Meilen in einem Augenblinzeln zurückgelegt, nicht die geringste Erinnerung daran –, übrigens einer meiner Lieblingsplätze, da ich es irgendwie schön finde, an einem sonnigen Tag unter diesen Ulmen aus dem Wagen zu steigen, um einen Moment lang in ihrem Schatten zu verharren und auf den träge fließenden Fluss zu lauschen, der unterirdisch die Stadt quert – so langsam, dass man ihn kaum hört -, und nachdem ich den Wagen abgeschlossen hatte, machte ich mich auf den Weg und schätzte mich glücklich, am helllichten Tag so einen guten Parkplatz erwischt zu haben, denn in der Stadt war ziemlich viel los, ein steter Strom von Fahrzeugen passierte die Brücke zur Main Street, eine Lichtkaskade, von Windschutzscheiben gespiegelt, dazu auf den Gehwegen eine Flut von Fußgängern, die dieser schöne Tag in Scharen nach draußen lockte, die blassen Gesichter der Sonne zugekehrt, während

ich über die Straße zur Apotheke ging, wo ich einer jungen uniformierten Frau hinterm Tresen das Rezept aushändigte, worauf sie kurz zu mir aufsah und mit einem Lächeln erklärte, es würde fünf Minuten dauern, und ich antwortete,

kein Problem, ich hab's nicht eilig,

was stimmte, nur stand ich jetzt da und fühlte mich ein wenig unsicher, um mich herum nur Ständer und Regale mit Tinkturen und Parfüms für Frauen, wie ich mich auch drehte, fand ich mich fehl am Platz und wusste nicht, wohin den Blick wenden, weshalb ich ein wenig erleichtert war, als ich die Abteilung mit Männersachen entdeckte, Regale voll mit dem Zeugs, Aftershave, Bodyspray, Haargel und so,

Fahrenheit, One, Hugo Boss, Diesel, Beckham,

jede Marke mit eigenem Tester, also nahm ich einen, sprühte, roch, dann noch einen, und ehe ich es mich versah, hüllte mich ein ekliger Nebel widersprüchlicher Düfte ein, der Geruchssinn hoffnungslos überfordert, ja, mir war sogar leicht schwindlig, und fast hätte ich in meiner Verlegenheit Reißaus genommen, dann aber sah ich, dass es auch einen Stand mit Sonnenbrillen gab, und ich dachte, da könnte ich mich noch einige Augenblicke länger verstecken, mir jede einzeln vornehmen, runde, eckige, mit Bügeln aus Plastik oder aus Metall, und jedes Mal prüfte ich mein Aussehen in dem schmalen, an der Standseite angebrachten Längsspiegel und dachte, wenn das Wetter so sonnig bleibt, sollte ich mir vielleicht eine zulegen, womöglich eine mit Drahtgestell, die mich so gelehrt aussehen ließ, letztlich aber schien mir keine zu stehen, sah ich mit allen auf die eine oder andere Weise blöd aus, zu komisch, zu seltsam, zu offensichtlich auf der Suche nach etwas, das ich nicht mehr besaß, sie veränderten mein Gesicht jeweils nur wenig, und doch so radikal, dass ich den Mann kaum wiedererkannte, der mich aus dem schmalen Spiegel anblickte, eine dumme Erfahrung, die mich verstörte und mir peinlich war, weshalb ich vor Erleichterung seufzte, als die junge Frau schließlich hinter den Tresen zurückkehrte, lächelte und mir ein Päckchen hinhielt, das ich entgegennahm, kaufte zudem ein Röhrchen mit Lutschtabletten gegen Herzstechen, ein Angebot neben der Kasse, hatte ich doch seit dem Aufwachen am Morgen dieses brennende Gefühl in der Brust, nahm das Wechselgeld und trat aus dem Laden auf den übervölkerten Gehweg,

wo ich einen Moment stehen blieb, um das Päckchen in die Jackentasche zu stecken, froh, meine Besorgung erledigt zu haben, ehe ich über die Straße ging, um im Laden an der Ecke eine Zeitung zu kaufen, zwei vielmehr, die überregionale und die lokale, dazu einen Karton Apfelsaft, Einkäufe, die ich dann drei Türen weiter in ein kleines Café trug, das einen uneingeschränkten Blick auf die Hauptstraße bis hinauf zur Uhr am oberen Ende bot und in dem es langsam voll wurde, war es doch schon nach zwölf, und außer mir hatten offenbar noch andere Leute den Gedanken gehabt, sich vor dem mittäglichen Ansturm einen Bissen zu gönnen – Anzugträger aus irgendwelchen Büros, bestimmt Leute, die in der Bank arbeiteten, dazu ein paar Anwälte, die ich kannte und denen ich zunickte, sowie einige der allgegenwärtigen Touristen mit Wanderstiefeln und Gore-Tex – mir gelang es, im hinteren Teil einen Tisch zu ergattern, von dem aus ich das ganze Café überblicken und bis hinaus auf die Straße sehen konnte, also legte ich die Zeitungen ab, bestellte bei der jungen Kellnerin eine Tasse Kaffee und ein Club-Sandwich, und obwohl ich vorgehabt hatte, die Zeitungen durchzublättern und mich hinsichtlich des Weltgeschehens auf den neuesten Stand zu bringen, ertappte ich mich dabei, wie ich meine Aufmerksamkeit ganz auf die Leute richtete, die jetzt in dieses kleine Café drängten, das alles in allem kaum mehr als acht, neun Tische fasste, am Nachbartisch saß übrigens eine junge Frau, allein, im Nadelstreifenkostüm, und las die Sportseiten einer Boulevardzeitung, die über einen Fußballer aus der Premier League berichtete, von dem man annahm, er würde ziemlich bald von Arsenal zurück zu Barcelona wechseln, jenem Verein, der sein Talent von früh an gefördert hatte, eine Story, die sie völlig zu faszinieren schien, denn sie saß über die Zeitung gebeugt, das Haar fiel ihr ins Gesicht, während sie den Suppenlöffel über die Zeitung hielt, und es war interessant, wie eine Frau sich derart in der Seifenopernpolitik des englischen Fußballs verlor, diese Frau, auf eine üppige, verschwenderische Weise attraktiv, die so ganz anders war als die von Mairead und nach der mich manchmal gelüstete, ein Gefühl, bei dem ich stets glaubte, Mairead untreu zu werden, die sich körperlich doch so sehr von dieser Frau unterschied, die jetzt die Zeitung umblätterte, ohne auch nur die geringste Ahnung zu haben, was ein ihr völlig Fremder gerade über sie dachte, während sich

am Tisch in der Fensternische ein Touristenpaar, die großen Allwetterjacken hinter sich über die Stühle gehängt, mit einem kleinen Mädchen im Kinderstuhl befasste, das aus einem Glas gefüttert wurde von seinem Vater, der die übliche Montur für unbeständiges Wetter trug – Stiefel, Cargohose, Fleecepullover –, während neben ihm seine Frau ihr Portemonnaie inspizierte – Mitte vierzig, mit dem trainierten Körper einer Wanderin oder Marathonläuferin, eine jener Disziplinen jedenfalls, die all ihr

Körperfett verbrannt hatten, das bei dem rundlichen, fröhlichen Mädchen im Kinderstuhl noch unübersehbar war, ein Kind, das sein Essen sichtlich genoss, fröhlich kaute, auch wenn es dabei die Hälfte übers Kinn schmierte, und das gleich vor sich auf den kleinen Tisch haute, wenn es nicht schnell genug gefüttert wurde, eine Angewohnheit, der die Kleine sich, dem hellen Entzücken im Gesicht des Vater zufolge, mit großem Charme hingab und ihn sicher noch faszinieren würde, wenn seine Tochter längst erwachsen war, bemerkte ich an ihm doch denselben leicht benommenen Gesichtsausdruck, der mir manchmal auch bei Mairead auffiel, wenn sie mit Darragh zu tun hatte, ein leichtes Entgleiten jeder Fähigkeit zur Kritik wie bei diesem Mann, als sähe er das Kind zum ersten und nicht, wie anzunehmen war, zum x-ten Mal, all jene Manierismen bereits vorhanden, die sie einmal zu der Frau machen und verfeinern würden, zu der sie heranwuchs, während dem Vater nach und nach das Gefühl zu schaffen machen würde, in derselben Zeit nachzulassen und alt zu werden,

seine Frau aber bezahlte am Tresen, kehrte zurück und fing an, Mäntel und Taschen einzusammeln, wodurch sie der Szene eine stille Geschäftigkeit verlieh, wie sie so organisierte und ihre Familie durch den engen Raum zur Tür bugsierte, während sich

zu meiner Linken ein kleineres, intimeres Drama zwischen einer Frau um die dreißig und einem älteren Mann abspielte, der ein offenes Hemd mit Manschettenknöpfen trug und zu dem die Frau sich vorbeugte, während sie versuchte, seine Aufmerksamkeit zu gewinnen, er sich aber ganz auf seine Pfeife konzentrierte, den Kopf mit einem kleinen Taschenmesser auskratzte und ihn am Tellerrand ausklopfte, um dann vom Kratzen und Klopfen aufzublicken, der Frau in die Augen zu schauen und ihr solcherart zu versichern, dass er ihr zuhörte, dass er ihr seine volle Aufmerksamkeit schenkte, jedenfalls soweit sie nicht vom Pfeifeputzen in Anspruch genommen wurde, die Frau über den Tisch gebeugt, der Kiefer angespannt, als solle er unterstreichen, was sie sagte oder wovon auch immer sie ihn zu überzeugen versuchte, wobei die zwei körperlich dermaßen vertraut wirkten, dass ich mich fragte, in welcher Beziehung sie zueinander standen, schließlich war kaum zu übersehen, dass es da eine enge Verbindung gab, ob aber beruflicher oder romantischer Natur, das ließ sich nur schwer sagen, denn auch wenn die Besorgnis der Frau sehr real und für jeden Zuschauer geradezu spürbar war, wäre beides möglich, dass sie ihn nach einer gescheiterten Affäre anflehte oder diesen älteren Mann unbedingt von etwas überzeugen wollte, ein so starkes Verlangen, dass ich nun annahm, es handle sich hier eher um eine berufliche Angelegenheit, irgendein Arbeitsplatzdrama war passiert, aber nicht endgültig geklärt, etwas musste noch auf die ein oder andere Art ausgebügelt werden, denn im Gesicht der Frau las ich eindeutig und unübersehbar die Angst, missverstanden zu werden, die Befürchtung, irgendein Vorteil, eine Stelle sei in Gefahr oder ein Ruf, hart erarbeitet, doch anfällig, irgendwie in den Schmutz gezogen, nur mochte das stimmen oder auch nicht, eines aber war jedenfalls ganz offensichtlich, dass nämlich der Mann in seiner Mittagspause lieber nichts davon gehört hätte, so wie er sich über die Pfeife beugte, deren Kopf auskratzte und prüfend durch den Holm schaute, dieses ganze Theater, diese Zeremonie – was mich daran erinnerte, dass ich schon lange niemanden mehr in der Öffentlichkeit eine Pfeife rauchen gesehen hatte – übrigens auch privat nicht –, ein seltsames Bild wie aus einer anderen Welt, eine Erinnerung an eine erst kürzlich vergangene historische Epoche, in der ein kleiner Raum wie dieser hier blau vom Rauch gewesen wäre, ob nun gegessen wurde oder nicht, in Kleidern und Haaren Rauch, der noch am Abend rausgewaschen werden musste, doch da

wurden meine Überlegungen von der Kellnerin unterbrochen, die meine Bestellung brachte, sie akkurat auf dem Tisch anordnete – Kaffee und ein Club-Sandwich, das Besteck in eine Serviette gewickelt –, das Ganze so liebevoll zurechtgemacht, so professionell, dass ich einen Moment einfach nur sitzen blieb, um das Ensemble zu bewundern, der Kaffee, sein metallischer Geruch überdeckt vom Sahnehäubchen, das ich nur ungern anrührte, das Sandwich mit einem grünen Salatblatt garniert untadelig auf dem Teller – auf mich ausgerichtet wie ein Walmdach, an beiden Seiten von zwei Cocktailspießen durchbohrt – das Ganze derart vollkommen, dass es mir nur recht schien, es zu bewundern, ehe ich es auseinandernahm und aß, aber genau das tat ich, nachdem ich es so lange unberührt liegengelassen hatte, wie ich brauchte, Milch in den Kaffee zu gießen und umzurühren, wonach mich bereits das nächste Vergnügen erwartete, als ich nämlich feststellte, dass das Sandwich so gut schmeckte wie es aussah, dass es da keine Kluft, keinen Widerspruch zwischen Anblick und Geschmack gab, der knackige Salat feucht, dazu Tomaten und Huhn zwischen zwei warmen Toastscheiben, und noch ehe ich zubiss, war ich

in diesem Moment,

in diesem übervollen Raum mit seinem Durcheinander von Tischen und Stühlen,

diesen Leuten mit ihrem jeweiligen Leben, ihren Gedanken,

überwältigt von dem Gefühl, was für ein seltsames Privileg es doch war, in diesem Café unter so vielen Menschen zu sitzen, die mir nichts Böses wollten und die sich höchstwahrscheinlich für mich freuen würden, wenn sie erführen, dass ich einen guten Tag hatte – dass meine Frau auf dem Weg der Besserung, der Wagen angesprungen und dieses Sandwich lecker war und dass draußen die Sonne schien –, keiner dieser Menschen würde mir das missgönnen und sie alle würden es zu würdigen wissen, auf welch gekonnte Weise dieses Sandwich zubereitet wurde, wie jedes Detail ein Maß an Aufmerksamkeit verriet, die über bloßes Können hinausging und von einer Sorgfalt, einer Hingabe kündete, die auf behutsame Weise geradezu demütigend wirkte, zudem war es so unerwartet und verblüffend, etwas derart Banales zu bemerken, dass in mir ein Gefühl dafür geweckt wurde, wie unwahrscheinlich das Leben doch war, wie unwahrscheinlich, dass dieses Etwas – ein Sandwich, Herrgott noch mal – mir so eine innige Güte vermitteln konnte, dass

mich jetzt in einem närrischen Maße Dankbarkeit für diese halbe Stunde im Café überkam, eine Atempause unter anständigen Menschen, dazu gutes Essen und die aufmerksame Fürsorge jener, die das Café betrieben, weshalb ich mich einen Moment lang, in dem Zeit und Raum Schicht um Schicht durch mich hindurch in die Tiefe zu stürzen schienen, am Tischrand festhalten musste, da mich ein rasendes Gefühl für die kosmische Absurdität des Hier und Jetzt packte, wie unwahrscheinlich, wie zufallsbedingt es war, dass so vieles im weiten Raum des Universums seinen rechten Platz eingenommen und in rechter Stärke Einfluss auf die mich betreffenden Umstände ausgeübt hatte, sodass ich einen Moment lang mit meiner Tasse in der Hand zurückgelehnt dasaß, und einen freien Blick über den Strudel meines Lebens hatte, vorbei an all den zusammenhängenden Umständen, die sich hatten ergeben müssen, damit ich hier in diesem besonderen Augenblick an diesem Ort saß, und diese Welle von Dankbarkeit und Terror fegte mit solcher Wucht durch mich hindurch, dass ich fürchtete, zu meiner Scham in Tränen auszubrechen, eine Ekstase der Freude, aber auch der Angst vor der Welt und allem, was sie enthielt, ein ungewolltes Gefühl, das so überwältigend war, dass ich es nur mit letzter Kraft schaffte, mich so lange zusammenzureißen, wie ich brauchte, mir meinen Weg an den Tischen vorbei zu bahnen und an der Kasse zu bezahlen, wo ich, mit einer auf geradezu lächerliche Weise halb erstickten Stimme auf die freundliche Frage der jungen, die Rechnung schreibenden Frau antwortete,

ja, alles sei bestens gewesen, vielen Dank auch,

was sie mit einem netten Lächeln quittierte, während sie den Zehn-Euro-Schein nahm und mir das Wechselgeld in die Hand gab, ehe ich durch das Gewirr an Tischen und Stühlen zur Tür ging und hinaus auf den Bürgersteig trat, wo mir auffiel, dass jetzt eine wässrige Sonne am Himmel hing, deren Licht von vorbeifahrenden Autos reflektiert wurde, an Windschutzscheiben und an den Schaufensterscheiben gegenüber absplitterte, Licht, das von mehr kündete als seiner eigentlichen Aufgabe, den Tag zu erhellen, die ganze Welt auf die eine oder andere Weise überhell, weshalb ich es bedauerte, keine der Sonnenbrillen gekauft zu haben, auch wenn sie mich noch so blöd aussehen ließen, aber die Drogerie lag auf der anderen Straßenseite, und ich fand, es wäre besser, mich in den Wagen zu setzen und nach Hause zu fahren, da ich inzwischen fast anderthalb Stunden von Mairead fort war, eigentlich kaum der Rede wert, trotzdem wurde mir ein bisschen kribbelig, auch wenn Mairead höchstwahrscheinlich froh war, mich eine Weile los zu sein, ohne mein besorgtes Behüten, diese Rolle, die mir beinahe zu leicht fiel und in die ich so bereitwillig geschlüpft war, fast ehe ich es recht bedacht hatte, meine Rolle, Mairead zu verhätscheln, ständig nachzusehen, ob mit ihr auch alles in Ordnung war,

ob ich ihr denn nichts besorgen könne,

ob sie etwas essen wolle,

ein Omlette, ein bisschen Suppe,

Tee,

irgendwas,

dieses endlose Bemuttern, bis selbst für mich offensichtlich wurde, dass es hier nicht allein um ihr Wohlbefinden ging, vielmehr war mein Verhalten symptomatisch dafür, dass ich mir beweisen musste, ein guter, fürsorglicher Ehemann zu sein, ein Mann, der in seinen verknöcherten Gewohnheiten nicht zu eingefleischt und festgefahren war, dass er nichts Neues in sich entdecken könnte, nämlich dieses Umsorgen, diese beschwichtigenden Gesten, die bis zu dem hier, also bis vor einen Monat, unvermutet und unerhört gewesen wären, jetzt aber in solch leichten, tröstlichen Feinheiten erblühte, dass ich mich selbst bereits wie ein Geist durchs Haus bewegte, kaum mehr als dunstiges Licht und aufbauschende Gaze, nahezu aller Farbe beraubt, jeder Kraft, sodass meine Finger kaum einen Abdruck auf meiner Frau hinterließen, was mich aber,

allem Anschein nach,

keineswegs gegen körperlichen Schmerz gefeit machte, da dort, auf dem sonnenhellen Bürgersteig, das Herzstechen erneut in meiner Brust aufflammte und ich noch eine von den Lutschtabletten nahm, um den bitteren Schmerz zu lindern, als

mich all dies wieder überkam,

jene Beklemmung, die in der Brust Sehnen und Knochen zusammenzog – dieser Kaffee, ohne Frage gut, aber auch stark, genau die Sorte, die einem so richtig Herzklabastern verschafft, wie ich es jetzt spürte, dermaßen nervös, als plagten grobe Interferenzen meine Nerven, was mich über die Straße und die Kreuzung hasten ließ, hin zu meinem geparkten Wagen, in den ich mich setzte, die Zeitungen auf den Rücksitz warf, und als ich den Sicherheitsgurt über meine Brust zog, spürte ich das Päckchen mit der Medizin in der Jackentasche, also nahm ich es raus und legte es auf den Beifahrersitz, ehe ich den Motor anließ, auf die Straße bog und mich auf Anhieb

vergaß,

vollkommen vergaß,

eine erhebliche Strecke reiner Geistesabwesenheit, die so lang vorhielt, wie ich brauchte, um einmal quer durch die Stadt zu fahren, eine Zeit, in der ich sorgsam durch den spärlichen Verkehr lavierte, anhielt, um Fußgänger über die Straße und andere Autos einfädeln zu lassen, die Gänge rauf und runter schaltete, so viele komplexe, gedankenleere Manöver, dennoch erreichte ich wohlbehalten die andere Seite der Stadt, wenn auch ohne die geringste Erinnerung daran, langsam durch die Straßen gefahren zu sein, ein weiteres dieser ausgedehnten, geistlosen Intervalle, in denen die Seele spazieren ging, sich von ihren Fesseln löste und allein für sich umherschweifte, dann aber

kam ich zu mir und erinnerte mich daran,

dass ich beschlossen hatte, auf der andere Seite der Stadt, oben auf dem Hügel, nach rechts abzubiegen und über die Rosbeg Road nach Hause zu fahren, diese Strecke, die auch die Goldene Meile genannt wird, da sie sich an der Küste entlangschlängelt, das Meer zur Rechten, das bei Flut von weit her über den Sand zu den flachen Molen läuft, und jetzt, um diese Zeit, war Flut, das Brennen in meiner Brust aber hatte trotz der Lutschtabletten kein bisschen nachgelassen, im Gegenteil, es schien schlimmer geworden zu sein, eine Beklemmung, die mir alle Energie raubte, während ich,

Heilige Mutter Jesu,

die Küstenstraße entlangfuhr, vorbei an diesen großen Herrenhäusern links der Straße, die Anwälten gehörten, Ärzten, Geschäftsleuten, Häuser mit breiten Fensterfronten, Blick aufs Meer, die das Funkeln der Sonne und ihre Lichtrhythmen auf die Straße spiegelten, weshalb man meinen konnte, das Meer dehne sich auf beiden Seiten der Straße aus und man fahre durch eine mit einer Überfülle an Licht gesegnete Gegend, ehe die Straße eine Kehre machte und die Bäume auf beiden Seiten näher rückten, ihre Äste sich über dem Wagen verschränkten und das Licht ausschlossen, um nur jenes präzise Maß an Dunkelheit zuzulassen, das es einem erlaubt, die wahre Farbe der Dinge und ihre Schatten zu sehen – Steinmauern beidseits der Straße, oben das Baumgewölbe, durch dessen Laub die Sonne nur blinzelte, ein, zwei Meilen, ehe sie sich wieder für etwa eine Meile in ihrer ganzen Pracht zeigte, am Ende dann eine breite Kurve, in der ich langsamer wurde, um an der T-Kreuzung rechts abzubiegen, wo die Straße in eine weite Biegung überging, die um

das Imperial Hotel herumführte, das linkerhand hinter hohen, pockennarbigen Mauern stand, heruntergekommen und blicklos auf brachem Gelände, seit mehr als zwei Jahrzehnten verfällt es hinter dem verschnörkelten Eisentor, ein trauriger Anblick, erst recht, weil niemand genau weiß, warum und wieso es dazu kam, damals, als kein Ort der ganzen Gegend so glamourös war wie die Tennisplätze, der Swimmingpool, vor allem aber an den Tanzsaal mit Ahornboden erinnerte sich meine Mutter, wo sie so oft getanzt hatte, und sie wusste noch,

wie man über diesen Boden dahinschwebte, was wir oft getan haben, dein Vater und ich, damals, als er um mich warb, in jenen Tagen kamen die vielen Leute von überall her, das

war, ehe das Hotel dann in den Achtzigern überraschend geschlossen, dem Personal gekündigt und der Strom abgestellt wurde, um Ostern dreiundachtzig oder vierundachtzig, die Jalousien herabgelassen, die Vorhänge vorgezogen, ein Vorhängeschloss am verschnörkelten Tor, das ganze Gebäude versperrt, dabei kannte niemand den Grund, es gab keinerlei Erklärung, was natürlich jede Menge Spekulationen und Geschichten aufkommen ließ – es hätte Schulden gegeben, nicht mehr genügend Gäste, in London einen Taugenichts von Sohn, der mit der Besitzurkunde durchgebrannt war und so weiter und so weiter, jedenfalls wurden die Eigner nie wieder gesehen, und das Hotel stand seither einfach nur da und blieb

Stein um Stein,

Zimmer für Zimmer,

dem steten Verfall überlassen, Farbe blätterte ab, Staub sammelte sich in den Räumen, Unkraut brach durch den festen Belag der Tennisplätze, selbst der Asphalt auf dem Parkplatz löste sich in blasigen Brocken ab, während der hintere Holzzaun in sich zusammenfiel und allen Kindern aus der Gegend freien Zugang gewährte, die kamen, um die Zimmer und Flure zu durchstöbern und die Gelegenheit nutzten, um Steine gegen die kleinen Fenster zu werfen, sie eins nach dem anderen einzuwerfen, und das Vieh kam von den angrenzenden Feldern, trieb langsam durch die Lücken im Zaun, dort, wo die Bretter schon völlig verfault waren, stromerte über das Gelände, schwarze, rote Angus-Rinder, die Kälber ihnen nach, so staksten sie an Sommerabenden still durch die Gärten und vorbei am Swimmingpool, lagen auf der gefliesten Terrasse neben den vom Moos der Verwahrlosung längst grünen Gipsbalustraden, bis der Besitzer der Herde – ein Mann namens Fallon –, dessen Weideland vom Strand bis ans Hotel reichte – den schräg abfallenden Boden des Swimmingpools mit einigen Tonnen Schotter und Kies füllte und am tiefen Ende ein Metallgatter baute, an dem er, wenn der Winter kam, jeden Abend das Vieh fütterte, über den Rand gekipptes Heu, auch Silage, so fütterte er seine Herde am Ende des gefliesten Swimmingpools, wonach die Tiere mit gesenkten Schädeln weiterzogen, bis sie den Weg zum schon halb verfallenen Notausgang fanden, die Tür lose in den Angeln, was es ihnen erlaubte, links von der Bühne in den Tanzsaal vorzudringen, eine Viehherde, die in langer Reihe auf den Ahornboden trottete, Satinvorhänge an den Wänden, schwarz vom Schimmel, mittig überm Boden an einer Kette die Discokugel, der schönste Tanzsaal in West Mayo voller Angus-Rinder, die sich jetzt hinlegten, die Augen geschlossen, um wiederzukäuen, bis sie morgens erneut auf die Weide zogen, und das ging jetzt schon so lang, dass Fallon eine Art Hausbesetzerrecht reklamierte und zum Hauptkläger im andauernden Gerichtsprozess wurde, in dem über das Schicksal dieses Hotels entschieden wurde, das mich an Tagen wie diesem, wenn das Sonnenlicht schräg durch zerbrochene Fenster über die Balustraden fiel,

stets an den geplünderten Palast eines Tyrannen erinnerte, des erbarmungslosen Herrschers eines karibischen Inselkönigreiches, von gemäßigtem Klima begünstigt, mit beträchtlichen Bodenschätzen gesegnet, doch unter Inkompetenz und Korruption leidend, unter steigender Inflation und einer erbärmlichen Menschenrechtsbilanz, das ganze Gelände die Erinnerung an ein außergewöhnliches System, das hier Bestand gehabt haben musste, ohne dass wir es je anerkannt und ohne dass wir je begriffen hätten, was es wirklich war, ehe es vom größeren Drama fernerer Weltumstände zugunsten von etwas anderem hinweggefegt wurde, weshalb das alte Hotel dort jetzt

fensterlos und heruntergekommen stand, von seinen vielen Bögen und Kolonnaden der Putz abbröckelte, was den grauen Beton darunter freilegte – das Haus verfiel und vermoderte nach eigenem geduldigen Plan, die vielen Ecken und Zimmer, die Treppen und Flure, in denen sich still jede nur erdenkliche Fäulnis ausbreitete, Niedergang und Verwahrlosung, sämtliche Varianten des breiten Spektrums eines Zusammenbruchs, der es Stein um Stein zum Einsturz brachte, Balken um Balken, Fliese um Fliese, das ganze Anwesen ein Opfer jeder Spielart des Verfalls, jenem, der Beton eigen ist und jenem, der dem Holz eigen ist, und jenem, der dem Metall eigen ist, sie alle auf ihre ureigene Weise und im je eigenen Tempo machten den Bau nach und nach dem Erdboden gleich, während er in meinem Rückspiegel immer kleiner wurde und schließlich verschwand, als ich auf meinem Heimweg in Belclare um die Kurve fuhr, wieder entlang der Küste, etwas langsamer jetzt, keine Eile mehr, ich hatte es ja fast geschafft, weshalb mein Blick auf den im scheckigen Wechsel auf dem Wasser verteilten Glitzerflecken ruhte, diesem Mosaik aus Land und Licht von der Gezeitenmarke bis dahin, wo sich nun die schmalste Stelle der Clew Bay mit all ihren Inseln befand, die sich dicht am Ufer reihten, ein Anblick, bei dem ich immer an das denken musste, was ich noch aus der Zwischenprüfung für Erdkunde vor all den Jahren in Erinnerung hatte, ein Detail,

dass nämlich diese ganze Gegend hier in der präkambrischen Ära ein Gletschertal gewesen war, in jener Jugend der Welt, als das Licht noch klarer war und dieses Land unter einem neun Kilometer dicken Gletscher lag, der es von Ost nach West glattschliff und entlang der Bucht Drumlins aus Sand und Kies hinterließ, kleine, eiförmige Inselbuckel im Wasser, die in jede Richtung ausliefen, in die sich der Gletscher bewegt hatte, ein Wissensfitzel aus meiner frühen Jugend, das mir nach fünfunddreißig Jahren noch im Kopf herumschwirrte, während andere, womöglich wichtigere Dinge längst vergessen waren, und

ich wurde langsamer, weil

ich einen Moment am Straßenrand anhalten musste, also auf den Platz unweit vom Tierpark einbog, den die Gemeinde jahrelang genutzt hatte, um Kies und Asphaltmaterial zu lagern, denn

jetzt fällt es mir wieder ein,

ich erinnerte mich an diesen Schmerz,

Gott verdammt,

dieser Schmerz in meiner Brust, der bis in die Arme ausstrahlte und hinten die Beine runter, sodass ich mich mit beiden Händen gegen das Lenkrad stemmte und für einen Moment die Augen schloss, als könnte eine dieser Reaktionen den Schmerz vertreiben, zwang mich in die Parkbucht einzubiegen und zwischen zwei Kieshaufen zu parken, wo ich auskuppelte, aber den Motor laufen ließ, denn dieser Schmerz, der sich jetzt durch mich hindurchfraß, würde doch sicher gleich vergehen, und dann machte ich mich wieder auf den Weg nach Hause, zu Mairead, die bestimmt schon anfing, sich Sorgen zu machen, als

der Schmerz noch heftiger wurde,

mir die Brust zusammenpresste, sodass

ich das Fenster runterkurbelte, um einen Schwall frischer Luft hereinzulassen, und ich machte mir das Hemd auf, weitete den Kragen, nur ein paar Knöpfe, damit kalte Luft an meine Brust kam, das könnte helfen, den Schmerz ein wenig zu lindern, denn der war jetzt verdammt heftig, wurzelte wie eine schwarze Sonne in meiner Brust und strömte von dort bis in meine letzten Winkel, in die Hände und Füße und ins Kreuz, verästelte sich wie ein elektrisches Gewitter, ummantelte mein gesamtes Nervensystem und trieb seine stählernen Klauen bis hinauf in meinen Schädel, der Atem ein abgehacktes Würgen, der Körper stocksteif im Sitz, als

mein Blick auf die Uhr am Armaturenbrett fiel, und ich sah, dass es kurz vor eins war,

die Ein-Uhr-Nachrichten, also

streckte ich eine Hand aus, stellte das Radio an und tatsächlich, die letzte Werbung vorm Signalton für die Nachrichten – dieses Piepen –, und irgendwas zutiefst Verstörtes in mir sorgte dafür, dass ich mich zusammenriss, mich auf die Nachrichten konzentrierte, als wären sie was Solides, etwas Festes, an das ich mich mit beiden Händen klammern, das mich beruhigen konnte, ein hoffnungsloser Gedanke noch während er mir kam, in meiner Verzweiflung aber glaubte ich, keine andere Wahl zu haben – das Signaltonpiepen gegen den wilden Schmerz in meiner Brust,

Gott, dieser verdammte Schmerz,

diese Welt aus Schmerz,

mein Körper brannte, vom Kopf bis zu den Zehen ein Lavastrom, der bis in die kleinsten Moleküle meines Seins flammte, eine Pein wie keine, die ich je zuvor gefühlt hatte, Brust und Arme schmerzüberzogen, der Blick in die blauen Tiefen elektrischer Wellen gekrümmt, während das Licht schwand, und ich weiß noch, wie ich in meiner panischen Verzweiflung dachte, dass

ich mich einfach ans Piepen halte, denn danach kommen die Kurznachrichten, also höre ich nur ein paar Minuten zu, mehr brauche ich gar nicht zu tun, nur dem Nachrichtensprecher zuhören, der mir sagt, was in jener weiten Welt geschieht, die außerhalb der Schmerzen in meiner Brust existiert, der mir sagt, dass in der Welt Streiks und Tarifkonflikte toben ... dass aller Orten sämtliche ökonomischen Indikatoren abwärts deuten ... dass es Verkehrstote gab und Messerstechereien ... in Bagdad eine Autobombe explodierte und der Vormarsch in Helmand aufgehalten wurde ... ein Kind vermisst wird oder man eine Leiche gefunden hat ... die Unfallabteilungen und Notaufnahmen überfüllt sind, Patienten in den Fluren der Krankenhäuser auf Rolltragen liegen ... dass Umfragen anzeigen ... Gerichte bestätigt haben und Haftbefehle erstellt wurden ... die Wahlergebnisse angezweifelt werden, sich jemand aber bereits zum Präsidenten auf Lebenszeit ernannt hat ... dass endlich entsprechende Gesetze erlassen oder die Vorlagen ans höchste Gericht weitergeleitet wurden ... dass das ganze Gedränge und Geschiebe auf der Welt weitergeht, Umstände sich verbessern oder verschlechtern,

verbessern oder verschlechtern, denn

wenn ich wusste, dass all dies noch geschah, noch vonstattenging, wie fern oder entsetzlich auch immer, dann freute es mich, dass die Welt sich ganz normal weiterdrehte, und dass ich, Bürger und Ingenieur, dazugehörte, dass ich, wie weit fort diese Dinge auch passierten, Anteil daran hatte, schlicht weil ich weiterhin Luft holte, mein Puls stieg und ich am Radio Nachrichten hörte, dass ich etwas mit all dem zu tun hatte, wie unbedeutend oder beiläufig auch immer, denn das war ich mir als jemandem schuldig, der solche Sachen ernst nahm,

Schmerz hin oder her,

gottverdammt,

weshalb es jetzt entscheidend darauf ankam, dass ich aufmerksam zuhörte, um so das Feuer in meiner Brust zu löschen, dass ich mich ganz dem widmete, was ich jetzt hören sollte, als ich dann tatsächlich, endlich,

das Piepen vernahm,

piep, piep, piep,

das Zeitsignal für die Ein-Uhr-Nachrichten pulsierte über den Äther, forderte von der ganzen Nation Aufmerksamkeit ein, und auf das Zeitsignal folgte die Erkennungsfanfare, gerade als der Schmerz sich tiefer in meine Brust grub, über jeden Rhythmus hinwegflammte, der meinen Leib beisammenhielt, sich durch alle mich messenden Pulsschläge sengte, sie unter einer glutheißen roten Welle verwischte, die mich verbrühte und den Schuh tief in den Fußraum pressen, ihn heftig aufs Gaspedal knallen ließ, weshalb der Motor in die Nachrichten röhrte und ich Mühe hatte, den Sprecher zu verstehen, der die Nation mit den Worten begrüßte

heute ist Freitag der 21. März, es folgen die Schlagzeilen, während

mich eine Schmerzwoge aus mir herauskatapultierte, ein Sparren in meiner Brust brach, und ich aufschrie, als der Kopf gegen die Rückenlehne flog, mein Mund offen, der Rücken durchgedrückt, und ich ein weiteres Mal den Schuh in den Fußraum rammte, das Gaspedal bis zum Boden durchdrückte und der Motor mit weit über zehntausend Umdrehungen aufheulte, ein kehliges Brüllen, im Innern ein metallisches Jaulen, so laut, es musste einfach die Aufmerksamkeit von irgendwem auf der Straße erregen, einem Mann, einer Frau, die vorübergingen, den Lärm hörten und zum Auto kamen, in dem sie mich sehen würden, wie ich, den Kopf zurückgeworfen, den Mund offen, die Hand nach Maireads Arznei auf dem Beifahrersitz ausstreckte, nach dem Päckchen griff, das so unendlich weit fort zu sein schien, während der Schmerz durch meine Brust bördelte, als wäre darin ein entscheidendes Trägerelement, ein tragender Türsturz zerbrochen, dieser Schmerz, der mich verschlang, und da hörte ich es erneut,

Freitag, 21. März,

der Tag, an dem meine Frau zur Witwe wurde und meine beiden Kinder ihren Vater verloren, der Tag, an dem sich mein Name von dem Mann löste, zu dem er gehörte, eine so klare, detaillierte Erinnerung an meinen eigenen Tod in genau dem Augenblick, als ich mir in meinem höllischen Schmerz sagte,

ich höre nur noch eben die Nachrichten, als

genau in diesem Augenblick

das große harmonische Gefüge meines gesamten Seins zerfiel und ich mich in Bausch und Bogen auflöste, sintflutartig, stetig zerfallend, den Zugriff auf all jene Marker verlor, die mich zusammenhielten und an diese Welt banden, die komplett verschwand, da das Licht sich um mich verdunkelte und ich die Welt den Bruchteil einer Sekunde lang wie im Negativ sah, alle Farben zu einer kleinen Farbpalette aus Schwarz und Grau verbluteten, ein komplexes Ineinanderverlaufen aller Formen und Konturen, Berge und Meer auf der Windschutzscheibe vor mir verschmolzen, und

irgendwo über der Erde versagte die Sonne,

verglühte von innen, ausgelaugt, nichts weiter als ein riesiger Schlackeball, der durch den Riss im Raum trieb, zu heißem Kern zusammenfiel, ehe auch der kollabierte, weshalb alles Licht nur noch Restlicht war, aschfarben, das seine eigene Dunkelheit in die Leere zog, während um mich jede Farbe zu ihrem spezifischen Dunkel verblasste, alle Dinge erschlafften und zerliefen, und

die Zeit selbst begann, sich so fest zusammenzuziehen, dass sie bestimmt jeden Moment erstarrte, und

jeden Moment gibt es jetzt kein Jetzt mehr, und

selbst wenn es diese Dinge gibt, wird

keines dieser Dinge

jetzt sein,

könnte ich mich selbst sehen wie

ich da im Auto lag, lang ausgestreckt am Steuer, der Körper erstarrt in seinen letzten Zuckungen, der linke Arm über den Beifahrersitz gelegt, in der Hand Maireads Medizin, der ganze Oberkörper dahin verdreht, der Fuß bleischwer auf dem Gaspedal, sodass der Motor aufheulte, brüllte mit vielen tausend Umdrehungen, schrie,

so geht ein Ingenieur dahin,

keine Präzision mehr, all meine Winkel auf die Ewigkeit ausgerichtet,

endlich von mir selbst befreit in

ein riesiges Vergessen, und

in diesem Moment war kein Gebet vonnöten, kein Lied, sondern eine letzte, verzweifelte Kraftanstrengung, auf dass ich einen vernichtenden Fluch brüllen konnte, irgendein aus den Tiefen des Weltenseins heraufgeholtes Anathema, dorther, wo alle inversen Gebete im ersten Keuchen der Existenz der Welt wurzeln, das erste Erschauern der Leere, etwas, das ich aus diesen Tiefen ziehen und der Welt nur auferlegen konnte, weil ich,

Mann und Junge, Vater und Sohn, Ehemann und Ingenieur,

sie als einen so heiligen wie schönen Ort kannte, gesegnet durch menschliche Mühe und Energie, von Liebe durchzogen und dem ewigen Gefäde menschlicher Verhältnisse, und da ich

hiermit ans Ende meiner Weisheit gelange, und

dies meine Post-mortem-Arie ist,

das Klagelied eines Ingenieurs,

der Kopf leer von allem Guten, Bestätigendem, ist dies der Moment, an dem ich einen schrecklichen Fluch ausstoße, ihn aus meinem schwarzen Mund durch die riesige Fläche des Raumes rollen lasse, ihn bis an den fernsten Horizont und darüber hinaus schicke, auf dass er dem Universum einen neuen Rand meißelt und sich bis in die taumeligen Tiefen jener Leere vorarbeitet, aus der mich Gott in diesem Augenblick vielleicht hört, den seelenverwandten Ingenieur in mir erkennt, mein geheulter Fluch das Gebrüll eines anständigen Mannes, der zu früh ins Grab fährt, eines Mannes, der seiner Arbeit nachging und sich um seine Familie kümmerte, alles an ihm definiert von jenem Maß an Bescheidenheit, das er jetzt gegen die Dunkelheit setzt, aus der er mich vielleicht hört und suchen kommt, so wie ich ihn suche, stets darauf hoffend, in dieser Schwärze zueinander zu finden, die unser Weg ist und uns leitet, hinab in die sich verdichtende Nacht, in der sich Gebet und Fluch an der einen Wurzel im anfänglichen Moment des Seins vereinten, hinab in jene Tiefen, in denen nur wahre Gläubige den rechten Pfad finden, jene, aus deren Augen das Licht geschwunden ist, auf dass sie in der Nacht sehen können und Zugang zur gänzlichen Abwesenheit ihrer selbst haben, dort wo ich, Hand aufs Herz, sagen kann,

ich starb in dieser Parkbucht,

starb umgeben von Tonnen Sand und Kies und Schotter, den Mund zum schwarzen Schrei geöffnet, um von mir Abschied zu nehmen, während mein Leib unverzüglich

den Rhythmus des Verfalls aufnahm, der sogleich im weichen Fleisch begann, ein kurzer Hitzeausschlag, worauf mit der fallenden Temperatur die Fäulnis einsetzte, während mein Blut sich aus sauerstoffhaltigem Rot zu Schwarz verfärbte und die universelle Zellexplosion ihren Lauf nahm, die jenen Dreck aus meinen Organen schüttete, der sich letztlich auch aus jeder Pore meines Körpers ergießen wird, während ich

den Weg nach Hause fand,

wieder daheim,

um hier an diesem Tisch zu sitzen,

und mich durch diese Zimmer treiben zu lassen,

Zimmer um Zimmer, unangenehm überdreht, als wäre mir die schwindelerregende Nervosität des Tages in die Knochen gefahren und stemmte sich nun gegen die drängende Flut in mir, die meine Nervenenden aufraute und mich so hibbelig machte, dass mir nichts anderes übrigblieb, als mich von Zimmer zu Zimmer treiben zu lassen, fast wie eines jener Meeresgeschöpfe, die nicht innehalten können, weil sie fürchten müssen, dann auf den Grund zu sinken und zu ertrinken, alles Feste in mir versickerte im Boden, während ich

von Zimmer zu Zimmer ging,

und die letzten Stunden totschlug, ehe meine Frau und meine Kinder zurückkehrten, wobei ich das Gefühl abzuschütteln versuchte, alle Dinge um mich herum seien haltlos, kaum verwurzelt im Hier und Jetzt, sodass bei leichtestem Druck alles von mir wegkippen könnte, als wäre um mich nur eine Pappkulisse oder als könnte der kleinste Schubs das Ganze, etwa dieses Haus, himmelwärts ins graue Licht schicken und mich zu dem machen,

was ich bin,

allein auf dem weiten Feld der Welt ohne Wände, Dächer oder Böden, der einzige Bewohner eines riesigen, offenen Raumes, aus dem alle Zäune, Höfe, Pflanzen und Bäume entfernt wurden, fort, die Welt so radikal ausradiert, dass selbst die Sonne aus dem Himmel schwand und mich allein zurückließ, einfach verschwand, auf welche Weise wir auch immer aus dieser Welt schwinden,

Tier, Mineral, Gemüse,

Vater, Ehemann, Bürger,

mein Körper, der die Seele hinter sich herzerrt oder auch anders herum, bis der völlige Rückzug ins ungeheure Weiß nur noch als brodelnde Abwesenheit sichtbar ist und schließlich nichts weiter bleibt, Körper und Seele fort, die restlichen Rhythmen und Pulsschläge, die für diese schwindenden Momente nach eigenem Maß fortbestehen, kaum mehr als ein unbestimmtes Aufblitzen in der Luft, ehe auch sie im sich selbst verschlingenden, alles umfassenden Licht ausgelöscht werden, dann

ausgestoßen über die Dunkelheit hinaus in jenes riesige, wildwüchsige Gemeindeland von Raum und Zeit, in jenes ungeheure Vergessen, in dem sich keine Markierungen, keine Konturen finden, an denen ich mich orientieren könnte, keine Lieder, die mich heimsingen, sodass mir nichts anderes bleibt, als weiterzugehen, einen Fuß vor den anderen zu setzen,

Kopf gesenkt, weitergehen,

weiter,

immer weiter bis in alle Scheiß —

Mike McCormack, geboren 1965 in London, wuchs auf einer Farm in Louisburgh im County Mayo im Westen Irlands auf. Er studierte Englische Literatur und Philosophie in Galway. Sein Debüt *Getting it in the Head* (1996), ein Band mit Kurzgeschichten, war ein Überraschungserfolg und *New York Times Notable Book of the Year.* McCormack wurde mit dem Rooney Prize für irische Literatur ausgezeichnet. *Ein ungewöhnlicher Roman über einen gewöhnlichen Mann,* McCormacks fünftes Buch, erschien in Irland 2016, wurde mit dem renommierten Goldsmiths Prize und dem Irish Book Award geehrt, stand auf der Longlist für den Man Booker Preis 2017 und gewann den International Dublin Literary Award, einen der begehrtesten Literaturpreise für englischsprachige Literatur. Mike McCormack lebt mit seiner Familie in Galway und lehrt an der dortigen Universität.

Bernhard Robben, geb. 1955, wohnt in Brunne/Brandenburg und übersetzt aus dem Englischen u.a.: Salman Rushdie, John Steinbeck, Ian McEwan, John Williams, Patricia Highsmith, Philip Roth und John Burnside. 2003 erhielt er den Übersetzerpreis der Stiftung Kunst und Kultur des Landes Nordrhein-Westfalen, 2013 wurde er für sein Lebenswerk mit dem Heinrich Maria Ledig-Rowohlt-Preis geehrt.

Titel der englischen Originalausgabe:
»Solar Bones«
Erschienen bei Tramp Press, Dublin 2016

Die Arbeit des Übersetzers am vorliegenden Text wurde vom Deutschen Übersetzerfonds gefördert.

Erste Auflage 2019

Lektorat: Claudia Glenewinkel
Umschlag: Paloma Tarrío Alves / Steidl Design
Typografie: Holger Feroudj / Steidl Design
Gesamtherstellung und Druck:
Steidl, Düstere Str. 4, 37073 Göttingen
Tel. +49 (0)551 496060 / Fax +49 (0)551 4960649
mail@steidl.de/ steidl.de

ISBN 978-3-95829-647-3
Printed in Germany